我在地球的日子

The Humans

麥特・海格熹 Matt Haig —— 著　李延熹 —— 譯

媒體名人盛讚

本書巧妙地探索愛情與成為一個人類的本質。《我在地球的日子》不僅窩心而且令人捧腹大笑，怪異的同時卻又神奇不已。這是我好久以來所看過最好看的書本之一。

——S.J.華森（《別相信陌生人》作者）

《我在地球的日子》令人又哭又笑。內容令人不安、引人入勝、困惑不解、可信度高、卻又不可能。麥特・海格用字遣詞如同開罐器一般，而我們就是那罐頭。

——珍奈・溫特森（《柳橙不是唯一的水果》作者）

《我在地球的日子》內容十分驚人，內容相似於《深夜小狗神祕習題》與《天外來客》這兩部作品。本書有趣、動人，以高度迷人的聲音來書寫這個故事。

——瓊安・哈莉絲（《濃情巧克力》、《藍眼男孩》作者）

眞是一部好的作品。眞誠、感人、有趣。

——派崔克・奈斯（《噪反》三部曲作者）

充滿樂趣啊！

——出版家周刊

節奏步調快、感人、搞笑！

——圖書館期刊

眞是文學藝術大師的作品。麥特・海格擁有極端的天賦、是位値得珍惜的作家。《我在地球的日子》無疑地是他的主要巨作。

——英國守護神日報

有趣、辛辣、充滿內心戲。

——娛樂周刊

麥特・海格是個才華洋溢的小說家，極高的天賦與雷射般的眼力造就出荒謬怪誕不經的情節，與其中所蘊含無限的同情與憐憫。

——展示雜誌，書評專欄

《我在地球的日子》交織著愚蠢、悲傷、緊張，與精神上的滿足感。海格在探索多愁善感、忠誠、愛情與必死性的同時，他嘗試在陳腔濫調中挖掘諸多意義來。海格的眞知灼見令人嘆爲觀止。

——費城日報

整本小說的核心就是在探討成爲人類的藝術，和所有做人的必備條件。

——星球電報時報

十分感人與搞笑的故事。海格用熟練充滿幽默的說故事技巧提升了整體結構。本書從頭到尾不僅對數學與歷史充滿敬意，更在多愁善感的柔情中開闢且融入理智知性的健康解藥。《我在地球的日子》是本迷人的夏季讀物。

——書頁網站

《我在地球的日子》是本令人嘆爲觀止的小說，在大開眼界的同時也令人無止境地著迷不已。麥特·海格創作的這本小說，對於住在我們稱之爲地球的這個大圓球上所有人來說，是本必修必讀的書。

——書評記者

在激發思想的同時，強烈地獲得閱讀樂趣。

——書單雜誌

《我在地球的日子》在檢測人類經驗的過程中深深地打動人心且激起感動的情緒。小說中的主角你會關心他、你會爲他打氣、也許你會爲他哭泣。迷人而且美好的閱讀。

——驚奇故事雜誌

麥特・海格擁有敏銳的眼力觀察著現代人的愚笨，準確地觀察看著我們的缺點，而在這本諷刺作品中你會帶著一把刀攤開閱讀著充滿聰慧與睿智的每一頁。

——拿波里新聞報

海格帶著睿智與信心寫著這本小說，內容是如此地超自然卻又說服人心，以至於讓人深思不已。

——迪賽通訊報推薦

寫得眞美又激發人心。

——平行世界雜誌

引人入勝的新小說！

——紅毯衝擊效應網站

麥特・海格敏銳的觀察無人能比。《我在地球的日子》小心地檢測那些讓我們成爲人類的諸多事物。海格的書讓讀者思考人性的缺失，同時也讚賞著人性深具影響力的美感。

——RVA新聞網站

序言
面對巨大困境時不合邏輯的希望

我知道你們中有一些人在閱讀這篇文章時，都相信人類是個神話。但是，我必須強調人類眞的存在著。不了解的人會認爲人類是一種眞實的兩足生命型態，擁有中等智商，活在非常自欺欺人的狀態下。他們住在宇宙非常孤單的一個角落，其中一個泥濘泡水的小行星。

對於那些派我前往地球探索以及其餘的各位先進，人類在許多方面都與各位所預期的一樣怪異。眞的，當你們一眼看到他們時，你們一定會被他們的外表所嚇到。

光是他們的臉就可怕到令人好奇：中間有突出的鼻子、皮膚細細的嘴唇、稱爲耳朵的原始外在聽覺器官、小小的眼睛，和不可理解且鈍鈍的眉毛。這一切都需要時間才能讓各位在心中理解和接受。

首先，他們的行爲舉止與社會習俗也是令人困惑的謎團。他們講話時口是心非。而且在各位想接近了解他們之前，我可以寫97本書來討論他們對身體的羞愧，以及討論他們對於穿衣服的禮節。

但是，千萬不要忘記一件事：**當他們做一些讓自己快樂的事情時，最後的結果常常讓他們自己非常的悲慘**。這些悲慘的下場數都數不盡。例如：逛街、看電視、找好的工作、蓋大大的房子、寫半自傳體的小說、教育年輕人、讓皮膚看起來年輕些。而且他們心中茫然地相信，這所有的一切都有意義。

是的，在某些痛苦的方式下，這一切卻是非常有趣的。但是我在地球上發現了人類寫的詩。眾多詩人中，最棒的詩人叫做艾蜜莉．狄金森（Emily Dickinson）[1]，她說：「我住在一切的可能中。」所以就讓我們遷就一下自己，完全地敞開心。因爲各位即將在閱讀我的文章時，一定會有偏見。但是，爲了要了解人類，就必須將偏見拋諸腦後。

讓我們善加考慮一下：如果人類的生活對我們意義重大，如果地球上的生活有著使我們害怕，揶揄著我們，且令我們珍惜的事情。然後該怎麼辦呢？

各位都知道我現在所做的一切，但是沒有人知道原因。這份文件、這份指南、這份報導，不管各位如何稱呼它，將說明一切。我懇求各位以開放的心胸來閱讀這本書，來思考人類生活眞正的價值所在。

所以請各位安靜一些。

[1] 艾蜜莉．狄金森（Emily Dickinson, 1830-1886），美國知名詩人。詩風獨特，讀者無數。

第一部

我手中握有權力

我不是那個人

所以，這是個什麼故事？

準備好聽故事了嗎？

很好。深呼吸。我來告訴你們。

這本書，這本眞正的書，時空背景就在這裡——地球。這是有關於生命的意義與虛無。這是有關於殺人與救人。這是有關於愛情、死去的詩人，與全核果花生奶油醬。這是有關於物質與反物質、有關於發生事情與沒有發生任何事情、有關於希望與憎恨。這是有關於四十一歲的女性歷史學家愛莎貝兒與她十五歲的兒子格列佛，以及全世界最聰明的數學家。簡而言之，這是有關於如何當個人類。

但是讓我把最明顯的事告訴你。我不是人類。在第一個夜晚中，在寒冷、黑暗與強風中，我靠近不知名的地方。在我閱讀柯夢波丹雜誌前，就在車庫中，我從沒看過這樣的語言。我了解這也是各位第一次的閱讀。爲了讓各位了解地球人如何全神貫注地閱讀故事，我和地球人一樣，將所有故事收集於此書。我用人類的字，用人類的字型打字，以及用人類的方式連貫地編排。由於各位有能力能瞬間將最奇異且最原始的語言模式翻譯出來，我相信，各位一定看得懂。

現在，讓我重複一次，我不是安德魯．馬丁教授。我和各位一樣。

安德魯・馬丁教授只是一個角色。一個偽裝。一個我為了完成任務所需要的人。在此任務下，他被綁架，然後死亡。（我了解這語氣有些冷酷可怕，所以至少在本頁中我下定決心不再提到死亡。）

重點是，我不是一位四十三歲的數學家（他是個先生，也是個父親），他在劍橋大學教書，而且在過去的八年中，他奉獻心力解決了到目前為止無人能解的數學問題。

在我來地球之前，我自然旁分的頭髮中並無半棕色的髮絲，同樣地，我對侯茲的星球組曲❶與臉部特寫合唱團❷的第二張專輯也沒有任何意見。因為我對音樂的觀念意見不同。或許不管如何我都不應該有意見。此外，當我先前只喝過液態氮而沒有喝過任何酒類，而我如何能相信澳洲的酒類，本身就比地球上其他區域的酒類品質較為劣等？

由於我是屬於已婚的物種，不用說也知道我一直都不是個只渴望我的一個學生，而不負責任的丈夫，我也不會遛著英國激飛獵犬——這是一種人類稱之為狗，多毛且有神性的家庭動物——作為離開家庭的藉口。我先前也沒有寫過任何數學的書籍，也沒有堅持出版商在使用作者照片時，用一張已經過了接近十五周年的老照片。

不，我不是那個人。

不管如何我都對那個人沒有任何的感覺。然而，他一直是真的，如同你我一樣的真，他是個

❶ 侯茲（Gustav Holtz）為英國作曲家。1914-1916年間創作的星球組曲（The Planets），為七個樂章的管弦樂組曲。
❷ 臉部特寫合唱團（Talking Heads）為1975年暴紅於美國紐約的新浪派（New Wave）與前衛派（Avant-garde）的樂團。

眞正的哺乳類生命模式，他是個具有兩套染色體的個體，他是個眞核細胞的靈長類。而他，一直坐在書桌前，一直看著電腦螢幕，一直喝著黑咖啡，直到午夜前的五分鐘（不用擔心，後面我會解釋什麼是咖啡，以及咖啡造成我的惡運）。而這個具有生命模式的人，就當這個科學大突破來臨時，就當他的心靈達到人類有史以來史無前例的境界時，也就是知識的極限時，他或許會，也或許不會，從他所坐的椅子上跳了起來。

而就在他一發現這個科學大突破時，他就被我的主人們帶走了。也就是我的老闆們。我甚至見過他，雖然時間非常短暫，卻足夠讓我對他做出全面卻不完整的閱讀。這是一種身體上的完整閱讀，而非心理上的完整閱讀。你知道，你能複製人類的大腦，卻不能複製大腦內部所儲存的一切。無論怎麼做都無法複製那麼多。所以我必須獨自學習許多的事情。我是在地球這個行星上，剛剛出生卻已經四十三歲的新生兒。我從來沒有適當地遇見他。不久，這一切將對我有些困擾。因爲能夠適當地遇見他，對我來說將是非常有幫助的。也許他能夠告訴我一件有關麥姬的事（天啊，我多麼希望他能告訴我麥姬的事）。

然而，我所獲得的知識都無法改變一個簡單的事實——我必須停止人類的進步。這就是爲何我會去地球。我要去摧毀一切安德魯．馬丁教授所完成的科學大突破中的任何證據。這證據不僅存在於電腦中，而且也在活著的人類心中。

現在，我們該從何說起呢？

我想，只有從一個地點說起。我們應該先談一談我被車撞到的事。

不連貫的名詞以及對於這位語言學習者其他的早期考驗

對的，如我所說，我們應該先談談我被車撞的事情。

我們眞的必須談一談。因爲車禍前，沒有發生任何事情。沒有發生任何事情、沒有發生任何事情、沒有發生任何事情、然後——

發生事情。

我，當時站在那裡，那個叫「馬路」的地方。

一旦到了那裡，我有幾個立即的反應。首先，天氣跟什麼有關呢？我並非眞正習慣各位必須想到的天氣。但是這裡是英格蘭，也就是地球的一部分。思考天氣是人類的主要活動，而且理由充分。第二點，那台電腦在哪裡呢？不是說好有電腦的嗎？我並非眞正了解馬丁教授的電腦長相。也許它看起來像馬路。第三點，這是什麼噪音呢？一種沉默的嘶吼。第四點，當時是晚上。由於我是個深居簡出的人，我不習慣夜晚。就算我習慣，這個夜晚非常獨特，是我這輩子從沒遇到過的夜晚。這是個擁有夜晚的權力的夜晚的權力的夜晚。也就是三次方的夜晚。天空中充滿著永不妥協的黑暗。沒有星星。沒有月亮。衆多太陽何在？有太陽嗎？這樣冷的夜晚顯示可能從未有過太陽的存在。這樣的冷，令人震驚。這樣的冷，傷害我的肺臟。而打在皮膚上的刺骨寒風，讓我搖搖晃晃。我實在不了解，是否人類都待在外面。果眞如此，他們一定是瘋了。

一開始，吸氣有些困難。這是個問題。畢竟，吸氣是成為一個人類最重要的需求之一。但是我最後還是學會了這項本領。

還有件令我擔心的事。我漸漸地了解，我來錯了地點。我應該去馬丁的地方。我應該在辦公室內，但這不是辦公室。即使當時，我也知道。這不是個辦公室，除非這個辦公室包含整個天空，遍佈整個黑暗，有著群聚的雲與消失不見的月亮。

我花了一會兒，不，是很久，才了解情況。當時我不知道馬路是什麼東西。但是我可以告訴你，馬路是連接出發點與終點的東西。這非常重要。你知道嗎，在地球上你無法從一個地點，瞬間就到了另一個地點。這樣的科技地球還沒有。他們離這種科技還遠得很呢。還沒有呢。在地球上，你必須花許多時間往返兩地，不管在馬路上、在鐵路上、在工作上，或是在人際關係上。

這種特殊的馬路叫做高速公路。它是種最最先進的馬路。也由於人類的這種進步，意外死亡也是可能常見的。我裸露的雙腳就站在所謂的柏油碎石路面上。我可以感覺到馬路粗糙與不人道的質地。我看看我的左手，它是如此地粗野且不熟悉。然而，當我了解這有著手指頭的怪異東西是我身上的一部分時，我就笑不出來了。我對自己相當陌生。天啊，而我必須順便提一下，這沉默的嘶吼，依舊存在。只不過，嘶吼變得很大聲。

就在那時我才注意到什麼東西以高速向我衝了過來。

那是一堆的燈光。

這些燈光又白、又寬、又低，如同一台背部是銀色且快速移動的平原清掃機，而現在正發出尖叫。它正嘗試著減速與急轉彎。

我實在沒有時間閃開。原本是有時間，但是現在沒有時間。我實在等了太久了。所以它狠狠地且強硬地撞上了我。這股力量將我從地面上扔飛了出去。這並不是眞正的飛行，因爲人類不管如何拍動他們的四肢，都不會飛。當我落地時，唯一眞正能做的選擇就是疼痛。不久，我又回到了沒有發生事情的狀態下了。

沒有發生事情然後沒有發生事情然後——

發生事情。

一個穿著衣服的人站在我的前面向下看著我。他臉部的靠近讓我苦惱。

不。那種感覺超越苦惱。

我覺得反感且嚇壞了。我從來沒有看過像這樣的人。他的臉如此地怪異，充滿了眾多難以理解的開口與突出。特別是鼻子讓我困惑。在我天眞的雙眼中，似乎他的鼻子裡面有什麼東西推了出來。我往下一點看。注意到他的衣服。他正穿著後來我才了解的所謂的襯衫、領帶、長褲，與鞋子。他所穿的衣服是如此地怪異，以至於我不知道該大笑或是尖叫。他正看著我身上所受的傷，或是正在找尋這些傷口。

我檢查著我的左手。左手沒有擦撞到。這台車撞到了我的雙腳、然後我的軀幹。但是，我的手沒事。

他安靜地說：「這眞是奇蹟啊」，就好像這是個祕密一般。

但是，他的話是無意義的。

他瞪著我的臉，提高了音量來壓過來來往往的車輛聲。「你在這裡幹什麼？」

再一次。沒有發生事情。對我來說，他說的話不過是移動嘴唇和發出聲音罷了。

我可以理解這是一種簡單的語言。但是，我最少要聽一種新的語言一百個字以上，我才能夠將整體文法拼圖組合起來。不要拿這件事情來判斷我。我知道各位中，有些只需要聽過十個字左右，或是在某處聽到一個形容詞子句，就能理解一種語言。但是語言並非我的專長。我猜這是我厭惡旅行的原因之一。我必須重複一次——我不想要被送到這裡。這是一個別人必須該來該做的事情。但是我的主人們為了處罰我在二次方方程式博物館內，說了一些褻瀆神明的話，因而判決了我所謂反數學純潔的罪。所以送我來此，當成一種合適的懲罰。他們知道心智正常的人不會選擇此工作。雖然我的工作是如此的重要，他們也知道，在已知的宇宙中，你我同屬於最先進的種族，所以適合來此負責這項工作。

「我在哪裡看過你。我認得你的臉。你是誰？」

我覺得很累。這麻煩來自於要解釋心靈傳輸（teleportation）、物質移轉（matter shifting），與生物設置（bio-setting）等的概念。這一切取之於你本身。雖然這終將回歸於你。但是代價是本身所耗費的精力。

這時我掉入了黑暗之中，享受著略帶紫羅蘭色、深紫藍色，與家庭的夢想。我夢到裂開的蛋、質數，與千變萬化的天際。

然後，我醒了過來。

我在一輛奇怪的車子中。全身扣上原始的讀心儀器。兩個人類，一男一女身穿著綠衣（女性的外表加深了我內在最深的恐懼。在人類這個物種，醜陋並不區分男女）。他們激動地問我一些事情。也許是因爲我用我新的雙手，扯掉了這個設計粗糙的心電圖儀器。他們嘗試制止我，但他們很明顯地完全對數學相關的事物顯得很無知。所以我很輕鬆地，讓這兩個綠衣地球人，在地板上痛苦地四處扭動。

我站了起來。當司機轉身問我更迫切的問題時，我注意到了地球這個行星的地心引力到底有多少。這輛車開得很快，警報器起伏的聲波，不可否認地，讓人精神錯亂發狂。但是我打開了車門，直接跳到路旁柔軟的草地上。我的身體滾了滾。我躲了起來。然後，發現可以安全地出來，我就站了起來。除了腳趾外，人類的腳比起手來，相對地少了許多的麻煩。

我在那裡站了一陣子，目不轉睛地看著那些只能受限於地面上的怪車。很明顯地，它們只能依賴著石化燃料，而且發出的噪音，遠遠超過我們驅動多角發電機的聲音。而且，還有許多更怪異的人類景象——他們都包在衣服裡面、他們都握住圓形的控制儀器[3]、而且有時還拿著生物體外的電信設備[4]。

我來到一個行星，而那裡有智慧的生物仍然必須自己開車。

在我來此之前我從來沒有感激讚賞過，我們從小生長環境下那種簡單中的卓越感：那永恆的光、那平穩且漂浮在空中的交通、那先進的植物生命、那甜美的空氣，和那不會變化多端的天氣。啊，和善的讀者們，你們眞的想不到這裡的一切。

[3] 此處爲嘲笑人類仍然在使用方向盤來控制方向。
[4] 此處爲嘲笑人類手機的科技落後。

當車輛通過我的身旁，它們高頻率且刺耳的喇叭聲，不絕於耳。車主們張大了雙眼，張大了嘴巴，從窗戶瞪著我看。我不了解爲什麼會如此。我也跟他們每個人一樣的醜啊。爲何我沒有融入他們呢？我哪裡做錯了呢？也許是因爲我沒有在車子內。也許永遠待在車內就是人類的生活方式。或許也是因爲我沒有穿衣服。那天晚上真的很冷，但是，真的是缺少人造的身體遮蓋物，造成大家都在看我嗎？不可能，事情不可能如此簡單。

我仰頭看著天空。

現在月亮出來了，被薄薄的雲遮掩著。它似乎也以相同的震驚感，呆頭呆腦地看著我。群星仍然被雲覆蓋著，依然看不到。我想看看它們。我想感受它們的安慰。

除此之外，很可能會下雨。我恨雨。對我而言，如同住在壯麗宅第的各位，雨似乎像神話一般地可怕。在雲散開前，我必須找到我所要的東西。

我的前面有個鋁製的長方形招牌。沒有上下文的名詞，對語言學習者來說總是十分複雜的。但是箭頭指向一方，所以我就跟隨著它的方向。

人類不斷地搖下車窗，對我大叫。聲音遠遠超過他們的引擎聲。當他們朝著我的方向，使用像白癡般愚蠢的方式吐出口中的液體時，我覺得還滿幽默的。所以我也以友善的方式，朝著他們快速移動的臉，回吐他們。我的回吐似乎鼓勵他們更多的尖叫，但是我也不在意。

不久，我告訴我自己，我很快就會了解到底他們那些加重音的問候語是什麼意思：「滾開他媽的馬路，你他媽的無能下流胚子。」同時，我一直走著，走過招牌，然後看到馬路旁有個亮著燈光的、令人些許不安的、且動也不動的建築物。

我告訴自己，我要走向它。我要去那裡找一些答案來。

德色可

這棟建築物的名字叫做「德色可」。在可怕寧靜的夜色中，它閃亮地矗立在那裡，好像正等待著要復活一般。

當我走進去，我發現這是某種補給站。許多車停在水平的遮雨篷下，等待著一個看起來很簡單的燃料供給系統。可以確定的是，車子百分之一百無法爲自己做些事。這些車就算有大腦，也都是腦死的車。

正在幫車輛加油的人類，邊走進車內邊瞪著我看著。由於我的語言能力略顯不足，我又想盡量表現出有禮貌，我就對他們吐了一大口的口水。

我走進的建築物櫃台後方，有個穿著衣服的人類。他的頭髮沒有長在頭頂上，而是長在臉的下半部。他的身體比其他的人類更有圓球狀，所以比較好看。從他身上所發出的乙酸，和男性酯酮的氣味顯示，我可以告訴你們，這個人沒有把個人衛生放在人生優先的考量中。不容否認地，他有點痛苦地看著我的生殖器，然後壓了一下櫃台後的東西。我對他吐了口水，但是他卻沒有回報我的問候。也許我把吐口水的意思弄錯了。

由於我不斷地吐著口水，讓我感到十分地口渴。所以我就走到一台裡面有許多亮麗色彩的圓柱形物體，而且發出低沉聲音的冷凍裝置旁。我拿起其中一罐，然後打開。這罐液體叫做「減肥可樂」，它嚐起來極端地甜，有著一點磷酸的味道。很令人作嘔。我一喝入口中，就從嘴巴噴了出來。然後我就吃另外一個用合成包裝物包起來的食物。我後來才了解，這是一個將東西包在另一個東西內的星球。食物都在包裝內。身體在衣服內。輕視在微笑內。一切東西都藏了起來。我吃的食物叫做馬爾司巧克力（Mars）。當我慢慢吞下喉嚨，吞到很深時，我才反應很想吐。我關上了門，然後看到有一個包裝容器上面寫著「品客洋芋片」「烤肉口味」。我打開後開始吃。還不錯。有點像索普蛋糕（sorp-cake），所以我就狼吞虎嚥地塞了許多到嘴裡。我不知道，我上一次是何時在沒有任何幫助下，自己餵自己吃東西。我真的想不起來。唯一可以確定的是，從幼年期就沒有自己餵過自己吃東西。

「你不可以這樣。你不可以光吃東西。你要付錢。」

櫃台後的人在跟我說話。我還是聽不懂他的話。但是從音量和頻率顯示，我感覺到事情不對。此外，我觀察到他的皮膚顏色，也就是他臉上的皮膚顏色，一直都在改變著。

我注意到我頭上的燈光，然後我眨了眨眼睛。

我將一隻手放在嘴上，然後發出了噪音。又將手拿遠一點，再發出相同的噪音，來比較兩者的不同。

令人欣慰的是，即使在這宇宙遙遠的角落裡，聲光的法則依然不變，只是略微遜色罷了。架上放了許多我最近才知道的「雜誌」。幾乎所有的雜誌封面，都有帶著相同微笑的臉。二十六個鼻子。五十二隻眼睛。好可怕的景象。

當這個男人拿起電話時，我拿起其中一本雜誌。

在地球上，媒體仍然未發展到膠囊的時代。大部分的媒體，都必須經由電子設備，或是經由一種叫做紙張的影印媒介來處理。而紙張是一種薄薄的，且透過化學的過程，從樹木的紙漿造成的東西。雖然沒有人因爲閱讀了雜誌而有更好的感受，雜誌還是很受歡迎。事實上，雜誌的主要目的，就是在讀者心中產生一種自卑感，而最後導致讀者去購買物品。而讀者眞的去買了，但是，之後卻感覺更糟；所以又去買另一本雜誌，去看一看下一步要買什麼東西。這是一種永恆而且不快樂的螺旋過程，稱之爲資本主義，不過卻非常受歡迎。我之前所拿的那本出版品就叫做柯夢波丹，而我也了解到，就算它不能幫我任何事，它也幫了我理解人類的語言。

我並沒有花很多的時間去了解人類的語言。因爲人類的書寫語言，幾乎完全是由文字組成的，所以眞是荒謬地簡單啊。我在第一篇文章的結尾處，在整個書寫文字中添加了一些東西。這東西的風格，除了能提高你的情緒之外，也能增進你的關係。此外，我也了解到，性高潮是難以置信的大事。似乎性高潮就是地球生活中的中心教義。也許這就是在此行星中唯一的意義。他們的目的，僅僅就是要追求性高潮的啓蒙，來從周遭的黑暗中，尋求數秒的慰藉。

但是閱讀並不是說話，而我新的發音設備就坐在嘴巴和喉嚨那裡，就像我不知道如何去吞下衆多的食物一般。

我將雜誌放回架上。架子旁邊有片薄薄的且垂直的反射金屬，讓我看了一眼我的長相。我也有突出的鼻子。然後看到了嘴唇。頭髮。耳朵。全部都在外面。這是種非常內翻的長相。此外，我的脖子中間隆起了一塊東西。眉毛非常地濃厚。

我突然想到我的主人之前告訴我的一件事情。安德魯．馬丁教授。

我的心跳得好快。驚慌湧上心頭。我就是馬丁教授啊。我已經變成了他了。我嘗試安慰自己：這一切都只是短暫的。

雜誌架上的底部有一些報紙。上面的許多照片都是微笑的臉，也有一些死屍躺在毀壞的建築物旁。報紙旁邊有一堆的地圖。其中一張是英國島嶼馬路地圖。也許我就在英國島嶼上。我拿起地圖，嘗試要離開。

那個男人掛了電話。

門上鎖了。

突然腦內又有訊息自動浮現：劍橋大學，費茲威廉學院。

「該死的，你不能離開」，這男人說著。我開始能夠理解這些話。「警察馬上就來了。我已經把門上鎖了。」

他十分困惑，因為我繼續去開門。我走出去就聽到遠方的警報聲。我一聽就知道噪音離我約三百公尺遠，且正快速接近中。我開始移動，盡全力快跑離開馬路，跑上充滿草地的堤岸，然後再朝向另一個平坦的地方。

這眞是個奇怪的世界。當然，當我重新想過，有許多奇怪的世界，但是，這是個最最奇怪的世界。我嘗試去體會彼此的相似性。我告訴自己，這裡的一切也是由原子造成的啊，而且那些原子它們的功效與所有的原子效能一樣。如果彼此之間有距離，它們也會彼此互相吸引。如果彼此之間沒有距離，它們也會彼此相互排斥。這是宇宙最基本的法則，而且適用於一切的事物，就算在地球也不例外。想想還滿欣慰的。不管你在宇宙何處，所擁有的知識都說明著所有的小事都是完全相同的。不管是吸引還是排斥。只有不要太仔細地觀看，你才能看得出差異性。

然而就在那時，我所看到的就是差異性。

響著警報聲的車子現在開進了加油站，一直閃著藍光，所以我就躲在一堆停止的卡車之間，好幾分鐘。我覺得很冷，全身蹲伏縮在一起，我整個身體一直在搖動。而同時我的兩顆睪丸也縮小了。（任何男性的睪丸是他最有吸引力的東西，我也了解到，睪丸非常不被人類所賞識，因爲這些人類寧願看著其他的東西，包括微笑的臉。）在警車離開前，我聽到後面的一個聲音。不是警察，而是我蹲在後面的卡車司機。

「嘿，你在做什麼？離我的卡車遠一點。」

我跑走了，裸露的雙腳狠狠地踩著隨處佈滿砂礫的地面。然後我又踏上了草地，跑過了田野，而且我一直保持相同的方向，一直跑到另一條馬路。這條馬路窄了許多，而且沒有車輛。

我打開地圖，發現地圖上有一條線與另一條馬路彎曲處相符，上面寫著：劍橋。

我朝向那裡走去。

當我走著，呼吸著充滿著氮氣的空氣，這時自我的念頭慢慢成形。安德魯．馬丁教授。由於這個名字，我想到那些派我來此的人穿越外太空傳送來的一些事實。

我是個已婚的男人。我四十三歲，剛好是人類的中年。我有一個兒子。我是個教授，剛剛才解決了一個人類有史以來所面對最重要的數學謎題。就在三個小時之前，我超乎任何人的想像進入了人類這個物種。

這些事實令我不安想吐，但我繼續向劍橋走去，去看看到底這些人類即將對我產生何種影響。

劍橋大學
柯伯斯克里斯提學院

各位並未要求我提供人類生活的文件資料。我的簡報中也不包括這一切。然而，爲了解釋一些有關於人類存在的非凡特色，我覺得必須告訴各位這一切。因此，現在，我希望各位能夠了解爲何我選擇告知各位我所做過的一些事情。

無論如何，我一直都知道地球是個眞實的地方。當然我知道。我曾經花上許多時間以膠囊閱讀這知名的旅行紀錄片——交戰中的白癡們：我與7,081號水行星上人類的時光。我知道地球是晦暗遙遠的太陽系中眞實的事件。在地球，很少事情發生，而當地人的旅遊選擇是非常有限的。我之前也聽說過，人類充其量也不過是中等智商的生命模式，有著暴力傾向，有著深深的性尷尬，詩創作不佳，喜歡原地繞圈子瞎忙一場。

但是我也開始了解到，許多的努力準備是必要的。

早晨前，我已經到了劍橋這個地方。

這地方眞是迷人到令人震驚。我第一注意到的是建築物。當我知道車庫並不是只用一次時，我嚇了一跳。所有的建築物，不管是給消費主義者用的，或是用來居住的，或是爲了其他目的，都是靜止不動而且牢牢釘在地上的。

當然，這就是我的城鎮。這就是「我」之前斷斷續續住了超過二十年的地方。雖然這是我這輩子所看過最怪異的地方，但是我也必須表現出一切都是眞實的。

缺少幾何的想像也令人震驚。所見的一切，不太有十角形的概念。雖然我注意到一些建築物比較大，而且，相對地說來，比其他的建築物設計起來更爲華麗。

我想像著：從廟宇到性高潮。

商店也開始營業。在人類的城鎮中，我很快地學到一件事：到處都是商店。商店對於住在地球的人來說，就好像方程式工作室對於我們摩納多星人。

在其中的一家商店中，我看到窗戶上好多的書本。我想到人類必須讀書。他們眞的需要坐下來，然後連續地，一個字一個字地往下看。而且，這需要時間。許許多多的時間。人類不能將每本書一直吞下去。不能同時咀嚼不同的好幾本書，也不能在數秒內狼吞虎嚥地吸收幾乎無止盡的知識。他們不能像我們一樣在嘴中砰的一聲，就把文字膠囊吞了下去。你可以想像一下，由於人類並不是長生不老，而且又被迫將珍貴且有限的時間花在閱讀上。難怪他們是原始的物種。當他們閱讀足夠的書籍，眞正地達到他們做事所需要的知識時，他們已經死了。

可以理解地，人類需要知道他們該讀何種書籍。他們需要知道是否這是本愛情故事、或是謀殺故事、或是有關外星人的故事。

也有一些人類在書店所產生的其他問題。比如說，這是一本讀起來可以變聰明的書嗎？或是爲了保持看起來很聰明，而假裝永遠不會去讀的一本書？這書會讓他們笑或是哭？或是一本會讓他們瞪著窗外，看著雨滴軌道的書？書的故事是眞的嗎？或是假的？這類的故事是對他們的大腦有幫助，或是目標在於大腦以下的器官？這本書是否歸類於可吸收讀者爲宗教的追隨者，或是會被讀者焚燒之類的書籍呢？這是一本有關於數學的書，或是，就好像宇宙中的任何一件事物一樣，僅僅是因爲數學而寫的書籍呢？

是的，有許多問題存在著。而且甚至有更多的書籍。這是如此如此地多啊。人類以他們典型的方式著作如此多的書，讓讀者去讀完。閱讀也加諸於人類一堆堆的大事之中——工作、愛情、非凡的性能力、該說卻不說的話——因此人類必定常常對一些事情覺得有點不滿足感。

所以，人類需要知道書本。就好像人類在找工作時，必須知道這個工作會不會造成他們在五十九歲時發瘋，然後從辦公室的窗戶一躍而下。或是說，當人類在第一次約會時，那個不斷妙語如珠地向女友敘述著當初在柬埔寨時所發生的一切的男人，卻在後來的某一天將會拋棄這位女友，投向一位叫做法蘭希絲卡的年輕新歡女友。而這位法蘭希絲卡小姐經營著自己的公關公司，不斷地像卡夫卡般談論著不切實際的事物，而她本身卻連卡夫卡的著作都沒看過[5]。

無論如何，我在那兒走進了這間書店，看了看桌上的一些書籍。我注意到有兩個在那裡工作的女人一直笑著，且用手指頭指向我身體的中間部位。再一次我感覺有點困惑。難道男人都不會進去書店嗎？難道在兩性之間正進行著某種玩笑的戰爭嗎？賣書的人都花時間嘲弄顧客嗎？或是因爲我沒有穿衣服呢？誰知道？無論如何，這令人有點分心，特別是我之前所聽到的唯一笑聲，是我自己本身（Ipsoid）[6]所發出有點像用皮毛遮嘴般的輕聲地笑。我嘗試專注於這些書籍，然後決定看看那些堆在架子上的書。

不久我就發現他們所使用的系統，是依照字母順序來排列的，而且是以作者姓氏的第一個字母來排列。因爲人類英文的字母只有二十六個，所以那是個非常簡單的系統。我不久就發現了以M字母排列的作者。其中一本作者是M字母開頭的書叫做黑暗時代（The Dark Ages），作者全名爲愛莎貝兒・馬丁（Isobel Martin）。我將這本書從書架拿了下來。上面有個符號寫著「本地作者」。這本書目前只有一本庫存，這比起安德魯・馬丁的著作少了許多。比如說，安德魯・馬丁的著作方形圓（The Square Circle）就有十三本；美國圓周率（American Pi）就有十一本。這兩本書都是與數學有關的書籍。

我拿起這兩本書，發現書的背面都寫著8.99英鎊。由於柯夢波丹雜誌的幫忙，讓我對於整個人類語言增加的了解，我知道這是書本的價格。但是我沒有錢。所以我等了很久，等到沒有人看到時，快速地衝出了書店。

最後我恢復到走路的速度，因爲在沒有穿衣服的時候快跑，與我外露的睪丸實在很不協調。

然後我開始閱讀。

我在這兩本書中找尋黎曼假說（Riemann hypothesis），但是除了對於這位早已過世的德國數學家伯納・黎曼（Bernhard Riemann）一些不相關的文獻探討外，一無所獲。

---

❺ 卡夫卡（Franz Kafka, 1883-1924），德語作家。他的小說與短篇故事影響整個二十世紀。最知名的作品爲：《變形記》（The Metamorphosis）、《審判》（The Trial），與《城堡》（The Castle）。作品充斥著存在主義（existentialism）中人類的疏離感等現象。

❻ Ipsoid在本書中出現四次，爲作者自創的字，語意爲自己本身。Ipso 爲化學字根，表示 itself（本身）+ id 爲心理學的用法，表原我。

我將這兩本書丟在地上。

人們開始停了下來瞪著我看。我的周遭全是我不能理解的事物：垃圾、廣告、腳踏車。這是人類才有的東西。

我走過一個穿著長外套且滿臉毛髮的高大男子。從他不對稱的步伐看來，他似乎是受傷了。當然，我們都知道短暫的痛苦，但是他看起來不像是這種類型。他讓我想到這是個死亡之地。一切事物惡化、變質，然後死亡。人類周遭的生活被黑暗所包圍著。在地球上他們究竟如何面對呢？

從閱讀緩慢看來，眞是白癡行爲。這簡直就是唯一白癡的行爲。

然而，這個男人似乎並沒有在面對他的情況。他的雙眼充滿著悲傷和痛苦。

「天啊」，這個男人含糊地說著。我認爲他將我誤認爲其他的人了。「我現在什麼都看到了。」這個人聞起來有細菌感染的味道，還有一些我無法辨認的噁心感。

我想跟他問路。由於地圖上的描繪只有二維空間，而且有些模糊。但是我還沒有能力去問他。我可能有能力去說一些話，但是我沒有自信對如此貼近我的臉，有著球根狀的鼻子，和悲傷且粉紅色雙眼的人，說出這些話。（我如何知道他的雙眼是悲傷的呢？這是個有趣的問題。因爲我們摩納多星人從來不會感覺到悲傷。答案是：我不知道。這只是我有的感覺罷了。也許是我內在的鬼魂。也許是我變成的這個人類的鬼魂。我沒有他的記憶，但是我有其他的一切。移情作用部分說來是生物所具有的嗎？我所知道的一切讓我心神不寧，遠遠超過看到痛苦的表情。悲傷對我來說就像是一種疾病，而且我擔心會被傳染。）就在我第一次記憶中，我走過他身邊，嘗試自己去找到我要去的地方。

現在，我知道安德魯．馬丁教授在這間大學工作，但是我不知道何謂大學。我猜大學並不是一個翱翔於大氣層外，且外層塗著鋯的太空站。除此之外，我一無所知。我似乎沒有觀察兩個不同建築物的能力；也就是說，這就是那種的建築物，而且那個就是這個，天啊，這讓我搞糊塗了。所以我就繼續走著，不管別人的驚喘與笑聲，但是我摸著我走過時的每一塊磚，和每一塊玻璃的外觀，就好像觸覺比視覺握有更多的答案。

然後可能最糟糕的事情發生了。（振作些，摩納多星人。）

天開始下雨了。

雨在我皮膚與頭髮上的感受是可怕的，我希望雨馬上停止。我覺得很暴露。我開始慢跑，想找個地方進去。任何地方都好。我經過一棟巨大的建築物，大大的門外還有個招牌寫著：柯伯斯克里斯提與榮福童貞瑪利亞學院。由於我讀過柯夢波丹，我知道「童貞」詳細的意義。但是我不了解其他的單字。柯伯斯和克里斯提兩個字似乎在人類的語言中佔有一個地位。柯伯斯指的身體，所以柯伯斯克里斯提可能指的是密宗全身性高潮。坦白說來，我不知道。還有一些比較小的文字和一個不同的招牌。這些字寫著「劍橋大學」。我用左手打開門，走過去，再走過草地，朝向還開著燈的這棟建築物。

有生命和溫暖的跡象。

草地是潮濕的。這種柔和的潮濕感讓我反感，我認真地考慮要尖叫。

這草地修剪得很乾淨。我後來才了解到，修剪乾淨的草地本身就是一個強而有力的意義符號，而且能夠在我內心激起一些敬畏感，特別與這個「富麗堂皇」的建築結合在一起時。但是就在那時，我忘卻了乾淨草地的重要性與建築的宏偉，所以我繼續朝向主要的大樓走去。

有台車在我身後停了下來。再一次，有著藍色的光線在柯伯斯克里斯提學院的石牆上一閃一閃著。

（地球上一閃一閃的藍光＝麻煩）

有個人跑向我。後面跟著一大群的人。他們從何而來呢？他們一整群的人，全部穿著看起來很奇特的衣服，看起來都很邪惡。對我而言他們就像外星人。這是很明顯的事實。而比較不明顯的事實是：我對他們來說也像是個外星人。畢竟，我看起來像他們一樣。也許這是人類的另一個特性：他們有能力讓他們自己興奮，也有能力讓同類被放逐。如果事實是如此的話，我更重視我的任務。這讓我更了解我的任務。

無論如何，我就在潮濕的草地上，有個男人跑向我，且更遠處有一大群的人跟在後面。我原本可以跑走，可以作戰，但是他們人數實在太多了。有些人拿著看起來是古代的錄音設備。這個男人緊抓住了我。「先生，跟我走。」我想起我的目的。但當時我必須服從。事實上，我只是想離開下雨。

「我是安德魯．馬丁教授。」我說著。我有百分之百的信心知道如何說出這個片語。而且那是我發現到的一個事實：人們的笑聲具有真正可怕的力量。

「我有一個太太和一個兒子。」我說著。然後我說出他們的名字。「我需要見他們。你可以帶我去看他們嗎？」

「不。現在不行。不。我們不能。」

他緊緊地抓住我的手臂。我最想做的事就是將他可怕的手弄開。就算被他的一隻手摸到都覺得很不舒服，更不用說是被他緊緊地抓住。然而當他帶我去一台車子時，我並沒有嘗試抵抗。

當我出任務時，我應該盡可能地低調些，不要引起他人對我的注意。事實上，我已經失敗了。

你應該努力保持正常。

是的。

你必須嘗試與他們相同。

我知道。

不要倉促地逃走。

我不會。但是我不想在這裡。我想回家。

你知道你不能這樣做。時機未到。

但是我時間不多了。我必須去教授的辦公室，然後再去他家。

你是對的。你必須這樣。但是首先你必須保持鎮定，照他們的話做。他們叫你去哪裡你就去哪裡。他們叫你做任何事你就做任何事。他們不知道是誰派你來的。不要驚慌。安德魯・馬丁教授不在他們之中了。是你在他們之中。有的是時間。他們會死，所以他們沒有耐心。他們的生命很短。你的很長。不要變得像他們一樣。善用你的天賦。

我會的。但是我害怕。

你有權利害怕。你在人類之中。

人類的衣服

他們命令我穿上衣服。

人類不了解許多建築的事物，也不了解非放射性同位素基於氦的燃料，但是人類在衣服方面的知識卻彌補了他們的短處。他們是這個領域的天才，知道所有微妙之處。而且我跟你保證，有數千個微妙的地方。

衣服運作的方式如下：分爲底層衣服與外層衣服。底層衣服包括「內褲」和「襪子」，而它們覆蓋著身體氣味最濃厚的地方，像生殖器、屁股，和雙腳。也有「背心」可供選擇，它覆蓋著略微羞愧的胸部地帶。這個地帶包括了敏感的突起皮膚，稱之爲「奶頭」。我不知道奶頭的目的爲何，然而當我溫柔地用我的手指撫摸兩個奶頭時，我眞的注意到某種愉悅享樂的感覺。

外層衣服似乎比底層衣服來得更加地重要。外層衣服將百分之九十五的身體覆蓋著。只留下臉部、頭髮，和雙手露了出來。在此行星內，外層衣服似乎是權力結構的關鍵因素。例如，那兩個用閃亮藍光的車子帶走我的人，他們都穿著相同的外層衣服，其中襪子外面穿著黑皮鞋、內褲外面穿著黑長褲、而且還有白色的「襯衫」，和深色系外太空藍的「工作服」。在他們的工作服上方，也就是在他們左邊奶頭的上方，有個長方形的徽章。而此徽章是由更好的布料製成，上面寫著「劍橋郡警察」。他們的夾克也是相同的顏色，而且也有相同的徽章。這些顯然是他們所穿的衣服。

然而，我很快就了解何謂「警察」這個字。這個字指的就是警察的意思。我不能相信只因爲沒有穿衣服，所以我違反了法律。我十分確定的是，大部分的人類一定知道裸體的人類長相爲何。然而就因爲沒有穿衣服，我就好像做錯了事情。至少，還沒有如此嚴重吧。

他們將我放在一個小房間內，而這房間非常符合人類的房間，是一個長方形的聖地。好笑的是，雖然此房間比起警察局所有的其他房間，或是這整個行星內其他的房間，沒有比較好或是比較差，但是警官似乎認爲，比起其他房間來說，被放在這裡是一種特別的懲罰。這地方叫做「牢房」。我輕聲地自己笑著：「他們活在一個會死的身體裡，而他們卻更擔心被鎖在一個房間之內。」

這是他們叫我穿衣服的地方。也就是把我自己「覆蓋起來」的意思。所以我拿起那些衣服，盡我所能去做，然後當我了解哪隻手腳應該穿過哪個開口時，他們說我還要待在此地一個小時。而我也待了一個小時。當然，我要逃走是輕而易舉的。但是我了解到，我要藉著與警察和他們的電腦待在此地，來找到我所需要的一切。另外，我想起我的主人跟我說的話：善用你的天賦。你必須嘗試與他們相同。你應該努力保持正常。

然後門就打開了。

詢問一些問題

有兩個人。

這是不同的兩個人。他們並沒有穿相同的衣服，但是他們有著幾乎相同的臉。他們不僅是眼睛、突出的鼻子，與嘴巴相同，就連共有的自滿且悲哀的外表也都相同。在亮光中，我一點也不害怕。他們帶我到另一個房間裡詢問一些問題。這是個有趣的知識：你只能在一些特定的房間內詢問問題。他們用不同的房間來坐著、不同的房間來思考，以及不同的房間來審訊。

他們坐了下來。

焦慮刺痛我的皮膚。這種焦慮唯有在地球上你才能夠感覺得到。這種焦慮也來自於一個事實：知道我是誰的人離此地非常地遙遠。遙遠到無法想像的境界。

「安德魯．馬丁教授，」其中一個男人邊說著邊向後靠在椅子上。「我們對你做了一些研究。我們上網搜尋你的資料。你在學術圓圈裡可是赫赫有名的大人物啊。」

這個男人伸出他的下嘴唇，然後再展現他雙手的手掌。他要我說些話。如果我不說，他們將計畫如何對付我呢？他們能夠怎麼做呢？

我一點都不了解何謂對我「上網搜尋」，但是不管那是什麼東西，我都感受不到。我也並不了解什麼叫做「學術圓圈裡可是赫赫有名的大人物」。但是當我考慮到這個房間的尺寸時，而且知道他們了解何謂圓圈時，我必須說，這讓我鬆了一口氣。

我點點頭，但是對於要說話還是覺得有些不安。說話需要非常專心與協調。然後另一人說話了。我轉而凝視著他的臉。我推測他們兩個之間的主要差異在於他們眼睛上面的毛髮線條。這個人他的眉毛永遠保持著上揚的狀態，這讓他額頭的皮膚充滿著皺紋。

「你要告訴我們什麼？」

我努力地想了很久。該說話了。「我是本星球上最聰明的人。我是個數學天才。我對於數學的許多領域做出了許多的貢獻，例如：群論、數論，和幾何。我的名字叫做安德魯·馬丁教授。」

他們彼此看了一眼，從鼻子中發出一陣短暫的輕笑聲。

「你覺得這樣很好玩嗎？」第一個人挑釁地說著。「你犯了違反公共秩序的罪。這讓你很高興嗎？是嗎？」

「不，我只是告訴你我是誰。」

「我們已經證實你的身分了。」這個警官說著。而他不斷地拉低且拉近他的雙眉，就像一隻在交配季節中的多納羽絨被鳥。「反正再問你最後一點。我們無法確認的是：你在早上八點半的時候，不穿衣服到處亂走亂逛幹什麼？」

「我是劍橋大學的教授。我跟愛莎貝兒·馬丁結婚。我有一個叫做格列佛的兒子。我很想看他們。請讓我看他們。」

他們看著文件。「好的，」第一個人說著。「我們知道你是費茲威廉學院的老師。但是這無法解釋為何你在柯伯斯克里斯提學院裡面到處裸走。你是頭殼壞了、或是危害社會、或是兩者都有？」

「我不喜歡穿衣服。」我非常優雅且準確地說著。「衣服會摩擦我的生殖器造成不舒服。」然後我想到之前從柯夢波丹雜誌所學的一切，我傾身靠向他們，然後補上我內心所想的關鍵論點。「衣服嚴重地阻礙我達到密宗全身性高潮的機會。」

就在那時，他們做了個決定，這個決定就是要帶我去做精神病理測試。而這意味著要到另一個沿著直線走過去的房間，去看另一個有著突鼻子的人。而這個人類是個女人。她的名字叫做梅莉，聽起來就像「美麗」，而名字本身就意味著美麗的意思。不幸地，由於她是個人類，而且以她的本質看來，這個名字眞的是令人作嘔。

「現在，」她說著，「我想問你一些簡單的問題。我想知道你最近是不是壓力很大？」

我很迷惑。她在講什麼壓力呢？大氣壓力嗎？地心引力嗎？我說：「對啊，很多的壓力。任何地方都有不同的壓力。」

這個答案似乎是對的。

咖啡

她告訴我她一直跟大學校方談論一些問題。這對我來說是沒有意義的。比如說，事情爲何如此？但是她是這樣告訴我的：「他們告訴我，以你的同事的標準來衡量，你長期以來一直都超時工作。他們似乎對於整件事情不是很高興。但是他們很擔心你。你老婆也是如此。」

「我老婆？」

我知道我有一個老婆，我也知道她的名字。但是我眞的不了解什麼叫我有一個老婆。婚姻對我來說是個眞正怪異的概念。這個星球上可能沒有足夠的雜誌來讓我了解婚姻。她越解釋著，我越困惑。婚姻是一種「愛的結合」，而這意味著兩個彼此相愛的人永遠生活在一起。而那意味著愛情是一種非常脆弱的力量，然後需要婚姻來支撐愛情。此外，這樣的結合有可能會因爲「離婚」而破碎。就我所了解，以邏輯的術語來說，離婚沒有什麼重點。然後，雖然愛情是我所讀過的雜誌裡面最常使用的單字，我實在不了解什麼叫做「愛情」。它成了一個謎。所以我也要求她解釋，而且對此我實在很迷惑，也許是過度服用不好的邏輯吧。這聽起來就像是一種錯覺。

「你要來杯咖啡嗎？」

「好的。」我說。

所以咖啡來了，我也嚐了一下。這是一種又熱、又惡臭、又酸、又雙碳的混合液體。而我整個吐在她的身上。這完全違反了人類的主要禮儀，很明顯地，我應該要呑下去的。

「這眞是……」她站了起來然後將自己全身拍乾，看來十分在乎她的襯衫。之後，她問了更多的問題。她也問了些不可能的問題，例如，我的住址，我在休閒時做些什麼事情來放鬆身心？

當然，我可以愚弄她。她的心靈是如此地柔和且溫順，而且她心靈的中性震動也是如此地柔弱，以至於用我有限的語言能力都能夠告訴她我一切安好，而且這一切與她無關，而且請她離我遠一點。我早也已經算出了我所需要的節奏與最理想的頻率。但是，我並沒有這樣做。

不要倉促地逃走。不要驚慌。將會有時間。

但是眞相是，我非常地害怕。我的心臟開始無緣無故地狂奔起來。我雙手手掌一直流汗。這個房間、它的建造比率，再加上跟這個非理性的物種在一起，這一切都快讓我爆炸了。這裡的一切都是個測試。

如果這一次的測試失敗了，將會有另一個測試來了解爲何如此。我猜他們很喜歡考驗，因爲他們相信自由意志。

哈哈！

我發現到人類相信他們可以控制他們的生活，所以他們很敬畏問題與考驗，因爲問題和測試讓他們感覺到，他們可以控制那些因選擇而失敗的人，與那些沒有認眞做正確答案的人。而就在最後一個測試沒有通過時，許多人，就如同我一樣，將坐在精神病醫院內，呑下一種叫做安定的鎭靜安眠藥來讓心靈空白。之後這些人將被放在另一個充滿直角的空房間裡面。而就在此刻，我正在吸入痛苦的氯化氫氣味。這是他們用來消滅細菌的東西。

我決定，我在這個房間的工作要容易一些。我指的是最重要的部分。此外，容易的原因在於，我對他們的漠視感就好像他們對單細胞生物的漠視一般。比起衛生的原因外還有其他更大的原因，我毫無疑問地絕對可以消滅他們中的一些人。但是我不了解的是，當我們提到那位偷偷摸摸的、偽裝的，且遙不可及的巨人，也就是大家所熟知的未來之神時，我就跟任何人一樣地脆弱。

瘋子

人類通常不喜歡瘋子，除非他們精通繪畫，而且還得在他們死了之後。但是在地球上瘋狂的定義似乎是非常不清楚且不一致的。在某個時代被認爲是完美理智的一切，在另一個時代卻變成是瘋狂的行爲。最早期的人類四處裸走也不會惹出任何的問題。現在，特別在潮濕的許多雨林之中，某些人類依舊裸走。所以，我們可以做出一個結論：瘋狂有時只是時間的問題，而且有時只是郵遞區號不同罷了。

基本上，關鍵的法則在於：如果你想要在地球上看起來似乎是理智的話，你必須在對的地方、穿對的衣服、說對的事情，而且要踏在對的草地上。

912,673的立方根

不久之後，我的太太，愛莎貝兒・馬丁，親自來看我了。她是黑暗時代這本書的作者。我希望她能排斥我，這樣事情就更簡單多了。我希望被嚇到，當然，我是被嚇到的，因為整個人類這個物種對我來說都是嚇人的。第一次見面時，我認為她很可怕。我害怕她。現在，我害怕這裡的一切。這是不容否認的真相。來地球就是被嚇到。看到自己的手，我也被嚇到。但是，無論如何，愛莎貝兒。當我第一次看到她時，我只看到幾兆個普普通通隨隨便便組合的細胞。她有著蒼白的臉、疲憊的雙眼，和一個狹小且突出的鼻子。她這個人非常地沉著平穩、非常地正直，而且非常地可以抑制自己的情緒。比起大部分的人類，她似乎能夠隱瞞一些事情。光看著她，我的嘴巴就口渴了。我想，如果對這個特別的人類有所挑戰的話，在我做我該做的事之前，我打算多認識她一些、多花些時間陪她，而且多蒐集一些我要的資訊。

她來我的房間看我，旁邊有個護士看著。當然，這是另一個考驗。人類生活中每件事都是考驗。那就是為何他們看起來都精疲力盡。

我很怕她會抱我、吻我、在我耳朵吹氣，或是雜誌告訴我其他人類會做的事情。但是她沒有這麼做。她似乎不想這麼做。她想做的一切就是坐在那裡，瞪著我看，就好像我是912,673的立方根，然後她嘗試要把我計算出來。事實上，我也努力嘗試和諧地表現出來。97這個不朽的平方根。我最喜歡的質數。

愛莎貝兒笑了，且對護士點點頭。但是當她坐下來面對著我時，我了解她正展現出普遍的恐怖徵兆：繃緊的臉部肌肉、瞳孔放大，以及呼吸急促。我特別注意她的頭髮。她的頭頂與腦後從上而下長著一頭黑髮，頭髮一直延伸停止在肩膀上方，而在肩膀的地方形成一條水平的直線。這就是大家所熟知的「短髮」。她背部挺直地坐在椅子上，看起來很高。她的脖子很長，看起來就好像她的頭與身體鬧翻了，而不想與它有所瓜葛。我後來發現她四十一歲，有個被認為是美麗的外表，至少在此星球上是樸素地美麗。但是就在那時，她有了另外一張人類的臉。而人類的臉是我最不想學習的人類密碼。

她吸了口氣。「你感覺怎麼樣？」

「我不知道。我不記得很多的事情。我的心裡有點雜亂，特別是今天早上。聽著，自從昨天開始有人到過我的辦公室嗎？」

這讓她有點困惑。「我不知道。我如何知道呢？我非常懷疑在週末時他們都在裡面。無論如何，你是唯一擁有那堆鑰匙的人。拜託，安德魯，發生了什麼事？你發生了意外嗎？他們為你做了失憶症的測試了嗎？你那時為什麼在屋外？告訴我你在做什麼？我起來時你就不在那裡了。」

「我只是需要出去一下。就是這樣。我需要待在外面。」

她現在很激動。「我在想所有許多的事情。我整個房子都找遍了，就是沒有你的蹤跡。你的汽車和腳踏車都在那裡，你連手機都沒拿，而那是清晨三點鐘。安德魯。清晨三點鐘。」

我點點頭。她想要答案，但是我只有問題。「我們的兒子格列佛呢？他為什麼沒有跟妳在一起？」

這答案讓她更加地迷惑。「他在我媽媽家那裡。」她說。「我幾乎不能帶他來這裡。他心情很苦惱。你知道，在發生每件事之後，這對他來說很難受。」

她告訴我的事情沒有一件是我要的消息。所以我決定直接一點。「妳知道我昨天做了什麼嗎？妳知道我在工作上達成什麼了嗎？」

我知道不管她如何回答，眞相都不會改變。我必須殺了她。不是那時候。地點也不對。但是我很快地會在其他地方殺了她。然而我還是要知道她知道些什麼。或是她跟其他的人說了些什麼？

在這點上護士寫了些東西。

愛莎貝兒忽略了我的問題，靠我更近，然後放低她的聲音。「他們認爲你心理崩潰。當然他們不用這個術語。不過這就是他們心裡想的事情。他們問了我許多的問題。這種感覺就好像面對著宗教裁判長一樣。」

「那就是在這裡所有發生的一切，不是嗎？這麼多的問題。」

我勇敢地看了一下她的臉，然後給了她更多的問題：「我們過去爲何要結婚？重點何在？有哪些規則包含在內呢？」

即使在這個被設計來問問題的行星上，某些詢問卻無人理睬。

「安德魯，我一直告訴你好幾個星期了，甚至於好幾個月了，你該放慢腳步做事。你一直過於疲勞了。你眞的是蠟燭兩頭燒。有些事情該放棄了。但即使如此，事情太突然了。事先都沒有警訊。我只想知道是什麼造成這所有的一切。是我嗎？是什麼？我很擔心你。」

我嘗試想出一個合理的解釋。「我猜我一定是忘了穿衣服的重要性。也就是說，做我該做的事很重要。我不知道。我一定忘了如何當一個人類。這會發生，不是嗎？有時會忘記一些事情，不是嗎？」

愛莎貝兒握住我的手。她的大拇指下方光滑的部分撫摸著我的皮膚。這讓我更加焦慮。我想知道爲何她要摸我。警察抓了手臂帶你去某個地方，但是爲何老婆撫摸你的手？目的何在？這跟愛情有關嗎？我凝視著她戒指上這個小小閃閃發光的鑽石。

「一切都會沒事的，安德魯。這只是個暫時的問題。我答應你。你很快就像雨水般的健康安好[7]。」

「像雨水？」我問著。我的擔心在我的聲音中加上一些顫抖。

我嘗試閱讀著她臉部的表情。但有些困難。她一點都不害怕。她是什麼樣的人？她悲傷嗎？困惑嗎？生氣嗎？失望嗎？我想了解，但我不能。在講了一百多個字之後，她離開了我。這些字，這些字，這些字。她在我的臉頰上輕輕地吻了一下，然後擁抱了一下，然後我嘗試不要退縮或過於小心，但是對我來說有些困難。然後她轉過身去，然後擦掉從眼睛漏出來的東西。我覺得我應該做些什麼事情、說些什麼事情，和感覺些什麼事情，但是我不知如何下手。我說著：「我看到妳的書。在書店裡。就在我的書旁邊。」

[7] 原文You'll be right as rain. 在英國，be right as rain 指的是一切健康安好的意思。

「你沒有完全失去記憶。」她說著。語調是柔和的，但是有些輕蔑。我想也是如此。「安德魯，小心一些。依照她們所說的去做，然後一切都會安好。一切都會安好。」

然後她就走了。

死母牛

我被告知要去飯廳吃飯。這是個可怕的經驗。有件事我必須說：這是我第一次在一個密閉的區域內，面對這麼多他們的物種。第二點，氣味的問題。有水煮胡蘿蔔的味道、有豆子的味道，還有死母牛的味道。

母牛是居住在地球的動物。那是一種人類飼養，而且多功能的有蹄哺乳類動物。人類把母牛當作是全方位服務的商店，可以提供食物、液態飲料、肥料，和名牌的鞋類。人類飼養牠，切開牠的喉嚨，再將牠全身肢解，包裝它，冷凍它，再賣掉它，再煮了它。因爲這樣做，很明顯地，人類得到改變母牛的名字爲牛肉的權力。而牛肉是讓人類最不會想到母牛的單字，因爲當人類在吃母牛時，最不想要想到的事物，就是一隻眞正的母牛。

我不在乎母牛。如果我的任務是殺掉一隻母牛，我會很樂意去做。但是，從不在乎某人到想要吃掉它們，中間的差距太大了。所以我吃蔬菜。或者，我吃一片水煮胡蘿蔔。我了解到，除了吃噁心而且不熟悉的食物外，沒有任何的事物能夠讓你如此地想家。吃一片就夠了。非常地夠。事實上，一片都是太多了。我費盡了力量和專注力，才能夠對抗咽喉的反射動作，讓我不要吐了出來。

我自己一個人坐在角落的桌子，旁邊有一個高高的花盆植物。這個植物有著寬寬的、亮亮的，而且有許多綠綠平平的血管器官。人類叫它們爲樹葉。很明顯地是爲了光合作用的功能。這植物對我來說非常奇特，但是我不害怕。事實上，它看起來還滿漂亮的。這是我第一次在這裡看著東西，而沒有惹上麻煩。但是就在那時，我的目光從植物移到了這個噪音，還有那些被歸類爲瘋子的人類。這個世界的一切生活方式都是這些瘋子無法理解的。如果我曾經想要跟這個行星上的任何人聊一聊的話，他們一定會在這個房間。正當我在想這件事時，其中一個瘋子走向我。這是一個有粉紅色短髮的女孩，一片圓形的銀製品穿過她的鼻子（就好像她臉上那個部分需要他人的注意），雙手手臂上有著稀疏的橘色與粉紅色的疤痕。她那輕聲且低沉的聲音，意味著她大腦內的每個想法都是致命的秘密。她穿著一件短袖圓領汗衫。上面有幾個字：「一切事物都是美好的（沒有任何事物讓人受傷）」。她的名字叫做柔依。她立刻告訴我那件事情。

意志與表象的世界

然後她說：「新來的嗎？」

「是的。」我說著。

「一天嗎？」

「是的。」我說著。「現在是白天。我們似乎調整方位朝向太陽。」

她笑了，而她的笑聲與她的聲音相反。這種笑聲讓我希望著，沒有任何的空氣會幫助那種瘋狂的聲波，繼續旅行到達我的雙耳。

當她鎮定下來，她自言自語地解釋。「不，我指的是，你會永遠待在這裡，或是只有今天一天？像我一樣？這是一種自願奉獻的工作。」

「我不知道。」我說著。「我想我很快就要離開了。我沒有瘋，你知道。我不過是對一些事情有點困惑。我有很多事情要繼續做。要做很多事情。要完成很多事情。」

「我曾在某個地方看過你。」柔依說著。

「有嗎？從哪裡？」

我環視這個房間。我開始覺得不舒服了。總共有七十六位病人。十八名員工。我需要隱私。我真的需要離開那裡。

「你上過電視嗎？」

「我不知道。」

她笑了。「我們可能是臉書上的朋友。」

「是的。」

她狂抓她可怕的臉。我不知道她的臉下面有什麼。情況再糟不過了。當她突然了解到什麼事情，她睜大了雙眼。「不是。我知道了。我在大學裡面看過你。你是馬丁教授，不是嗎？你是位傳奇人物。我在費茲威廉學院。我在那裡看過你好幾次。學院的菜色比這裡好，不是嗎？」

「妳是我的學生嗎？」

她又笑了。「不。不是。我可受不了中學教育普通證書的數學課。我恨數學課。」

這讓我生氣了。「恨數學？妳怎麼可以恨數學呢？數學是一切事物。」

「好吧，各人看法不同。畢達哥拉斯聽起來倒是有點像個花花公子。但是，我對數字並不是超棒的。我是哲學系的。我在這裡的原因就是如此。我從頭尾都只研究叔本華。」

「叔本華是誰？」

「他寫了一本書叫做意志與表象的世界。基本說來，世界是以自我的意志來認知的一切。人類被他們的基本欲望所控制，而這導致苦難和痛苦。因為我們的欲望讓我們渴望世界的許多事物，但是世界不過是個表象。因為那些相同的渴望塑造我們所看到的一切，所以我們最後從自我身上來滿足自己。直到我們瘋了，下場就是到這裡來。」

「妳喜歡這裡嗎？」

她又笑了，但是我注意到了，她那種笑，不知爲何卻讓她看起來更悲傷。「不，這地方是個漩渦。它將你吸得更深。你想離開這裡，老兄。我告訴你，這裡的每個人都比一般人好。」她指著房間裡面不同的人，然後告訴我他們出了什麼問題。她先提到一個大尺寸，且紅臉的女性。而她就坐在離我們最近的桌子。「她叫肥安娜。她什麼東西都偷。拿著這個刀叉看著她。往上看看她的袖子裡裝了什麼東西……而那個人叫史考特，他認爲他是王位的第三號繼承人。然後，莎拉，她白天大部分時間都很正常，但在四點十五分之後，就開始沒理由地尖叫。還有一個愛尖叫的人……而那是愛哭克里斯……還有個布里奇特狂躁，他總是以思想的速度到處逛逛……」

「以思想的速度。」我說著。「這麼慢嗎？」

「……而那是……說謊莉莎……這是搖滾雷傑。啊，啊，對了，你有沒有看到那個傢伙，那個有鬢角的？高高的，對盤子喃喃自語的那個啊？」

「我有看到。」

「啊，他去過整個天琴座的卡帕克斯星球❽。」

「什麼？」

「他是精神失常，以至於他認爲自己來自另一個星球。」

「不會吧？」我說。「眞的嗎？」

❽ 卡帕克斯星球K-Pax爲小說家Gene Brewer 於1995年所寫的科幻小說。小說主角有幻覺、精神分裂，及多重人格等的疾病。他自稱來自於K-Pax星球。

「眞的，相信我。在這個餐廳中，我們都不過是一個來自杜鵑窩[9]，而且沉默的美國土著居民。」

我聽不懂她在說什麼。

她看了看我的盤子。「你不吃那個嗎？」

「不吃。」我說。「我不覺得我能吃得下。」就在那時，我覺得可以從她身上得到一些情資，所以我就問她：「如果我做了一件事，而且達到了了不起的成就，妳認爲我會告訴很多人嗎？我指的是，我們人類很自傲，不是嗎？我們喜歡炫耀。」

「我猜，會啊。」

我點點頭。當我想知道，到底有多少人知道安德魯．馬丁教授的發明時，心中感到一陣驚慌湧上心頭。然後我想擴大我的詢問範圍。爲了做起來像人類，畢竟我要了解他們。所以我問了她我心中所能想到的最大問題。「妳認爲生命的意義是什麼？妳發現了嗎？」

「哈，生命的意義。**生命的意義**。沒有意義啊。人們在一個世界上尋找外在的價値和意義。而這個世界不但無法提供他們所要的一切，而且也漠視他們所追求的一切。那不全然是叔本華的理論。那是比較屬於從齊克果[10]到卡繆[11]的理論。我追隨他們。麻煩在於說，如果你研究哲學，而開始不相信意義，你就開始需要醫療的幫助了。」

「何謂愛情？愛情是有關於什麼？我讀過愛情。在柯夢波丹雜誌裡面。」

又笑了一次。「柯夢波丹？不要開玩笑了？」

「不，我沒開玩笑。我想了解這些事情。」

「你在這裡絕對問錯人了。你知道，這就是我的問題之一。」她至少放低了兩個八度音階的音量，秘密地看著我。「我喜歡暴力的男人。我不知道爲什麼。這是種自殘的行爲。我常去彼得柏勒市[12]。那裡有很多油水可扒可撈。」

「啊，」我說著，同時了解到我來這裡是對的。人類的怪異行爲，跟我被告知的一樣，他們眞的喜歡上了暴力。「所以，愛情就是找一個對的人來傷害妳嗎？」

「非常正確。」

「這沒道理啊。」

「愛情總是有瘋狂的行爲。而瘋狂也總是有理性的行爲。那是……別人的說法。」

這時一片寧靜。我想要離開了。由於不懂禮節，我站起來就走了。

她發出一陣哀鳴聲後，又開始笑了。就像瘋狂一樣，笑聲似乎是唯一的解脫方式，也就是人類的緊急逃生門。

我樂觀地走向對著自己盤子喃喃自語的男人。這個看起來顯然像個外星人的人。我跟他聊了一下。懷著相當大的希望，我問他來自何方。他說他來自塔圖因行星[13]。我從來沒聽說過這個地

---

⑨ 杜鵑窩（cuckoo's nest）指的是瘋人院。
⑩ 齊克果（Soren Kierkegaard, 1813-1855），知名丹麥存在主義哲學家。
⑪ 卡繆（Albert Camus, 1913-1960），法國作家與哲學家。1957年獲頒諾貝爾文學獎。
⑫ 彼得伯勒（Peterborough）爲英格蘭中東部的一個自治市。
⑬ 塔圖因（Tatooine）爲電影《星際大戰》（Star Wars Saga）發源地，是個虛構小說的行星。

方。他說他住在靠近卡坤大坑[14]的地方，距離甲芭宮庭開車只要一下子。他過去一直跟天行者一起住在他們的農場裡，但是農場現在燒毀了。

「你的星球離這裡多遠？我指的是，離地球多遠。」

「非常遠。」

「多遠？」

「五萬英里。」他說著的同時，不僅摧毀了我的希望，也讓我希望永遠不要將我的注意力轉離這個擁有蒼翠茂盛綠葉的星球。

我看著他。一下子，我原本認為我在他們中並不孤單，但是，現在我覺得很孤單。所以我一邊離開，一邊心裡想著，這就是當你住在地球時所發生的一切。你會崩潰。你將現實握在手中，直到它燃燒，然後你就必須丟掉這面現實的盤子。（當我在思考時，這房間裡面某處的某個人，事實上眞的掉下一個盤子。）是的，我現在能夠看清楚這一切。成為一個人類會將你逼瘋。我從一個大型的長方形窗戶向外看，看到樹木與建築物，看到車輛與人們。很清楚地，這個物種沒有能力來處理安德魯．馬丁所傳承給他們的新盤子。我眞的需要離開那裡來完成我的責任與義務。我想到我的太太愛莎貝兒。她有著知識，那種我要的知識，我之前應該跟她一起離開才對。

「我在做什麼呢？」

我走向窗戶，期望這窗戶與我的星球摩納多星一樣，但是畢竟不同。它是由玻璃製成。我的星球是由岩石製成。我沒有直接走過窗戶，相反地，我用鼻子撞上去，引起其他許多病人一陣陣的吼笑聲。我離開了房間，不顧一切地離開了所有的人，還有母牛與胡蘿蔔的氣味。

⑭ 卡坤大坑（Great Pit of Carkoon）為塔圖因行星中的地名。

失憶症

做人類是一回事，但是，如果安德魯．馬丁早就將結果告訴了他人，我不想在這裡浪費太多的時間。當我看著左手與它所包含的天賦時，我知道該如何做。

午餐後，我去拜訪看著我與愛莎貝兒談話的那位護士。我放低音量到正常的頻率。我用正常的速度來減緩我要說的話。要催眠人類太容易了，因爲在整個宇宙所有物種之中，人類似乎是最不顧一切地相信催眠。「我一點都沒有瘋。我想要見一見可以放我出去的醫生。我眞的需要回家，看看我的太太與小孩，然後繼續我在劍橋大學費茲威廉學院的工作。此外，我眞的不喜歡這裡的食物。我不知道今天早上發生了何事。我眞的不知道。這眞是一場令人相當尷尬且難爲情的公共表演，但是我眞摯地向你保證，不管我罹患何種病，這都是短暫的。現在我很正常且沒有瘋，我也很高興。我眞的覺得很好。」

他點點頭，然後說：「跟我來。」

醫生要我去做些醫學上的測試。也就是大腦掃描。他們擔心我的大腦皮質部可能有損傷。而這會造成失憶症。我也了解，不管發生何事，只要我的天賦還活躍著，絕對不能發生的事，就是讓他們看我的大腦。所以，我說服他，我沒有失憶症。我虛構了許多的記憶。我也虛構了整個的人生。

我告訴他，我長期工作壓力太大，而他也了解。然後他多問了我一些問題。但是只要是人類的問題，答案永遠早在人類的心中；就好像質子永遠在原子之內一般。而我必須靠著我獨立的思想去鎖定與給予他們這些答案。

半小時後，診斷清楚了。我沒有喪失記憶。我僅僅是罹患短暫的瘋狂。雖然他不同意使用「崩潰」這個術語，但是他還是說我有「心理衰退」。原因是睡眠不足、工作壓力，和飲食問題。就飲食問題而言，如同愛莎貝兒已經告知醫生的，我喝了太多超濃的黑咖啡——當然，這是個我已經知道且討厭的飲料。

然後醫生給了我一些的提示，因爲他不了解我是否有恐慌症、情緒低落、神經震驚、突然行爲起伏過大，或是虛幻感。

「虛幻感？」我很堅定地思考著。「沒錯，我很明確地有這種感受。但是現在沒有了。我感覺很好。我感覺很眞實。我感覺跟太陽一樣地眞實。」

醫生微笑了。他告訴我說他曾經讀過一本我寫的數學書籍——很明顯地，是那本安德魯·馬丁在普林斯頓大學教書時期所寫的「非常有趣的」回憶錄。我已經看過這本書。也就是這本叫做美國圓周率的書。他的處方中有更多的安定藥劑，而且忠告我在處理事情時「一次只處理一天的量」，感覺起來，就好像我必須再經歷許多的日子，才能處理好另一種狀態。然後，他拿起了我所看過最原始的電訊科技，告訴愛莎貝兒來帶我回家。

你要記得，在任務期間，不要被影響或是變腐敗。

人類是一種傲慢的物種，他們充滿暴力與貪婪。他們佔有他們的地球家園，而這是他們目前唯一擁有的星球，然後將它放在馬路上破壞。他們創造了一個劃分且分類的世界，且永遠看不到他們的相似度。他們一直快速地發展著科技，然而他們的心理卻永遠趕不上。然而，他們仍然爲了進步而追求進步。爲了追求金錢與名望，他們渴望得太多了。

你一定不要掉入人類的陷阱中。你不可以看著任何一個人，卻沒有看到他們全部與罪惡的關係。每張人類微笑的臉頰上，不管是多麼間接地，都藏著他們所能做到的恐怖與必須負責的恐怖。

你不可以從工作上軟化與退縮。

保持純淨的狀態。

留住你的邏輯。

不要讓任何人干擾你該做之事情本身所具有的數學確定性。

坎琵恩路4號

這是一個溫暖的房間。

有個窗戶，但是窗簾拉起來了。這些窗簾很薄，可以讓唯一太陽的電磁輻射穿過，所以我可以看清楚一切的事物。牆壁的顏色漆成天空藍，而且有個白熾「燈泡」從天花板上垂掛下來。燈泡上有著紙做的圓柱形燈罩。我躺在床上。這是個雙人的正方形大床。我一直躺在相同的床上睡了超過三個小時。現在我醒了。

這是安德魯．馬丁的床鋪。在房子的三樓上。他的房子在坎琵恩路4號。比起我所看到的其他房子外牆，這間房子大多了。在裡面，所有的牆壁都是白色的。樓下的走廊和廚房，地板都是石灰石製成的。這是一種方解石，讓我覺得看起來很熟悉。我去喝過水的廚房，由於有個叫做火爐的東西，特別的溫暖。這個特別的火爐，是鐵製的，而且用的是瓦斯來點火，上方表面有兩個持續加熱的圓盤。這品牌叫做雅家爐。這是米色的。廚房有許多的門，臥房也是如此。烤箱有門、櫥櫃有門、衣櫃有門。整個世界都關閉了。

臥房的羊毛地毯是米黃色系的。動物的毛。牆上有張海報，上面有一張圖片，圖片上兩個人類的頭，一男一女，他們靠得很近。海報上寫著：羅馬假期[15]。其他還有一些字：葛萊哥萊・畢克、奧黛麗・赫本，和派拉蒙電影公司。

在一個木製長方體的傢俱上方，有一張照片。照片基本上是一張二維的，不會移動的立體照片，只爲了迎合視覺的感受。這張照片是放在一個長方形的不鏽鋼相框裡面。這是安德魯和愛莎貝兒的照片。他們比較年輕些，皮膚比較光亮且沒有枯萎的現象。愛莎貝兒看起來很快樂，因爲她在微笑，而微笑是人類快樂的意義符號。照片中，安德魯和愛莎貝兒都站在草地上。她穿著白色的洋裝。如果你想快樂，似乎就要穿這件洋裝。

還有另一張照片。他們站在一個很熱的地方。兩個人都沒有穿衣服。在完美的藍天下，他們位於一堆巨大而且搖搖欲墜的石柱中。（在地球，順便一提，文明是一群人類聚在一起，而且互相壓抑本能直覺的結果。）我猜，這個文明已經被忽視了，或是摧毀破壞了。他們正在微笑，但這是一種不同的微笑。因爲，他們的嘴巴在笑，但是他們的眼睛不笑。他們看起來不太舒服，而我把原因歸咎於他們薄皮膚上的熱度。後面還有一張照片，這是在室內的某處拍的。他們旁邊有個小孩。年輕。男的。他的頭髮和母親的頭髮一樣的黑，也許更黑。但是皮膚較爲蒼白。他穿著一件叫做「牛仔」的衣服。

許多時間，愛莎貝兒都在房裡，不是睡在我旁邊，就是站在附近看著。我大部分時間都不看著她。

我不想以任何方式與她有所關聯，如果我對她產生出任何的同情心或是同理心，這都與我的任務無關。當然，這是不可能的。她的怪異感讓我困擾。對我來說，她就像是個外星人。但是，在事情發生前，而且也無可爭議地已經發生了，這整個的宇宙對我來說都是不可能的。

雖然，我曾經勇敢地面對著她的雙眼，問過一個問題。

「妳最後一次看到我是什麼時候？我指的是，在這之前。是昨天嗎？」

「是在吃早餐的時候。然後你去工作。你十一點回家。十一點三十分上床睡覺。」

「我有說什麼嗎？我有告訴妳什麼嗎？」

「你叫我的名字，但是我假裝在睡。就這樣。直到我醒來，你就不見了。」

我笑了，鬆了一口氣，我猜。但回到當時，我不了解爲什麼。

---

⑮《羅馬假期》（Roman Holiday）是1953年所拍攝的浪漫愛情電影。派拉蒙（Paramount Pictures）電影公司拍攝。男女主角爲：奧黛麗．赫本（Audrey Hepburn）和葛雷哥萊．畢克（Gregory Peck）。

戰爭與金錢秀

我看著她先前買給我的「電視」。對她來說電視太重了，她掙扎地搬著。我想她希望我能幫她。眼看著一個生物的生命形式如此地努力著，我覺得自己似乎是錯的。我很迷惑且不了解，她爲什麼會爲我做這件事。純粹出自於心靈移動術的好奇心，我嘗試用我的心靈天賦將電視機變輕。

「這比我想的容易多了。」她說著。

「喔，」我邊說著，邊面對面看著她的目光。「對的，期望是件有趣的事。」

「你仍然喜歡看新聞，不是嗎？」

「是的，」我說，「我喜歡看新聞。」

看新聞。那是個好的想法。新聞裡面可能有我想要的東西。

我看著新聞，而愛莎貝兒看著我。我們兩個同時被我們所看到的一切困擾著。新聞中充滿著許多人類的臉，但是一般說來，比較小，而且常常離得很遠。

在我看電視的第一個小時，我發現了三個有趣的細節。

第一：在地球上，「新聞」這個術語，一般指的是「直接影響人類的新聞」。照字面上來說，新聞不包括羚羊、海馬、紅耳滑龜，還有此行星上其他九百萬個物種。

第二：我無法理解新聞的優先考量的順序。例如，新的數學觀測，與未被發現的多邊形，新聞從不報導。但是卻有許多有關於政治的消息。政治在此行星上，本質就是有關於戰爭與金錢。的確，既然戰爭與金錢在新聞中是如此地受到歡迎，準確地說，新聞應該改成戰爭與金錢秀。我直接地被告知過，這是一個具有暴力與貪婪的行星。炸彈在一個叫做阿富汗的國家爆炸了。在其他地方，人們擔心著北韓的核武能力。所謂的股市下跌了。這讓人們非常地擔心。而這些人凝視著且研究著螢幕上的數字，就好像數字展現出唯一重要的數學。天啊，我等待著黎曼假說，卻等不到。不是沒有人知道，就是沒有人在乎。理論上說來，這兩個可能性都是令人欣慰的，然而，我卻感受不到欣慰。

第三：人類對於發生在他們周遭的事情，比較在乎。南韓擔心北韓。倫敦的人主要擔心的是倫敦的房價。人們似乎不在乎雨林中裸體的人，只要事情不是發生在他們的草地上。他們完全不在乎發生在太陽系以外的事物。也幾乎不在乎太陽系之內的事物。也許只在乎發生在地球的事物。（當然，發生在他們太陽系的事物不多，而這可能已經在某些程度上，解釋了人類的傲慢來自何處。也就是缺少競爭。）大部分看來，人類只想知道在他們的國境內所發生的一切。最好是只屬於他們的那一小小的部分。越接近所居住的區域越好。鑑於這種觀點，絕對理想的人類新聞節目，將會是正在觀看電視的人，本身所居住的家中正在發生的事物。然後，新聞報導就能夠以家中特定的房間爲基礎，加以劃分以及排定報導的優先順序。因此頭條新聞就是有關於電視機所在的房間內的事物，也就是有關於這個最重要的事實：人類正在看電視。但是直到人類跟隨這個新聞的邏輯，達到這樣不可避免的結論時，他們所有最好的新聞就是當地新聞。所以，在劍橋，最重要的新聞就是有關於一個叫做安德魯·馬丁教授的人類。而他清晨的前幾個小時內，光溜溜地漫步於劍橋大學內，柯伯斯克里斯提學院中的新院[16]中的廣場。

由於新聞不斷地報導最後的這個細節，解釋了爲什麼自從我來這裡之後，電話持續地響個不停；也解釋了爲什麼我太太無時無刻地在談論著電腦中不斷湧進的電子郵件。

她告訴我說：「我一直巧妙地回答他們的問題。我告訴他們，你現在不適合講話，你病得很嚴重。」

「喔。」

她坐在床上，撫摸著我的手一會兒。我的皮膚有蟲爬的感覺。部分的我希望現在就在這裡結束她的生命。但是事情有序列，必須遵守。

「每個人都很關心你。」

「誰？」我說。

「啊，首先，你兒子。自從事情發生，格列佛的狀況越來越糟。」

「我們只有一個兒子嗎？」

她的眼皮慢慢地垂下，她臉上的畫面是強迫自己鎮定。「你知道我們只有一個兒子。我不了解，你離開前爲什麼不做腦部掃描。」

「他們決定我不需要做腦部掃描。這很容易。」

我嘗試吃了點她放在床邊的食物。有一個叫做起司三明治的東西。這是另一個人類必須感謝母牛的東西。吃起來很糟，但是還是可以吃。

「妳爲何做這個東西給我吃？」我問著。

「我在照顧你。」她說。

我有著一陣子的困惑。這計算起來很慢。然後我了解到，人類已經習慣於彼此修護的服務技術。

「但是你心裡在想什麼?」

她笑了。「那個問題在我們整個婚姻中一直是個常數。」

「爲什麼?」我說。「我們的婚姻一直很糟嗎?」

她深呼吸了一下，就好像這個問題讓她天旋地轉。「安德魯，吃你的三明治吧。」

⑯ 新院（New Court）。劍橋大學內的裡院，或是校內的院子，稱爲court。

陌生人

我吃著三明治。然後想到其他的事情。

「那正常嗎？只擁有一個？我指的是孩子。」

「這是現在唯一有關的事。」

她抓了一下頭。雖然只抓了一小下，還是讓我想到在精神病院裡遇到的那個女人，柔依。她的雙手手臂上的疤痕，她那些暴力的男朋友們，和她滿頭滿腦的哲學。

這時有很長一段的沉默。由於我一輩子都一個人住，所以我已經習慣了沉默。但是目前的沉默很不一樣。這是一種你想打破的沉默。

我說著：「謝謝妳的三明治。我很喜歡。無論如何，謝謝這個麵包。」很誠實地說，我不知道我爲何會這樣說，因爲我不覺得三明治好吃。然而，這是我這輩子第一次爲了事情感謝別人。

她微笑著。「不要養成習慣了，皇上。」

然後她將手輕輕地拍在我的胸膛上，然後放在上面。我注意到她眉毛的改變，她的額頭上出現一個額外的皺痕。

「這眞奇怪。」她說著。

「什麼?」

「你的心跳。感覺起來有些不規律。就好像幾乎沒有在跳動。」

她拿開她的手。盯著她的先生一會兒，就好像他是個陌生人。他當然是陌生人。我是啊。我比他所有認識的人更為陌生。她看起來很擔心，而且部分的我也憎恨著，雖然我知道在所有的情感中，恐懼是此刻她最即時且準確感受的心情。

「我必須要去一趟超市。」她告訴我。「家裡面什麼都沒有。東西都吃完了。」

「對。」我邊說著，邊想知道我是否應該讓這件事情發生。我猜我應該。我應該遵從特定的序列來做事，一開始的序列就是在費茲威廉學院，也就是安德魯．馬丁教授的辦公室內。如果愛莎貝兒離開房子，我也就能夠離開房子，不會引起任何的懷疑。

「好吧。」我說。

「但是，你要記住待在床上。好嗎?就待在床上看電視。」

「好的。」我說著。「這是我現在想做的事。我會待在床上看電視。」

她點點頭，但是她的額頭上還是有著皺紋。她離開了房間，然後離開了房子。我離開了床鋪，結果腳趾頭撞到了門框。好痛喔。這並不奇怪吧，我猜。奇怪的是，怎麼一直痛。這並不是強烈的疼痛。畢竟，我只是撞到了腳趾頭。但是這個疼痛是一種沒有辦法修理的疼痛。一直到我走出了房間，到了樓梯間時，疼痛才漸漸的減少，然後以可疑的速度消失了。我覺得很困惑，又走回了臥房。我越接近電視機，疼痛卻增加了。電視裡有個女人在談論天氣，在預測，我關上電視，腳趾頭的疼痛立刻消失了。眞奇怪。電視機的訊號，一定干預了我左手內部所擁有的科技天賦。

我離開了房間，心中發誓，在任何危機時刻，絕對離電視機遠一點。

我走下樓梯。這裡有好多房間。廚房內有個睡在籃子裡的生物。牠有四隻腳，牠的身體覆蓋著棕色與白色的毛。這是一隻狗。公的狗。牠躺著待在那裡，雙眼緊閉。但是當我進入這個房間時，牠開始咆哮。

我在找尋電腦，但是廚房內沒有電腦。我走入另一個房間，這是房子後方的一個正方形的房間。我很快就學到這是「起居室[17]」，雖然說實話，人類大部分的房間都是起居室。這裡有一台電腦和一台收音機。我先把收音機打開。有個人正在談論另外一個叫做韋納．荷索[18]的人的電影。我毆打牆壁，拳頭好痛。但是我把收音機關掉時，拳頭停止疼痛。然後我想到，不僅僅是電視機。

電腦是原始的。上面寫著「高階蘋果筆記型電腦」，鍵盤上充滿著字母與數字，還有一堆的箭頭指向不同的方向。這似乎就像人類存在的暗喻一般。

大約一分鐘過後，我存取且搜尋電子郵件與相關文件，發現沒有任何有關於黎曼假說的資料。我再存取網際網路——這是地球主要的資訊來源。有關於安德魯．馬丁教授所證明的相關消息，完全找不到。但是如何去費茲威廉學院的細節資料，很容易存取。

想起那些該做的事情，我在門廳的櫃子上拿了一大串的鑰匙，然後離開了房子。

開始序列

爲了證明黎曼假說，大部分的數學家都會拿靈魂與魔鬼梅菲斯特[19]交換。

——馬庫斯．杜．索托伊[20]

電視上的女人告訴我不會下雨，所以我就騎著安德魯．馬丁教授的腳踏車去費茲威廉學院。現在已經是傍晚了。愛莎貝兒已經在超市了，所以我知道我的時間不多。

這是星期日。很明顯地，這意味著學院將是安靜的。但是我知道要小心一點。我知道往哪兒去。雖然騎腳踏車是件非常容易的事，我還是搞不清楚道路規則，好幾次差點發生意外車禍。

最後，我到了一條很長而且很安靜的街道，兩旁種了很多的樹。這條街叫做層高之路，然後到了學院裡面。我將腳踏車靠在牆上，然後走向三棟建築物中最大棟的正門。這是地球建築中，既寬大且相當現代化的範例。有三層樓高。當我進入時，我經過一個女人，她拿著水桶與拖把正

[17] 在英文中sitting room 指的是別於寢室、廚房等的起居室或是客廳。
[18] 韋納．荷索（Werner Herzog）爲著名的德國導演、演員，與編劇。
[19] 梅菲斯特（Mephistopheles）爲著名的德國魔鬼。在德國著名戲劇浮士德中，梅菲斯特爲魔鬼撒旦化名。
[20] 馬庫斯．杜．索托伊（Marcus du Sautoy, 1965-）爲知名牛津大學數學系教授。

在清洗木製的地板。

「你好。」她說著。她似乎認識我，雖然讓她快樂的並不是因為她認識我。

我微笑著。（在醫院中，我發現微笑是問候人們最適當的反應。口水一點關係也沒有。）

「你好，我是這裡的教授。安德魯．馬丁教授。我知道這聽起來怪異地可怕，但是我已經遭受些意外——雖然不是重大的，但足以造成我一些短期的失憶。無論如何，重點是，我下班一會兒了，但是我真的需要辦公室裡的一些東西。我的辦公室。純粹是私人的東西。妳可以告訴我，我的辦公室在哪裡嗎？」

她研究了我幾秒鐘。「我希望事情不嚴重。」她說著，雖然她的話聽起來，並不是非常真誠地希望我沒事。

「不。不。不嚴重。我從腳踏車上摔下。無論如何，我很抱歉。但是我時間有點趕。」

「在樓上，沿著走廊走。左邊第二個門就是你的辦公室。」

「謝謝。」

我上樓時旁邊有個人走過。一位灰髮的女人，她的眼鏡懸掛在脖子上。以人類的標準看來，她看起來精明能幹。

「安德魯。」她說。「我的天啊。你好嗎？你都在做什麼？我聽說你不太好。」

我仔細地研究她。我不了解她知道多少。

「是的，我的頭撞了一下。但是現在好了。坦白說，不用擔心。我已經檢查過了，沒事。就像雨水般的健康安好。」

「是嗎。」她說著，有點不太相信。「我了解。我了解。我了解。」

帶著一點無法解釋的恐懼感，我問了一個很重要的問題：「妳上一次是什麼時候看到我呢？」

「我已經一個星期沒有看到你了。一定是一個星期之前，星期四。」

「自從那個時候我們就沒有聯絡了嗎？有打電話嗎？有電子郵件嗎？還是其他的方式呢？」

「沒有。沒有。爲什麼要跟你有聯絡？你把我搞混了。」

「噢。沒事。就是我頭上的撞傷。我心裡非常地煩亂。」

「親愛的，那太可怕了。你確定你應該在這裡嗎？你難道不應該在家裡的床上嗎？」

「是的，也許我應該在家裡。這裡事情一處理完，我就會回家。」

「好的。好吧，希望你快點好起來。」

「噢。謝謝。」

「再見。」

她繼續走下樓，完全不了解她剛才救了自己一條命。

我有一把鑰匙，所以就用了。就算萬一有人看到我，也沒有任何一點值得懷疑的地方。

就在那個時候，我進入了他的，不是，是我的，辦公室。我不知道在期待些什麼。現在的問題就是：期待。完全沒有任何參照標準；一切都是新的。至少在這裡的一切，都是立即的原型。

所以：一間辦公室。

靜止的書桌後面有張靜止的椅子。百葉窗拉下的窗戶。三面牆都充滿著書本。窗台上有一個樹葉已經變成棕色的盆栽花盆植物。這棵植物看起來比在醫院之前看到的，比較小也比較口渴。桌上一堆深不可測的文具和許多亂七八糟文件中，有一些裝在相框的照片。在這一切的中間，就是電腦。

我的時間不多，所以我坐下來打開電腦。這台似乎比家裡那台更先進一些。地球上的電腦，在演化的階段中，似乎還仍然沒有感覺的功能。電腦就坐在那裡，讓你進入，然後擷取你所要的一切。完全不會抱怨。

我很快地發現我要找的東西。這個文件檔名叫做：「澤塔。」

我打開檔案，看到裡面有二十六頁的數學符號。應該大部分都是。一開始的地方，有一些文字的簡介，上面寫著：

黎曼假說的證明

如你所知，黎曼假說的證明是數學中最重要且尚未解出的難題。要想解出這個難題，在無數會改變我們與未來子孫生活的未知方式下，將會讓一些數學分析的應用產生革命。事實上，它本質上是數學的。而數學是文明的根基。在許多的建築成就（比如說，埃及的金字塔）和與建築息息相關的天文觀測下，數學都證明了它的重要性。從此之後，我們對數學的了解，與日俱增。但是，並非以恆定的速率下進行著。

就像演化的過程本身，一路上都有著快速的進步與沉重的挫折。如果埃及亞力山大圖書館[21]過去沒有被燒毀，我們可以想像得到，基於古希臘人所奠定的成就下，我們的成就將已經達到更大且更提早。因此，也許在卡多諾，或是牛頓，或是帕斯卡的年代時，我們就可以將人類放在月球上了。而我們現在只想知道，當初我們會達到哪個境界。也許我們在二十一世紀前，就能將許多行星，改造成可供地球人居住的星球，然後殖民過去。而我們將早已達成何種的醫學成就。也許如果沒有黑暗時代，沒有把當初的文明之光給熄滅，我們早已發現停止老化與不死的方法。

在我們的領域中，許多人對畢達哥拉斯和他那些基於完美的幾何學，與其他抽象的數學模式，所形成的宗教團體，開了許多的玩笑。但是如果我們要有宗教，那麼數學的宗教似乎是理想的。因為，如果上帝存在的話，他一定是個數學家。

所以今天我們可以說，我們越來越靠近我們的神明了。事實上，我們有機會讓時光倒流，然後重建古代的圖書館。所以我們就能夠站在，那些不存在的巨人的肩膀上了。

㉑ 亞歷山大圖書館（Library of Alexandria）位於埃及，是西元前三世紀所建造，曾經是世界上最大的圖書館。後來因火災而被摧毀。

質數

這份文件繼續以令我興奮的方式訴說著。我學的不多，但是對於伯納．黎曼更加地了解。他是一個十九世紀，非常害羞的德國天才神童。他非常年輕時，就展現對於數字的卓越技巧。不久，他致力於數學這個領域，但是他整個的成年生活中，精神衰弱不斷地困擾著他。我後來才發現，人類對於數字的了解，其中最大的問題之一，就是，他們的神經系統無法負荷數學的一切。

不誇張地說，質數就是會讓人發瘋，特別是還有如此多的謎題未解。他們知道，質數就是一個只能夠被1或是質數本身除得盡的數字。了解質數定義之後，人類面對無止盡的問題。

例如，他們知道所有質數的總和，和所有數字的總和是相同的，因爲兩者都是無限大的。對於人類來說，這是個非常困惑的事實。因爲確定地說，數字一定多於質數。但是在思考這個問題時，要跟一些人達成共識是不可能的，就算把槍放在他們的嘴中，扣下扳機，將他們的大腦轟出，也不可能。

人類也了解到，質數很像地球的空氣一般。你往上越高，它們也越稀少。例如，100以下有25個質數，但是100 到200之中，卻只有21個質數。而1000到1100之中，只有16個質數。然而，跟空氣不同的是，不管數字多大，質數永遠存在。例如，2097593就是一個質數。而且2097593與4314398832739895727932419750374600193之間，卻有著數百萬個質數。所以，質數的大氣層含括著的是一個數字般的宇宙。

然而，人們一直努力去解釋質數本身很明顯的隨機模式。質數越來越散去，但並非以人類所能推測的方式進行著。這讓人類非常地挫折。他們知道，如果他們可以解決這個問題的話，他們在許多方式上，都能進步良多。因爲質數是數學的核心，而數學是知識的核心。

例如，人類也了解像原子這種其他的事物。他們有一種稱爲光譜儀的機器，可以讓他們看到分子中的原子結構。但是他們了解原子的方式，不同於他們對於質數的不了解。而他們也感覺到，唯有當他們能夠了解到質數本身爲何散播出去時，他們才能眞正了解它。

然後就在一八九五年時，就在柏林科學院，越來越病重的伯納．黎曼，發表了在所有數學中最多人研究，且最著名的假說。這假說表明著一種模式的存在，或是說，在最初十萬個左右的質數中，這個模式是存在著。這模式是美好的、清淨的，而且包含著所謂的「澤塔函數（zeta function）」——這是一種本質是心理機器，一種看起來複雜的曲線，可用來探討質數的屬性。你將數字放進去，它們會形成之前從未有人注意到的次序。一種模式。質數的分配並不是隨機任意的。

當黎曼對著他穿著體面且留著鬍鬚的同儕們發表他的看法時，大家就像中度恐慌症發作般喘著氣聽著。他們眞的相信這項結果就近在眼前了。而他們的有生之年將可看到所有質數的運作被證明了。但是，黎曼只是指出了這個鎖，他還沒有眞正地發現鑰匙。而且，不久之後，他就死於肺結核。

當時間不斷地過往，答案的追尋變得令人越來越絕望。在適當的時機下，其他數學的謎題已經被解開了，諸如，費馬最後定理（Fermat's Last Theorem）與龐加萊猜想（Poincare Conjecture）。而獨留這長埋於地底下的德國人，他的假說還遲遲無法被證明，成為最後且最大的無解之謎。黎曼假說的重要性，等於在分子中找到了原子，或是在化學週期表中辨認化學元素。而黎曼假說將是最終給予人類超級電腦、量子物理的解釋，與星際交通設施等的解決方案。

在深刻地了解所有的一切之後，我查閱所有一切充滿著數字、圖表，與數學符號的所有頁面。這是另一種我要學的語言，這比起之前在柯夢波丹的幫助下所學的一切，來得更容易且更真實些。

就在文件的最後，就在一些純粹恐怖的瞬間之後，我已經處於一種狀態之下。就在那個最後的，而且結論性的∞之後，我毫不懷疑，黎曼假說的證明已經找到了，而那個關鍵的鑰匙也已經轉動了那最最重要的鎖頭。

所以，在完全不加思索之下，我刪除了這份文件，而當我做這件事時，我同時感到一絲驕傲的湧現。

我告訴自己：「喂，你剛才可能已經解救了宇宙。」但是，當然，即使在地球上，事情也絕對不會這麼地簡單。

一刻純粹的恐懼

$$\xi(1/2+it)=[e_{\log(r(s/2))}\pi^{-1/4}(-t_2-1/4)/2]\mathrm{x}[ei_{\log(r(s/2))}\pi^{-it/2}\xi(1/2+it)]$$

質數的分配

我仔細看了安德魯．馬丁的電子郵件，特別是他的寄件夾中的最後一封郵件。主題標題寫著：「一百五十三年之後……」而且標題旁邊有著小小一個紅色的感嘆號。這份訊息本身很簡單：「我已經證明了黎曼假說，難道沒有嗎？首先，我需要告訴你。丹尼爾，請將你的雙眼看著這裡。噢，而且不用說也知道，就在此刻，這一切都是為了你的雙眼。直到它公諸於世。你覺得如何呢？人類將與過去不同了。這是自從一九〇五[22]年之後最大的消息。請看附件。」

這附件就是我之前在別處已經看過而且刪除的那份文件。所以我並沒有在上面浪費許多的時間。相反地，我看了看電子郵件的收件人是誰：丹尼爾．羅素位於劍橋，學術機構，英國（daniel.russel@cambridge.ac.uk）

我很快地發現，丹尼爾羅素為劍橋大學數學系魯卡斯正教授[23]。他六十三歲了。他寫過十四本書，大部分都是知名國際的暢銷書。從網路資料得知，他在許多英語體系聲望卓越的大學教過：劍橋大學（現職）、牛津大學、哈佛大學、普林斯頓大學，和耶魯大學等等。他也榮獲過許多的獎章與頭銜。他與安德魯．馬丁一起發表過許多學術論文，但是就我所能簡單搜尋的資料顯示，他們是比較像是同事，而非朋友。

我看了看時間。在二十分鐘內，我的「老婆」將回到家中，然後開始想著我去了哪裡。目前這個階段下，越沒有懷疑，越好。畢竟，做事有一定的序列。我必須遵守這序列。

而我現在要完成序列中第一要做的事情，所以我將電子郵件與附件像垃圾般地摧毀。然後，爲了安全起見，我快速地設計了一款病毒——當然是在質數的幫忙下——任何從這台電腦存取資料文件，一定會染上此病毒。

在我離開之前，我檢查了桌上的文件。沒有什麼好擔心的。都是不重要的信件、時刻表、空白文件、但是，其中一個文件上方有一個電話號碼07865542187。我將它放入口袋。然後注意到桌上有張照片，那是愛莎貝兒、安德魯，和我認爲是格列佛的男孩。他有著黑髮，而且是三個人中間唯一沒有微笑的人。他的那雙大眼睛，從瀏海下方向外窺視。他有著大部分人類物種的醜陋。至少，他看起來對自己不快樂，而這很重要。

又過了一分鐘。該走了。

我們很高興你的進步。但是，現在眞正的工作一定要開始。

好的。

㉒ 愛因斯坦於1905年發表了六篇劃時代的重要的論文之後，改變了整個世界的一切。

㉓ 劍橋大學數學系魯卡斯正教授（Lucasian Professor of Mathematics at Cambridge University）爲世界上最知名的數學學術頭銜。爲1663年亨利．魯卡斯（Henry Lucas）所創立。此頭銜之前的得主有牛頓（Isaac Newton）、史蒂芬．霍金（Stephen Hawking）等知名人士。

從電腦內刪除文件與刪除生命不同。甚至是人類的生命。

我了解。

質數是強而有力的。它不依賴他者。它是純淨的、完整的，而且絕對不會變弱。你一定要像質數一樣。在與人類互動之後，你不可以變弱，你一定要超越自己，而且你不可改變。你一定要像質數一樣，是不可再分割的。

是的。我會的。

很好。現在。繼續。

榮耀

在我回到房子時，愛莎貝兒還沒有回來。所以我又做了一些研究。她不是數學家。她是歷史學家。

在地球上，這是一個重要的區別。在這裡，歷史尚未被認爲是數學的分支。但是它確實是。我也發現到，就像她的先生一樣，若以人類物種的標準，愛莎貝兒被認爲是非常聰明的。我知道如此，是因爲臥房書架上的一本書，也就是先前我在書店窗戶看到的那本，就是黑暗時代。而現在，我在一本叫做《紐約時報》的出版物上方，看到它引用一句話「非常地聰明」。這本書有1253頁這麼長。

樓下的門打開了。我聽到金屬鑰匙放在木盒內的柔和聲響。她走上來看我。那是她做的第一件事。

「你好嗎？」她問。

「我一直在看妳的書。有關於黑暗時代。」

她笑了。

「妳在笑什麼？」

「噢。不是笑就是哭。」

「仔細聽，」我說著，「妳知道丹尼爾・羅素住在哪裡嗎？」

「當然知道，我們去過他家吃晚餐。」

「他住在哪裡？」

「住在巴布拉翰。他家好大。你記不起來嗎？就好像記不起去過尼祿的宮殿㉔一樣。」

「是的。我能夠記住。我能夠記住。只不過有些事情仍然有些模糊罷了。我想是藥片的因素。那是一片空白。所以我才問妳。就這樣。所以，我是他的好友嗎？」

「不。你恨他。你不能忍受他。雖然深深的敵意是你這些日子以來，對其他學者的默認設置（default setting），不過阿里除外。」

「阿里？」

她嘆了口氣。「是你最好的朋友。」

「噢，阿里。對的。當然。阿里。我的耳朵有點阻塞。我沒有適當地聽到妳的話。」

「但是對於丹尼爾而言，」她說著，聲音大了一些，「如果我敢說的話，你的恨意就是你自卑情結的表現。但是，表面上看來，你跟他相處融洽。你曾經請教過他幾次。就是有關於質數的問題。」

「對。好的。我的質數問題。是的。我現在談到質數那裡了。過去都談過哪些質數的問題。我上一次之前是什麼時候跟妳說的？」我覺得有股衝動想公開地問這件事情。「我已經證明黎曼假說了嗎？」

「沒有。還沒有。至少，我知道還沒有。但是，你應該能夠查證一下。因爲如果你證明了，我們會更有錢，比現在多出幾百萬英鎊。」

「什麼？」

「事實上，是美元，不是嗎？」

「我……」

「就是千禧年大獎啊，或是不管它叫做什麼獎。證明黎曼假說是長期以來，一直無法解答的大謎題。美國麻省有個學院啊，另外的一個劍橋啊，克雷學院（Clay Institute）[25]啊……安德魯，你往後想想這件事情。你在睡夢中一直喃喃自語這件事情。」

「妳說對了，徹底地想一想。用盡所有的方法。我現在只需要給我對於所有事情一點點的提示。」

「對了，那是一個很有錢的學院。他們很明顯地有很多錢，因爲他們已經給了其他的數學家，大約好幾千萬美元。除了最後的那個傢伙之外。」

「最後的傢伙？」

「那個蘇聯人。叫做格里戈里（Grigori）[26]什麼的。就是那個拒絕這筆獎金的人，因爲他解

---

[24] 尼祿的宮殿（Nero's Palace）爲羅馬第五任皇帝的奢華宮殿，曾經佔地約羅馬都市的三分之一。西元64年毀於大火之中。在25年的重建之後，於1999年重新開放。

[25] 克雷學院（Clay Institute），全名應該爲克雷數學學院（Clay Mathematics Institute = CMI）。

[26] 這裡指的是蘇聯知名數學家Grigori Perelman（1966-），原本在2010年時，克雷千禧年大獎（Clay Millennium Prize）要頒給他100萬美元，來感謝他對於龐加萊猜想（Poincare Conjecture）的貢獻，但是他拒絕了。

答了叫做什麼什麼猜想的東西。」

「但是100萬美元是很多的錢，不是嗎？」

「是的。那是一筆很棒的數量。」

「所以，他爲什麼會拒絕呢？」

「我怎麼知道呢？我不知道。你告訴過我，他是個隱士，他跟媽媽住在一起。安德魯，這個世界有些人，他們做事的動機並非財務上的考量。」

這對我來說是眞正的新聞。「還有嗎？」

「是的，有。因爲，你知道嗎，還有這個新創且值得爭議的理論，那就是，金錢不能買給你快樂。」

「噢。」我說著。

她又開始笑了。我覺得，她嘗試要搞笑，所以我也笑了。

「所以，到目前爲止沒有人能夠解出黎曼假說，對嗎？」

「什麼？自從昨天？」

「自從，好吧，有史以來？」

「不，沒有人已經解出來。多年前，曾經有一場虛驚。是從法國來的某人。但是，沒有。那筆錢還在那裡。」

「所以，那就是爲什麼他爲什麼我……我的動機就是金錢嗎？」

這時她正在床上一雙一雙地整理著襪子。這眞是她開發出來的可怕制度。「不僅是如此，」

她繼續說著。「激勵你的動機是榮耀。偉大的自我。你希望世界各地都知道你的名字。安德魯·馬丁。安德魯·馬丁。安德魯·馬丁。你希望在所有維基百科的頁面。你希望成爲第二個愛因斯坦。安德魯，麻煩就在於，你才只有兩歲。」

這讓我十分困惑。「我兩歲，怎麼可能呢？」

「你媽媽沒有給你，你所需要的愛。你將永遠吸著一個沒有奶的奶頭。你要世界知道你。你想要成爲大人物。」

她用一種很冷的語調說話。我想知道，是否這就是人們彼此對話的方式，或是，是否這是配偶間獨特的說話方式。這時我聽到鑰匙插進鎖頭的聲音。

愛莎貝兒張大雙眼，很驚訝地看著我。「格列佛。」

黑暗物質[27]

格列佛的房間在頂樓。也就是「閣樓」。也就是前往熱大氣層（thermosphere）[28]前的最後一站。他直接去了那裡。他的雙腳走過我待過的臥房，在他爬向最後一組樓梯前，只稍做停留了一下子。

當愛莎貝兒出去遛狗，我決定打電話給我口袋中的號碼。也許是丹尼爾．羅素的電話。

「你好，」一個女性的聲音。「請問你是誰？」

「我是安德魯．馬丁教授。」我說著。

這個女性笑了。「是嗎，你好，安德魯．馬丁教授。」

「妳是誰？妳認識我嗎？」

「優管（YouTube）上都有你啊。現在每個人都認識你了。你得了病毒了。裸體教授。」

「是嗎？」

「嘿，你不用擔心這件事。每個人都喜歡暴露狂。」她慢慢地說，留戀著每個字，彷佛每個字都餘味猶存。

「拜託，我怎麼認識妳的？」

這個問題永遠得不到答案，因為就在此刻，格列佛走入房間，我掛掉了電話。

格列佛。我的「兒子」。這個我在許多照片中看到的黑髮男孩。他看起來跟我所期待的一樣，不過高了一些。他幾乎跟我一樣高，雙眼被頭髮遮擋住了。（順便一提，頭髮在這裡很重要。雖然很明顯地沒有衣服重要，但是也差不多。對人類來說，頭髮不僅僅是一種從頭上長出來的絲狀生物材料，而且也具有不同的社會意義符號。但是我無法解讀這些符號。）他的衣服跟太空一樣地黑，而他的襯衫上寫著「黑暗物質」。或許這就是某些人，他們藉由口號和襯衫，來相互溝通的模式。他的手腕戴著「運動腕套」。雙手放在口袋中，他看著我，似乎有些彆扭不太舒服。（這種感覺是相互彼此的。）他的聲音低沉。至少以人類的標準來說是低沉的。大約與我們摩納多理亞植物嗡嗡的深沉音相同。他過來坐在床上，一開始親親切切的，但是，不久語調轉變成較高的頻率。

「老爸，你爲何這樣做？」

「我不知道。」

「現在學校就變成了地獄了。」

「是嗎？」

㉗ 本標題黑暗物質（Dark Matter）與2007年的電影《鹽湖城校園事件 Dark Matter》相同。此電影探索文化衝擊，是根據留美學生槍殺老師的眞實案件改編而成。

㉘ 熱大氣層（thermosphere）爲地球大氣層（Earth's atmosphere）中，位於中間層（mesosphere）之上，且位於外大氣層（exosphere）之下的一層。

「你就只會說是嗎？你是認眞的嗎？是他媽的如此嗎？」

「不。是的。格列佛，我眞他媽的不知道。」

「好吧。你摧毀了我的人生。我現在是個笑話。以前生活就不好。自從我在那裡開始。但是，現在——」

我沒有在聽，我正在想著丹尼爾・羅素，而且我非常迫切地要打電話給他。格列佛發現我沒有在聽。

「反正沒有關係。除了昨天晚上之外，你從不想跟我說話。」

格列佛離開了房間。他用力地把門甩上。發出狂怒的咆哮聲。他十五歲了。這意味著，他屬於人類一種特別的次分類，叫做青少年。而青少年的主要人格特質爲：對抗地心引力較弱、有著一堆喃喃抱怨的詞彙、豐富的手淫經驗，還有對於穀物的胃口極佳。

昨天晚上。

我下了床，朝樓上走到閣樓。我敲著他的門。沒人回答，但是我還是將門打開了。

在房間裡面整個環境都是黑暗的。有著許多音樂家的海報。諸如：恆溫器（Thermostat）、史克立雷克斯（Skrillex）、惡臭（The Fetid）、母親之夜（Mother Night），和他的襯衫所指的黑暗物質（Dark Matter）。有一面窗戶，與天花板呈一直線，傾斜而下，但是百葉窗是拉起來的。床上有一本書。書名叫做《黑麥上的火腿》（Ham on Rye）[29]，作者爲查爾斯・布郭司基（Charles Bukowski）。地板上有許多的衣服。整體看來，這個房間就是絕望的數據雲（data cloud）。我可以感覺到，不管用任何手段，他都很想遠離他的苦難。當然，他早晚都會做到，但是有些問題要先解決。

他沒有聽到我進來了，因爲他將音頻發射器塞入了他的耳朵。他也沒有看到我，因爲他忙著盯著電腦。在螢幕上方，有一張我當時正從大學裡面的許多大樓中走過時，裸體的靜止動作圖片。上面也有一些文字。文字上方寫著：「格列佛・馬丁，你一定很驕傲吧。」

在下方，有許多的評論。典型的例子爲：「哈！噢！幾乎忘了哈！」我在這個特別的公告旁邊，讀了這個名字。

「誰是希奧——他媽的業務——克拉克？」一聽到我的聲音，格列佛跳了起來，然後轉過身。我再問了一次，但是沒有得到回答。

「你在做什麼？」我問著，純粹爲了研究的目的。

「請走開。」

「我想跟你談一談。我想談一談昨天晚上。」

他背對著我，整個四肢軀幹變得很僵硬。「走開，老爸。」

「我想知道昨晚跟你說了些什麼。」

他從椅子上跳了起來，然後，就如同人類所說的，像飈風般地對我發怒。「拜託，離我遠一點。你對我的生活中的任何一件事，一直都沒有興趣，所以不用現在才開始關心。爲什麼他媽的

㉙《黑麥上的火腿》（Ham on Rye）爲1982年半自傳體的小說。作者爲Charles Bukowski。

現在開始關心呢？」

我在一個小小圓圓的鏡子中，看著他的背面，而這面鏡子就像一隻呆滯且不眨眼的眼睛，從牆上向外凝視著。

在快速地走來走去之後，他坐回椅子上，再一次轉向他的電腦。然後，將他的手指頭，壓在一個看起來怪異的控制設備。

「我需要知道一些事情。」我說著。「我需要知道，你是否知道我在做什麼事。我上個星期在工作時做什麼事？」

「老爸，就——」

「聽好，這很重要。當我回家時，你醒了嗎？你知道，我指的是昨晚？你在家嗎？你是清醒的嗎？」

他喃喃自語著。我沒有聽到什麼。唯有他自己本人才聽得到。

「格列佛，你對數學拿手嗎？」

「你他媽的知道我的數學能力。」

「我他媽的不知道。我不知道。現在不知道。這就是爲什麼我他媽的在問你。告訴我你他媽的知道些什麼。」

不過我一無所獲。我認爲我在使用他的語言。但是，格列佛只坐在那裡，不看著我。而他的右腳，輕快地上上下下抖動著。我講的話，沒有達到預期的效果。我想到他一個耳朵中的音頻發射器，也許它正在傳送收音機的訊號。我等了一下子，然後，感覺到該離開了。但是，當我走向門時，他說：「是的。我想起來了。你告訴過我。」

我的心跳加速。「什麼？我告訴你什麼？」

「有關於你是人類種族的救星之類的事情。」

「可以說得更明確些嗎？我有說細節嗎？」

「你證明了你那個珍貴的黎曼假說。」

「黎曼。黎曼。黎曼假說。我告訴過你。我他媽的告訴過你？」

「是的。」他用相同陰沉的語調說著。「這是整個星期，你第一次跟我說話。」

「你告訴過誰嗎？」

「什麼？老爸，我想人們比較感到興趣的是，你裸體在城鎮中心走來走去。坦白說，沒有人關心一些方程式。」

「但是，你媽？你有告訴她嗎？她一定問過你，在我失蹤後，我有沒有跟你說過什麼話。當然，她問過你嗎？」

他聳聳肩。（我了解到，聳肩是青少年主要的溝通模式之一。）「是的。」

「而，你怎麼說？拜託，告訴我，格列佛。她知道多少？」

他轉過身來，直接看著我的眼睛。他皺著眉頭。生氣。困惑。「我他媽的不相信你，老爸。」

「他媽的相信？」

「你是父母，我是小孩。我應該專注於我自己，而不是你。我一五歲，而你四十三歲。如果你眞的病了，老爸，我會爲了你做一些事。但是，除了你的新歡裸奔，和你他媽的奇怪的咒罵之外，你非常非常非常地像你自己。但是，告訴你一個快訊，準備好了嗎？我們眞的不在乎你的質數、我們不在乎你他媽的珍貴工作，或是你他媽的笨書，或是你天才般的大腦，或是你解決全世界最偉大傑出的不管什麼數學的能力，因爲，因爲所有的這些事情，都傷害著我們。」

他的雙眼待在我身上。看得到他的胸膛上下強烈地起伏著。

「沒事了。」最後他說著。「但是，答案是沒有。我沒有告訴媽媽。我說，你講一些有關工作的事情。就這樣。我不認爲當時告訴她有關於你他媽的假說，是一些相關的訊息。」

「但是這筆錢。你知道嗎？」

「是的。我當然知道。」

「你不認爲這是一件大事嗎？」

「老爸，我們銀行已經有很多的錢了。我們擁有劍橋最大的豪宅之一。我可能是全校現在最有錢的小孩。但是有什麼屌用。這不是伯斯，記得嗎？」

「伯斯？」

「就是你每年花兩萬元的學校啊。你忘了嗎？你究竟是誰？傑森・包恩[30]嗎？」

「不。我不是。」

「你可能也忘了，我被開除了。」

「沒有忘。」我說謊。「我當然沒有忘。」

「我不認爲更多的錢可以拯救我們。」

我眞的搞糊塗了。這跟我們對人類的了解，眞是大異其趣。

「不，」我說。「你是對的。錢無法拯救我們。此外，這是個錯誤。我沒有證明黎曼假說。事實上，我覺得它是無法證明的。我認爲我已經證明了，但是，我沒有。所以沒什麼可以告訴他人的。」

就在那時，格列佛將音頻發射器塞入另一個耳朵。然後雙眼緊閉。他不想正視我的存在。

「眞他媽的好。」我輕聲說著，然後離開房間。

㉚ 傑森．包恩（Jason Bourne）爲《神鬼認證》（The Bourne Identity）小說與電影系列的主角。此系列電影開創諜報電影的新風格。此系列共有四本小說與四部電影。在第一集中，傑森．包恩中彈落海，後來失去記憶。

艾蜜莉．狄金森（Emily Dickinson）

我下樓後發現一本「通訊錄」，裡面有很多人的住址與電話號碼，而這本通訊錄是以二十六個字母順序排列的。我發現了我要找的電話號碼。有個女人告訴我，丹尼爾．羅素外出了，大約一小時後才會回來。他會回我電話。在此同時，我細讀了一些歷史讀物，而在閱讀中學習到一些弦外之音的事物。

人類的歷史與宗教一樣，都充滿著許多令人沮喪的事物。例如，殖民、疾病、種族主義、性別歧視、同性戀恐懼症、階級勢利、環境破壞、奴隸制度、集權主義、軍事獨裁、一些他們不知道如何控制的發明（原子彈、網路，和分號）、對聰明的人的迫害、崇拜白癡般的人們、無聊、絕望、定期崩潰，與心靈景觀的浩劫災難。而在整個人類的歷史中，總是有著一些眞正嚇人的食物。

我發現一本書，書名叫做偉大的美國詩人。

「我相信一片樹葉不亞於衆星的旅程」，這是一個叫做瓦爾特．惠特曼（Walt Whitman）[31]的人寫的。這是個明顯的重點，其中有些東西相當地美。在同一本書裡面，有著另外一個詩人寫的文字。這位詩人叫做艾蜜莉．狄金森。這些文字如下：

多麼地快樂的小石頭
它獨自漫步於馬路上，
而且不需要擔心工作
而且永遠不害怕困境；
誰的樸素的棕色外套
短暫的宇宙將它穿上；
而且如同太陽般獨立，
結合萬物或獨自發光，
完成造物絕對的法令
在隨意而簡單生活中

完成造物絕對的法令，我想著。爲何這些文字困惑著我呢？這隻狗對我狂吠著。我翻過這一頁，然後發現不可能的智慧。我大聲地讀給自己聽。「心靈總是應該半開地站著，準備好迎接狂喜的經驗。」

「你起床了？」愛莎貝兒說著。

「是的。」我說著。要成爲一個人類，就要講表面話。重複地，一次又一次，直到時間結

㉛ 瓦爾特．惠特曼（Walt Whitman）知名美國詩人（1819-1892），他的著名詩集爲《草葉集》（Leaves of Grass）。

束。

「你需要吃點東西了。」她研究我的臉之後，加上這句話。

「好的。」我說著。

她拿出來一些原料成分。

格列佛走過門口。

「小格，你要去那裡？我正在做晚餐。」這男孩離開時，什麼也沒說。甩門的聲音幾乎震撼了整間房子。

「我很擔心他。」愛莎貝兒說著。

當她擔心的時候，我正在研究著檯面上的原料成分。主要是綠色的植物。但是，還有其他的東西。雞胸。我想了一下。然後我一直在想著。雞的胸部。雞的胸部。雞的胸部。

「那看起來像肉。」我說著。

「這是我要用來炒的。」

「用那個炒嗎？」

「對的。」

「雞的胸部？」

「是的，安德魯。你現在吃素嗎？」

這隻狗正待在籃子裡。牠叫做牛頓。牠仍然對著我狂吠。「狗的胸部好吃嗎？我們也要吃狗胸嗎？」

「不。」她默默地說著。我在測試她。

「狗比雞聰明嗎？」

「是的。」她說著，然後閉起了雙眼。「我不知道。不。我沒有時間跟你瞎耗。無論如何，最喜歡吃肉的人是你。」

我覺得不舒服。「我不想吃雞胸。」

愛莎貝兒緊閉她的雙眼。她深深地吸了一口氣。「給我力量。」她輕聲說著。

我當然可以給她力量。但是，我需要我現在所有的力量。

愛莎貝兒遞給我安定。「你最近有吃嗎？」

「沒有。」

「你可能應該要吃一下。」

所以我就迎合了她。

我扭開瓶蓋，將一片藥片放在手掌上。這些藥片看起來就像我們的文字膠囊。知識的啓蒙。我在嘴中彈了一片。

小心一些。

洗碗機

我吃了炒青菜。這菜聞起來就像霸臘達人（Bazadean）的身體廢物。我嘗試不去看它，所以我反而看著愛莎貝兒。這是我第一次覺得，看著人類的臉，是個最容易的選項。但是，我眞的需要吃。所以我就吃了。

「當妳告訴格列佛我失蹤時，他有沒有跟妳說什麼？」

「有。」她說著。

「他說什麼。」

「他說你大約十一點時進來，又說你去了他看電視的客廳，又說你告訴他你很抱歉遲到了。但是，你在工作上已經完成了一些事情。」

「什麼事情？沒有比較明確的事嗎？」

「沒有。」

「你認爲他說的話是什麼意思呢？我的意思是：我跟他說的話是什麼意思呢？」

「我不知道。但是我必須說，你回家後，對他很友善。這不符合你的性格。」

「爲什麼？難道我不愛他嗎？」

「自從兩年前就不愛了。不。這樣說讓我很難過。但是你的行爲跟以前不一樣。」

「兩年前？」

「自從他被柏斯學校開除之後。因爲縱火。」

「噢對了。那場火災意外。」

「我要你開始努力對他好一點。」

之後，我跟隨愛沙貝兒進去了廚房，將我的盤子與刀具放入洗碗機中。我注意到跟她有關的許多事。首先，我只籠統地將她看成人類，但是現在，我欣賞著所有的細節。我搜集許多之前我沒有注意到的事情——也就是她跟別人不同的地方。她穿著羊毛衣和藍色的牛仔長褲。她長長的脖子上，裝飾著銀製的項鍊。她的雙眼深邃地凝視著事物，就好像持續地尋找一些找不到的東西。或者說，就好像東西在那裡，但就是看不到。也好像，每件事物都有著深度，有著一種內在的距離感。

「你覺得如何？」她問著。她似乎在擔心著什麼事情。

「我覺得很好。」

「我會問是因爲你將東西放進了洗碗機中。」

「因爲那是妳要做的事情。」

「安德魯，你從未放東西到洗碗機中。用一種比較不冒犯你的方式來說，我指的是，你就像是家裡面的原始人。」

「爲什麼？難道數學家不用放東西到洗碗機中嗎？」

「在這間房子內，」她悲傷地說，「不用，眞的不用。數學家都不用。」

「是的。我知道了。很明顯地，我今天只是想幫忙。我有時想幫個忙。」

「現在我們聊到一些小事了。」

她看著我的套頭毛衣。在藍色的羊毛上，有一小塊的麵條。她將它弄掉，搓著沾到的毛線。她很快地笑了。她很關心我。她雖然有所保留，但是她還是關心。我不要她關心我。對我來說沒有幫助。她將她的手放在我的頭髮上，將頭髮弄整齊乾淨些。我很驚訝，我也沒有畏縮。

「這個別緻的愛因斯坦[32]是一回事，但是，這是荒謬可笑的。」她溫柔地說著。我微笑著讓她以爲我聽得懂她說的話。她也微笑了，但這是一種表面上的微笑。就好像她戴著面具，而底下那張臉，長得幾乎相同，但是卻有著較少的笑容。

「這就好像我的廚房裡面，有個複製的外星人。」

「差不多啦，」我說著。「是的。」

就在那時候，電話響了。愛莎貝兒去接電話，過一下子拿著話筒回到了廚房。

「找你的。」她突然用一種嚴肅的語調說著。她的雙眼瞪大，默默地表達一種我不了解的訊息。

「你好？」我說著。

好久沒人應答。只聽到鼻息的聲音，然後接著吐氣的聲音。有個男人緩慢且小心地說著。

「安德魯，是你嗎？」

「是的。請問哪位？」

「我是丹尼爾。丹尼爾．羅素。」

我的心跳加速。我知道事情就是如此。就在此刻，一切都必須改變。

「你好，丹尼爾。」

「你好嗎？我聽說你可能有點不舒服。」

「哦，我很好，眞的。只是有點心力交瘁。我的心裡跟自己跑馬拉松，掙扎了許久。我的大腦本來就是用來短跑衝刺用的。不過它沒有長距離跑步的耐力。但是不用擔心，坦白說，我又回到原來的狀態了。沒有什麼嚴重的。無論如何，沒有任何藥品無法壓制的病痛。」

「好高興聽你這麼說。我很擔心你。無論如何，我希望跟你聊一聊你傳給我的那份不尋常的電子郵件。」

「好的，」我說。「但是不要在電話中聊。讓我們面對面談一談。能見到你我會很高興的。」

愛莎貝兒皺著眉頭。

「這個想法不錯。我來找你好了？」

「不。」我帶著有些堅定的語氣說著，「不，我去找你。」

我們正在等待你的消息。

㉜ 愛莎貝兒所說的別緻的愛因斯坦（Einstein chic）指的是別緻的愛因斯坦洗碗機蓋。在國外，許多的洗碗機蓋子上方都有著不同的裝飾圖案或寫著名人所說過的話，例如愛因斯坦、孔子、華盛頓等等。非常地漂亮與新潮。在此對話中，愛莎貝兒指的是，因爲洗碗機蓋上有著愛因斯坦的名言，而且安德魯幫忙將餐具放入洗碗機內，而他的行爲也讓她感到荒謬。但是安德魯事實上是聽不懂的。

大豪宅

愛莎貝兒提議要開車帶我去，她很堅持，她說我還不適合離開家。當然，我早已經離開家去了費茲威廉學院了。但是她並不知道。我說我想要運動一下，而且丹尼爾迫切地要跟我聊一些事情。有可能要給我工作。我告訴她我會帶著電話，而且她也知道我要去那裡。所以最後，我就能夠拿著愛莎貝兒筆記本中的住址，離開了家，然後前往巴布拉翰。

我到了一間好大的豪宅，這是我看過最大的房子了。

丹尼爾．羅素的老婆來開門。她非常高而且肩膀很寬。一頭長長的灰髮，皮膚有點老化。

「哦，安德魯。」

她敞開雙臂。我模仿她的姿勢。她在我的臉頰上吻了一下。她聞起來有肥皂與香料的味道。

很明顯地，她認識我。她一直說著我的名字。

「安德魯，安德魯，你好嗎？」她問著我。「我聽說你有點小意外。」

「我還好。這不過是個意外的情節。但是我已經克服了。故事還繼續著。」

她上下打量了我，然後將門敞開。她邊招手叫我進來，臉上邊充滿著微笑。我走進了門廳。

「妳知道我爲什麼來嗎？」

「去樓上看他啊。」她說著，手指向天花板。

「是的，但是妳知道爲什麼我要來這裡看他嗎？」

她因我的舉止而困惑著，但是還是盡力地用一種夾雜著活力與混亂的禮貌，將困惑藏了起來。「不知道，安德魯，」她快速地說著。「事實上，他沒有跟我說。」

我點了點頭。我注意到地板上有一個很大的陶瓷花盆。上面有著黃花的圖樣。我很想知道，爲何人們用這種空的容器來找自己的麻煩。它們有何重要性呢？也許我永遠不知道。我們走過了一個房間，裡面有著沙發、電視、書櫃，與暗紅色的牆壁。血的顏色。

「你要咖啡嗎？還是果汁？我們養成了喝石榴汁的嗜好。雖然丹尼爾相信抗氧化劑本身不過是行銷伎倆罷了。」

「如果方便的話，我要一杯水。」

我們現在在廚房內。它大概是安德魯．馬丁家中廚房的兩倍大。但是很凌亂，所以感覺起來沒有比較大。我的頭頂上掛著一些長柄的平底深鍋。這套廚具上方有著一個信封，是寄給「丹尼爾和塔比薩．羅素。」

「塔比薩從水壺中倒了水給我。」

「我原本要幫你加片檸檬，但是我想我們用完了。碗中還有一個，但是現在一定是變藍色的了。來家裡打掃的人從來都不整理水果。他們都不去碰水果。而且丹尼爾不吃水果。雖然醫生告訴他必須吃水果。然後醫生也告訴他要放輕鬆，而且要做事也要放慢腳步。他也不聽。」

「哦，爲什麼？」

她看起來很困惑。

「他的心臟病。你還記得嗎？你不是世界上唯一疲憊不堪的數學家。」

「哦，」我說著。「他還好嗎？」

「我跟你說，他現在都靠著心臟藥β受體阻滯劑。我都給他吃麥片、脫脂牛奶，還要讓他凡事要放輕鬆。」

「他的心臟。」我自言自語地說著。

「是的。他的心臟。」

「事實上，這是我來的原因之一。」她給了我一個杯子，然後我啜飲了一口。當我在喝水時，我想著人類這個物種，對於信仰，與生俱來令人吃驚的能力。

在我完全發現一些事物的觀念時，例如，占星術、順勢療法、有組織的宗教，與益生菌酸奶，我就能夠了解，當人類覺得身體缺少吸引力時，他們就會以輕信，來彌補他們所缺少的事物。你可以用說服人心的聲音，來告訴他們任何事物，而且他們都會相信。當然，所有的事物皆是如此，除了真相之外。「他在哪裡？」

「在他樓上的書房。」

「他的書房？」

「你知道在哪裡，不是嗎？」

「當然。當然。我知道在哪裡。」

丹尼爾・羅素

當然，我一直都在說謊。

我根本不知道他的書房在哪裡，而且這間房子好大。但是當我沿著二樓的樓梯間走著時，我聽到一個聲音。這跟我在電話中，所聽到的乾澀聲音一樣。

「那是人類的救星嗎？」

我跟著聲音一路走到左邊的第三個門口，而門是半開著的。我可以看到牆上有許多加上框架的紙張排成一直線。我推開了門，看到一個禿頭的男人，他的臉有稜有角，他的嘴（用人類的術語來說）很小。他穿著體面。格子襯衫上打了個領結。

「很高興看到了你有穿衣服。」他帶著詭祕的微笑說著。「我們的鄰居都是相當感性的人們。」

「是的，我現在穿著正確數量的衣服。不用擔心。」

他點了點頭，然後當他靠著椅背，抓著下巴，他的頭還繼續點著。電腦螢幕在他背後閃閃發光，螢幕上充滿著安德魯・馬丁的曲線與公式。我能聞到咖啡的味道。我注意到有一個空的杯子。事實上，是兩個。

「我已經看過了。而且我又看了一遍。一定是這個讓你情緒走到了邊緣地帶。這很了不起。

安德魯，你一定日以繼夜地在研究。我光讀這份文件，就花了好多的時間。」

「我很認眞地工作，」我說著。「我沉迷致力於這事。但是，跟這些數字相關的事物畢竟發生了，不是嗎？」

他很關心地聽著。「他們有開什麼藥嗎？」他問著。

「他們開了安定這種藥。」

「你覺得有效嗎？」

「我覺得有效。很有效。這藥很有效。每件事情感覺起來都有點怪異，我會說是有點超脫這世界的感覺。就好像大氣層有點不一樣，地心引力有點變小的感覺，甚至於像咖啡杯這麼熟悉的東西，都有著可怕的不同。你知道嗎，就我的觀點來看，甚至你，對我來說似乎都有些可怕。幾乎是，令人恐懼的。」

丹尼爾．羅素笑了。這並不是一個快樂的笑。

「這樣說吧，我們之間長期以來都有著恐懼感，但是我總是當作是一種學術上的競爭。這是意料中的事。我們不是地理學家或是生物學家。我們是搞數字的人。我們數學家就是如此。看看那悲慘的混帳艾薩克．牛頓。」

「我叫我家的狗牛頓。」

「你眞的叫牠牛頓。但是，聽著。安德魯，我現在不是要將你推向路邊。我現在是要在你的背後打一巴掌。」

我們正在浪費時間。「你有跟別人談過這件事嗎？」

他搖搖頭。「沒有。當然沒有。安德魯，這是你的東西。你可以依照你的想法向大衆宣揚。既然是朋友，我會建議你稍安勿躁等一等。至少等一星期左右。至少要等到你在科柏斯學院裡面，這些小小意外所造成的不受歡迎的事情塵埃落定之後。」

「對人類來說，比起裸體，數學比較無趣對吧？」

「安德魯，事情就是如此。是的。聽好。你回家去，這星期放輕鬆一些。我會跟費茲威廉的黛安聊一下，跟她解釋你一切安好，但是你可能需要請個假。我確定她是很有彈性的。你第一天回去時，學生們會有些滑頭。你需要恢復你的實力。休息一下。安德魯，拜託一下，回家吧。」

我可以聞得到咖啡越來越強的臭味。我看一看四周牆上所有的證書，感覺到自己很慶幸來自一個地方，在那裡個人的成功是沒有任何意義的。

「回家？」我說著。「你知道我家在哪裡嗎？」

「我當然知道。安德魯，你在說什麼？」

「事實上，我的名字不叫安德魯。」

他緊張地暗笑著。「安德魯是你的藝名嗎？如果是的話，我可以幫你取個更好的名字。」

「我沒有名字。名字只是一個物種的病態症狀。他們將自我的成就，看得比集體的利益更爲重要。」

這是他第一次從椅子上站了起來。他長得很高，高過於我。「安德魯，如果你不是我的朋友，你說的話就眞的很有趣了。我眞的認爲，你可能需要些醫療的幫助了。聽好，我認識一位很好的精神病理醫生，你可以——」

「我不是安德魯．馬丁。他被綁架了。」

「被綁架了？」

「就在他證明了他所想證明的一切之後，我們沒有任何的選擇。」

「我們？你在說什麼？我的耳朵客觀地告訴我，安德魯，你聽起來像是瘋了。我認爲你應該快回家。我開車帶你回去。這樣比較安全。來吧，我們走。我帶你回家。回你的家庭。」

他伸出他的右手指向門口。

但是，我哪裡也不去。

痛苦的感覺

「你說你要在我的背後打一巴掌。」

他皺著眉頭。在皺眉之上，覆蓋著他頭骨的皮膚發亮著。我盯著皮膚看著。看著光亮。

「你說什麼？」

「你要在我的背上打一巴掌。這是你說的。所以，來啊？」

「你說什麼？」

「在我的背上打一巴掌。然後我就走。」

「安德魯——」

「在我的背上打一巴掌。」

他慢慢地嘆了一口氣。他的雙眼夾雜著關心與恐懼。我轉過身來，背部朝向他。我等著他的手，又等了一下子。然後他打了。他在我的背上打一巴掌。在第一次接觸中，甚至我們之間隔著些許的衣服，我閱讀了他的心思。然後當我轉過身來，在不到一秒鐘的時間內，我的臉已經不是安德魯．馬丁的臉了。變成了我的臉了。

「這是——」

他猛然地向後退了一步，撞到了書桌。在他的眼中，我又變成了安德魯．馬丁。但是他已經看到了他所看到的一切。在他開始尖叫前，我只有一秒的時間。所以，我讓他的下巴癱瘓。就在他凸出的雙眼驚慌之下，他內心的某處，有個問題存在著：他是如何做得到的？爲了要妥善地完成我的工作，我必須再跟他接觸一次：我只要將我的左手放在他的肩膀上就夠了。

然後，痛苦的感覺開始了。這是我招喚來的痛苦。

他緊抓著手臂。他的臉變成了紫色。這是我家鄉的顏色。

我也有痛苦的感覺。頭痛的感覺。還有疲憊。

但是當他跪了下來，我走過他的身邊，刪除了電子郵件與附件。我檢查了他的寄件夾，但是沒有可疑的東西。

我走到樓梯間。

「塔比薩！塔比薩！快叫救護車！快點！我認爲，我認爲，丹尼爾心臟病發作了。」

埃及

不到一分鐘，她就上樓了。她手上拿著電話，臉部充滿著驚慌失措的表情。她跪了下來，嘗試將一片阿斯匹靈推入她先生的嘴中。「他的嘴打不開！他的嘴打不開！丹尼爾，打開你的嘴。親愛的，哦，天啊，親愛的，打開你的嘴！」然後對著電話說著。「是的！我告訴你了！我告訴你了！禾立社區！是的！喬叟路！他快死了！他快死了！」

她努力地將阿斯匹靈擠入她先生的嘴中。這時阿斯匹靈冒泡變成了泡沫，滴在地毯上。「嗚嗚嗚嗚嗚嗚，」她的先生拚命地說。「嗚嗚嗚嗚嗚嗚。」

我站在那裡看著他。他的雙眼張得好大、好大、張到眼睛本身的極限，就好像待在這個世界上，就是簡單地要強迫你自己去好好看一看這世界一般。

「丹尼爾，沒事的，」塔比薩對著他的臉說著，「救護車快來了，你沒事的，親愛的。」

他的雙眼現在看著我。他朝著我的方向抽動著。「嗚嗚嗚嗚嗚嗚！」

他嘗試要警告他太太。「嗚嗚嗚嗚嗚嗚。」

她不了解他要說什麼。

塔比薩用一種接近瘋狂的溫柔，撫摸著她先生的頭髮。「丹尼爾。我們還要去埃及。拜託你，想想埃及。我們要去看金字塔。再兩個星期我們就要去了。拜託你，埃及很漂亮。你早就想去了。」

當我看著她，一股奇特的激動湧入我的內心。那是一種對事物的渴望，一種熱癮，但是我不知道那是什麼。這位人類的女性蹲伏在這個男人身上，而我不讓這男人身上的血液流到他的心臟內。看到這一幕，我卻深深地被她給吸引了。

「上一次你度過了難關，這一次你也會度過的。」

「你度不過的，」我用她聽不到的聲音，輕聲說著。「度不過，度不過，度不過。」

「嗚嗚嗚，」他說著，在無限的痛苦中緊握著他的肩膀。

「丹尼爾，我愛你。」

這時他的雙眼緊閉，實在是痛到受不了。

「不要離開我，不要離開我，我一個人活不下去。」

他的頭靠在她的膝蓋上。她一直撫摸著他的臉。所以，這就是愛情。兩個生命體彼此間的依賴。我原先以爲會看到脆弱，會看到我所鄙視的事情，但是我的想法改變了。

他已經沒有發出任何的聲音了。對她來說，他似乎突然變得很沉重。他雙眼四周那深深緊抓的皺紋，變軟了，放鬆了。事情辦好了。

塔比薩怒吼著，就好像屬於她的東西猛然地被人給拿走了。我從來沒有聽過這樣的聲音。坦白說，那聲音讓我十分困擾。

門口出現了一隻貓，也許也被這個聲音給嚇到了。但是，整體來說，這貓對一切的場景顯得相當地漠然。牠又回到原先的地方去了。

「不要，」塔比薩一次又一次地說著，「不要，不要，不要。」

在屋外，救護車在碎石路上緊急煞車。一閃一閃的藍光透過窗戶射進屋內。

「救護人員來了。」我告訴塔比薩，然後走下樓。當我踏著柔軟的地毯漫步下樓時，面對著那些沮喪的啜泣，那些無用的醫療指令，內心有著一種怪異且無比的難受的解脫，就讓一切逐漸消失退去了無蹤跡。

我們的星球

我想到我們——你們和我——的星球。

我們的星球中，沒有安撫人心的欺騙、沒有宗教，也沒有不可能的小說。

我們的星球中，沒有愛也沒有恨。只有純粹的理性。

我們的星球中，沒有激情的犯罪，因爲沒有激情。

我們的星球中，沒有悔恨，因爲所有的行爲都有著邏輯的動機，而且總是會造成特定情況的最佳結果。

我們的星球沒有姓名、沒有住在一起的家庭、沒有先生與老婆、沒有易怒的青少年，也沒有瘋狂。

我們的星球中，我們已經解決了所有恐懼的問題，因爲我們已經解決了死亡的問題。我們長生不死。這意味著，我們不能讓宇宙爲所欲爲，因爲我們永恆在宇宙之中。

我們的星球中，我們從未躺在奢華的地毯上，緊抓著胸部，臉色變紫，雙眼迫切地想再看一次周遭的環境。

我們的星球中，我們的科技是建立在對數學最高深且最廣泛的知識上，這意味著，我們不但能夠長距離旅行，而且也能夠對於我們本身的生物成分，加以改編、更新，與補充能量。我們在心理上具備著如此先進的一切。我們從未對自我宣戰。我們也從未將個人的欲望放在集體的需求之上。

我們的星球中，我們都知道，如果人類數學進步的程度，超越了他們心理的成熟度，我們就必須採取行動了。例如，丹尼爾．羅素的死亡，和他所握有的知識，最終就可以解救無數的生命。因此：他的死是合乎邏輯與合理的。

我們的星球中，沒有惡夢。

然而，那天晚上，我這輩子第一次做了惡夢。

在惡夢中，我跟一堆死人在一起，而那隻漠然的貓，走過充滿屍體的大型地毯。但是我不能走過去。我被困在這裡。我變成死屍中的一員。我被困在人類的型態中，無法逃離等待他們那不可避免的命運。我很餓，想吃東西，卻不能吃。因爲我的嘴巴被夾住了。我極端地餓，快餓死了，身體快速地消瘦。我走到第一晚曾去過的車庫，嘗試將食物塞入口中。但是狀況不佳。因爲這無法解釋的癱瘓，我的嘴巴還是無法打開。我知道我快死了。

死亡。

人類如何承受這個想法呢？

這時我醒了。

我全身冒汗，上氣不接下氣。愛莎貝兒摸著我的背後。她說：「沒事的。」聽起來就好像塔比薩在說：「沒事的。沒事的。沒事的。」

這隻狗和這個音樂

隔天我孤單一個人。

讓我想一下，事實上，我不是孤單一個人，那不是真的。我不是孤單一人。還有牛頓這隻狗。這隻狗的名字取自於一個人類，他提出了地心引力與慣性定律的想法。如果考慮到這隻狗離開牠的籃子時的緩慢速度，我了解這個名字是對這些發現的獻禮。牠現在醒了。牠又老又跛。牠還有一隻眼睛看不到。

牠知道我是誰。或是，我不是誰。每當牠接近我，牠就咆哮。我不是很了解狗的語言，但是我可以感覺到牠很不高興。牠露出牠的牙齒，但是我了解到，在多年卑躬屈膝於牠兩隻腳的主人後，我站在那裡的時候，牠至少對我有著些許的尊敬。

我覺得身體不舒服。我想放下一切，呼吸一下新鮮的空氣。但是每當閉上雙眼，我就看到丹尼爾躺在地毯上時痛苦的臉頰。我也頭痛，但是那是昨天我費盡力氣後，所造成揮之不去的副作用。

我知道如果牛頓陪我在這裡，在這短暫時光中，生活會越來越輕鬆容易。牠可能有些訊息，學會一些信號，或聽到一些事情。我知道整個宇宙有個金科玉律：如果你要讓人站在你這邊支持你，你就必須紓解他們的痛苦。這有些荒謬，但卻合乎邏輯。我知道我會更痛苦，但我覺得有股衝動要去治療牠。而我不得不承認這個眞相更加地荒謬，更加地危險。

所以我走過去，給了牠一片餅乾。然後，就在給了牠餅乾之後，我給了牠視力。然後，當我撫摸著牠的後腿時，牠在我的耳朵低聲地吠著，不過我聽不懂牠的意思。我治療了牠，不但讓我的頭痛更加劇烈，而且在過程中讓我有著一波又一波的疲憊感。事實上，我累到在廚房的地板上睡著了。當我清醒後，我全身都覆蓋著狗的口水。牛頓的舌頭還在舔我，相當熱誠地舔著。舔著、舔著、舔著，就好像狗存在的意義，就在我的皮膚之下似的。

「你可以不要再舔了嗎？」我說著。但是牠就是停不下來。後來我站了起來，不過牠的身體還是停不下來。

當我站了起來，牠也嘗試站了起來，還想爬到我身上來，也想學人類站立著。頓時，我了解到，讓狗愛上你的感覺，比恨你的感覺，更糟糕。嚴格說來，如果宇宙中有著匱乏而更需要關愛的物種，我仍然必須見見牠。

「滾開。」我告訴牠。「我不需要你的愛。」

我走到客廳，坐在沙發上。我需要思考一下。人類會懷疑丹尼爾．羅素的死因嗎？一個一直服用心臟病藥物的男人，在第二次，也就是這次心臟病發中死亡。我沒有毒藥，也沒有武器。他們無法證明任何事情。

這隻狗就坐在我的旁邊。牠有時將頭放在我的大腿上，有時離開，然後重複著這個動作，就好像牠所面對的最大抉擇，就是是否要將牠的頭放在我的大腿上。

那天，我們花了好幾個小時在一起。我和那隻狗。最初我有些惱怒，牠爲什麼不滾開。因爲我要策劃下一步該如何進行，我需要專心一志地去制定計畫。我要制定必須獲得多少的資料，才能夠進行我在此地最後的一個任務——殺死安德魯．馬丁的太太和孩子。我再度對狗大叫，叫牠滾開，而牠照辦了。但是當我站在客廳裡面，思考著我的想法和計畫時，又有一股可怕的孤獨感湧上心頭，我又叫牠回來。牠回來了，牠似乎感覺到被需要的感受眞是快樂。

我播放一些感到興趣的音樂。那是侯茲所創作的星球組曲。這音樂全部都是有關於人類渺小的太陽系。所以聽到音樂有著史詩般的氣氛時，實在是令人驚訝。這音樂分爲七個樂章，每一個都是以占星術的人物特色命名，也令我感到困惑。例如，火星（Mars）指的就是「戰爭的使者」，木星（Jupiter）指的就是「歡樂的使者」，而土星（Saturn）指的就是「老年的使者」。

這樣的原始主義論述，讓我覺得好笑。另一件好笑的事情就是，音樂竟然與那些死去的行星有關聯。但是這音樂卻有點撫慰著牛頓，而我也必須承認，這音樂中的一兩個部分對我有著相同的效果，這就叫做電化學效果。我覺得聽音樂時，有著計算時的樂趣，但卻也了解到你並沒有在計算。因爲電脈衝會從我耳朵內的神經元傳送到全身去。我不知道爲何會覺得有平靜的感覺。自從我看著丹尼爾．羅素在地毯上死去後，內心那種怪異不安的感受，卻被這音樂給淡化了一些。

當我們聽著音樂時，我嘗試去理解，爲何牛頓和牠狗的同類物種，對人類是如此地傾心且迷戀。

「告訴我，」我說著。「你對人類的感覺爲何？」

牛頓笑了。或許是接近狗對於笑的表達。非常地接近。

我堅持一連串的問題。「快講啊，」我說著。「快點洩密。」牠似乎有點怕羞。我認爲牠沒有答案。或許牠還沒有想好判決。或許牠是太忠心了以至於不敢說實話。

我再放一些不同的音樂。我放著艾密歐・莫利可尼（Ennio Morricone）的音樂。另外一張專輯是大衛・鮑伊（David Bowie）的太空怪事（Space Oddity），在此專輯中，聽著簡單的時間計算模式，眞的覺得很享受。同樣享受的是由空氣二人組（Air）的專輯遠征月球（Moon Safari），雖然這專輯並沒有洩漏許多月球的秘密。我又播放約翰・坷爾德恩（John Coltrane）的專輯至高無上的愛情（A Love Supreme），和希洛尼兒絲・孟克（Thelonious Monk）的專輯藍調憂鬱僧侶（Blue Monk）。這是爵士音樂。它充滿著複雜和矛盾。這樣的音樂讓人類成爲人類。我又聽了李奧納・柏恩斯坦（Leonard Berstein）的藍調狂想曲（Rhapsody in Blue），和貝多芬（Ludwig van Beethoven）的月光奏鳴曲（Moonlight Sonata），和布拉姆斯（Brahms）的間奏曲作品17。我也聽著披頭四（Beatles）、海灘男孩合唱團（Beach Boys）、滾石合唱團（Rolling Stones）、傻瓜龐克（Daft Punk）、王子（Prince）、臉部特寫合唱團（Talking Heads）、艾爾・格林（Al Greene）、湯姆・威茲（Tom Waits），和莫札特（Mozart）。我好奇地發現了許多能夠繼續成爲音樂的聲音——例如，披頭四的歌曲，我是海象（I am the Walrus）當中奇怪的收音機說話的聲音；王子在覆盆子貝雷帽專輯中（Raspberry Beret）一開始的咳嗽聲；還有湯姆・威茲許多歌曲的結尾音。也許，這就是人類所謂的美好。也就是，將意外事件與不完美的事件共同放入一個美好的模式之中。這也是一種不對稱的美好。但這一切都藐視了數學。我想到我在二次方程式博物館中的演講。在聽著海灘男孩的歌曲後，我的雙眼後方和我的胃中，都有著一種怪異的感覺。我不了解這樣的感覺，但這種感覺讓我想起了愛莎貝兒，也想起了昨天晚上，在我回家告訴她丹尼爾．羅素因爲心臟病死在我面前時，她抱著我的感覺。

我之前也曾經有過短暫的懷疑，曾經鐵石心腸地面對她的凝視一陣子，但是一切都加以軟化，成爲同情的惻隱之心。不管她如何想著她的先生，他都絕對不是個殺手。我最後聽的一首歌，是德布西（Debussy）的月光（Clair de Lune）。那是我所聽過最接近太空的音樂表現。而我就站在房間的正中央，因爲震驚而全身凍結，人類竟然能夠作出如此優美的聲音。

這音樂的美實在讓我嚇壞了，感覺就像一個外星生物不知從何處突然地出現一樣。這是一個自我本身完美呈現的音樂，彷彿從沙漠中突然爆發出來。我必須專心。我必須持續地相信我的族人告訴我的一切：人類是個醜陋、暴力，且無法救贖的種族。

牛頓一直用腳刮著前門，我只好暫時離開音樂，走過去然後嘗試解讀牠要幹什麼。結果是，牠想出去。我看過愛莎貝兒用過「皮帶」，所以我將皮帶綁在項圈上。

當我在遛狗時，我不斷負面地思考著人類的一切。

而我這樣的行爲似乎在道德上是令人質疑的。人類與狗的關係，若是以宇宙所有物種的智商標準來看，兩者都是中等智商。差不了多少。但是我也必須說，狗根本不在乎。事實上，大部分的時間中，狗對於這樣的安排都甘之如飴。

我讓牛頓帶著我走。

我們走過馬路對面的一個男人。這個男人停了下來，瞪著我看，然後對自己傻笑。我笑著揮揮我的手，心裡想著，這對人類來說是個適當的問候方式。但是他沒有對我揮手。是的，人類是個麻煩的物種。我們繼續走著，然後又遇到另一個男人。他坐在輪椅上，似乎認識我。

「安德魯，」他說著，「聽到丹尼爾．羅素的消息，眞的好可怕，不是嗎？」

「是的，」我說著，「我在當場。我全部看到了。好可怕。眞的好可怕。」

「天啊，我不知道怎麼辦。」

「死亡是非常可怕的悲劇。」

「眞的，眞的是悲劇。」

「無論如何，我該走了。這隻狗匆匆忙忙地拉著我。再見。」

「是的，再見。但是可以問一下你好嗎？聽說你最近不太好，是嗎？」

「我很好。不好都過了。只是有些誤解罷了，眞的不騙你。」

「我了解了。」

我們的對話就此打住，我說聲抱歉就離開了。牛頓一直拉著我往前走，直到我們走到一大片的草地。我發現，狗就是喜歡這樣做。牠們喜歡在草地上跑來跑去，一邊假裝著牠們是自由的，一邊彼此大叫著「我們自由了，我們自由了，你看，你看，你看我們多麼自由啊！」這眞是個令人難過的場景。但是，對狗來說是有用的，特別是對於牛頓。這是牠們選擇接受的集體幻象。而且牠們全心全意地活在此幻象中，完全不會對牠們之前狼類的祖先，有著任何的思念與鄉愁。

因此人類眞是了不起，他們不但有能力爲其他物種塑造生活路徑，而且還會改變他們的基本本性。也許這種事也會發生在我的身上，也許我會被改變，也許我現在已經在改變之中了。誰知道呢？我希望不會發生。我希望保持我原先被告知的純潔，能夠像97這個質數一樣，強而有力且孤立不受影響。

我坐在長椅上看著交通流量。不管我待在這個行星多久，我懷疑我會習慣車子被地心引力與貧乏的科技束縛在地面，而且因爲車子太多，在馬路上動彈不得的這般景象。

難道阻礙一個物種的科技進步是錯誤的嗎？這是我心中新的一個疑問。我不想那裡的一切，所以當牛頓開始吠，我也鬆了一口氣。我轉過去看著牠。牠靜靜地站著，而當牠盡全力大聲地吠著時，牠頭堅定地看著一個方向。

牠似乎吠著，「你看！你看！你看！你看！」我正在學習牠的語言。

有著另一條不同的馬路，通往交通量極大的馬路。另外一排有著小陽台的房子，面對著公園。

當牛頓希望我看的時候，我剛好轉向那條馬路。我看到了格列佛自己一個人，沿著路面走著。他努力用頭髮遮住自己。他應該在學校才對，但是怎麼沒有去學校呢？除非人類的學校正沿著街道邊走邊想著。學校本來就應該如此才對。他看到了我，突然停了下來。然後轉過身，朝著另一個方向前進。

「格列佛！」我喊著。「格列佛！」

他不理我。就好像有事情一般，他開始加快速度離開。他的行爲引起我的注意。畢竟，世界上最偉大的數學問題的解答，就在他的腦海中，而且是他的爸爸解出來的。我昨晚沒有採取行動。我告訴自己，我需要找到更多的資訊，也需要知道，安德魯．馬丁沒有將他的發現告訴任何人。此外，在遇到丹尼爾．羅素之後，我可能是太疲憊了。我會等一兩天吧。計畫就是如此。格列佛告訴過我，他之前沒有告訴過任何人，以後也不會告訴任何人，但是我可以百分之一百相信他嗎？現在他的母親相信他在學校裡面。然而他很明顯不在學校。我從長椅站了起來，走過滿是垃圾的草地，走到牛頓仍然在吠的地方。

「拜託，該走了。」我說著，同時了解到我早該採取行動了。

我們走到格列佛拐彎的地方，我決定跟蹤他，看看他要去哪裡。他停在某個地方，從口袋拿出一個東西。是一個盒子。他拿出一個圓柱體的東西，放在嘴巴裡面，然後將它點燃。他轉過身來，但是我早就可以感覺到他要轉身，所以我已經躲在一棵樹的後面了。

他又開始走了。不久到了更大條的馬路。這條馬路叫做柯立芝路（Coleridge Road）[33]。他不想待在這條路很久。因爲車子太多了，有機會可能會被許多人看到。他繼續走著，不久走到沒有建築物的地方，那裡沒有人也沒有車輛。

我擔心他會轉身，因爲四周沒有樹也沒有任何東西可以躲藏。此外，雖然我身體上走得很靠近，如果他一轉身我就很容易被他看到，但是我覺得夠遠了，遠到任何的心理操控都無法運作。但很不尋常地，他沒有轉身。一次都沒有。

我們走過一棟建築物，外面許多的車子在陽光下閃閃發亮，裡面都是空的。這個建築物上寫著「本田汽車」。裡面有一個穿西裝打領帶的男人看著我們。然後格列佛穿越一片草地。

---

[33] 柯立芝（Samuel Taylor Coleridge, 1772-1834）爲英國浪漫時期最知名的詩人之一。他與好友華茲華斯（William Wordsworth）創立了浪漫主義運動。

最後，他走到地上有著四條金屬軌道的地方：四條平行線，很接近，一眼望去，望不到盡頭。他一動也不動地站在那裡，等待著什麼東西。

牛頓看著格列佛，然後關心地仰望著我。牠故意發出大聲的哀鳴。我說：「噓，安靜點。」一會兒，遠方出現了火車，火車沿著軌道漸漸地逼近。我注意到格列佛雙手拳頭緊握，全身僵硬，距離火車的路線只有一公尺左右。當火車即將通過他所站的位置時，牛頓吠了出來。但是因爲火車太大聲且太靠近格列佛，所以他沒有聽到。

這很有趣。或許我什麼都不需要做了。或許他自己會結束他的生命。

火車過去了。格列佛的拳頭也放鬆了，他似乎再度放鬆。或許是很失望吧。但是在他轉身離去前，我早就將牛頓拉開杳無蹤跡了。

格里戈里．佩理爾曼（Grigori Perelman）

所以，我離開了格列佛。

他沒有被火車撞到，也毫髮無傷。

當格列佛繼續走時，我和牛頓早已回到家了。我不知道他要去哪裡，但是，從他沒有固定的方向看來，我可以確定的是，他沒有任何特定的地點要去。因此，我的結論是，他沒有要找任何人，他似乎只想避開人群罷了。

我知道這樣很危險。

我知道問題不僅僅是黎曼假說的證據而已。黎曼假說是個可以被證明的知識，而當格列佛在街道上遊蕩時，他的頭殼內就有著這個知識。

然而，因為我的主人們告訴我要有耐心，所以我必須為我的延誤辯解。他們之前告訴我要完全地找到所有知道這個秘密的人。如果必須要阻礙人類的進步，我就必須徹底了解一切。現在殺死格列佛有點太早了，因為他和他母親的死，將是大家開始懷疑之前，我最後才要做的事情。

是的，在我解開牛頓領圈上的皮帶，重新進入家裡存取客廳內的電腦，在電腦網路搜尋框內輸入龐加萊猜想時，我的心裡就是這麼告訴自己的。

不久，我發現愛莎貝兒說的是對的。龐加萊猜想是有關於球體以及四維空間的許多基本拓樸法。後來被一位叫做格里戈里·佩理爾曼的蘇聯數學家解開了。就在二〇一〇年三月十八日那天，也就是三年多前，他得到了克雷千禧年大獎。但是他拒絕接受這個獎和獎金。

他說：「我對金錢與名望不感興趣。我不喜歡像動物園內的動物一樣，被人展示。我不是個數學英雄。」

這不是他唯一得到的獎章。還有許多的獎章。有一個是歐洲數學學會（European Mathematical Society）卓越獎、一個獎章是來自馬德里的國際數學家大會（International Congress of Mathematicians），還有數學最高獎章菲爾茲獎（Fields Medal）。他拒絕所有的這些獎章，選擇過著貧窮與失業的生活，同時照顧著他的老母親。

人類是傲慢自大的。人類是貪婪的。他們只在乎金錢與名望。他們不因爲數學的緣故而讚賞數學，他們爲的是數學可以帶給他們什麼東西。

我退出電腦。突然間，我覺得很虛弱。我很飢餓。一定是這個緣故。所以我走到廚房找尋食物。

嘎吱嘎吱綜合堅果花生醬

我吃了一些刺山柑，然後吃了些固體湯料，又咀嚼了吃起來就像棍子般的芹菜。最後，我拿出了一些麵包，據說這是人類主食中的一種，然後在櫥櫃中找些東西塗抹在上面。我的第一個選擇是精緻白砂糖。然後我又嘗試了一些混合藥草。兩者都不滿意。在一陣驚慌焦慮且對營養資料做過分析之後，我決定要使用一種叫做嘎吱嘎吱綜合堅果花生醬的東西。我將它塗抹在麵包上，然後給了狗一些。牠很喜歡。

「我也該嚐一嚐嗎？」我問牠。

牠的回答似乎是：是的，你一定要嚐一嚐。（狗說的話不是真的話。牠們聽起來比較像是旋律。有時是寧靜的旋律。但是幾乎都是旋律。）真的很好吃。

牠說得對。

當我將它放入嘴中開始咀嚼，我了解到人類的食物真的不錯。以前我從未享受過食物。現在我想到，之前我還真的沒有享受過任何東西。然而就在今天，就在我內心充滿著怪異的脆弱與狐疑的感受時，我體驗到了音樂與食物的樂趣。甚至體驗到了在狗的陪伴下那種簡單的享樂。

我吃了一片花生醬麵包之後，我又做了一片跟狗分享。後來又做了一片。牛頓的胃口跟我一樣的好。

「我不是現在的我。」我曾經在某個場合告訴過牠。「你到底懂不懂啊？我是說，那就是爲什麼你第一次看到我時會充滿著敵意。爲什麼每當我接近你時，你就咆哮。你感覺到了對不對！你比人類還棒哦。你知道中間的差異性。」

牠的安靜勝過千言萬語。當我看著牠明鏡且誠實的雙眼時，我有股衝動想告訴牠更多的一切。

「我殺了某人。」我告訴牠時，感覺鬆了一口氣。「如果以法官的術語來說，我是一個人類歸類爲殺人兇手的人。但是在這個案例中，我的錯誤是因爲錯誤的判斷。你知道嗎，有時候，爲了解救人事物，你不得不殺了一些相關的東西。但是我依舊是個殺人兇手。但是不見得他們眞的能夠知道我是如何辦到的。」

「你知道嗎，無疑地你知道的，在現在人類的發展中，他們仍然覺得在同一個身體中，心靈與身體之間存在著巨大的差異。他們有心理醫院，也有身體醫院，就好像身體和心靈彼此並不會直接地相互影響。因此，如果他們不能接受在同一個人之中，心靈直接爲身體負責的話，他們幾乎就不能了解心靈如何去影響一個人的身體——即使他不是個人類情況也是如此。當然，我的技術並非生物學上的產品。我有科技，但是那是看不到的。那在我內心之中。而現在就在我的左手裡面。這種科技讓我有現在的形體，讓我能夠跟我的家人聯絡，且能夠強化我的心靈能力。因此讓我能夠操控心靈與身體的過程。所以我能夠使用念力（telekinesis）。你看，你看，你仔細看我如何操控花生醬的蓋子。我也可以做一些像催眠般的事情。你知道嗎，在我的星球裡面，一切事物都是無縫隙的。心靈、身體，與科技都是以一種聚合的方式全部結合在一起。」

這時電話響了。之前也響過了。但是我沒有去接。我品嚐了一些不同的味道，感覺起來就好像聽了一些海灘男孩的歌曲，例如，〈在我房間（In My Room）〉、〈唯有上帝知道（God Only Knows）〉，與〈約翰號單桅帆船（Sloop John B）〉。這氣味與音樂好到讓我不想去理會電話。

但是當花生醬吃完時，牛頓和我彼此用悲傷的眼神相互凝視著。「抱歉，牛頓，我們好像沒有花生醬了。」

這不是眞的。你弄錯了。再檢查一下。

我再次檢查。「沒有錯啊，我沒有弄錯啊。」

好好地，好好地再檢查一次。再看一眼就好了。

我好好地檢查了一次。我甚至拿罐子給牠看了。牠還是不相信。所以我就將罐子放在牠的鼻子旁邊，這就是牠喜歡的方式。啊，你看看，裡面還有一些些。你看。你看。然後牠就將罐子整個舔過一遍，直到牠最後也同意花生醬沒有了。這時我大聲地笑著。以前我從來沒有笑過。這是一種很怪異的感覺，但是說不上是不舒服的。然後我們就去坐在客廳的沙發上面。

你爲何來此地？

我不知道是否這隻夠的眼神是不是在問這個問題，但是我還是回答了牠的問題。「我來此摧毀資訊。那是存在於特定機器中與人類心靈中的資訊。這就是我的目的。雖然很明顯地我目前在這裡，我也在收集一些資訊，例如，人類是如何地善變、如何地暴力、如何危險地對待自己與他人。他們如果有缺點的話，缺點是無論如何無法超越的嗎？或是希望是存在的嗎？這些都是我心中的問題，即使我不應該管這麼多。但是最最重要的是，我現在所做的一切也包括著消滅這兩個字。」

牛頓陰鬱地看著我。但是牠不做任何的判決。我們就待在那裡，就在那張紫色的沙發上，坐了很久一段時間。自從我聽了德布西與海灘男孩之後，我知道有些事情快要發生在我身上了。我很希望沒有播放過這些音樂。我們坐在那裡一句話也沒有說，時間就過了十分鐘。由於前門打開與關上聲音的干擾，這種悲傷的氣氛就受到了改變。

原來是格列佛。他安靜地在玄關等了一下子，然後將外套掛上，書包丟在地上。他走到客廳，慢慢地走著。他沒有看著我。

「不要告訴媽媽，可以嗎？」

「什麼？」我說著。「不要告訴她什麼事情？」

他有點尷尬。「我沒有上學這件事。」

「好的，我不會說的。」

他看著牛頓，而牛頓的頭放在我的大腿上。他似乎很困惑，但是卻沒有做出評論。他轉身上樓。

「你在火車的軌道上做什麼？」我問著他。

我看到他的雙手緊握著。「什麼？」

「當火車通過時，你就站在那裡。」

「你跟蹤我？」

「對。對。我跟蹤你。我有跟蹤你。本來不想告訴你的。事實上，我現在也很驚訝會告訴你。但是我天生的好奇心最後成功了。」

他用一種無聲的呻吟回答後，然後往樓上去了。

過了一會兒，當你的大腿上有一隻狗時，你將會了解你必須會想要摸一摸牠。但是不要問我這種必須性是如何發生的。很明顯地，這跟人類上半身的尺寸有些關係。無論如何，我摸了這隻狗，而當我在摸牠時，我知道牠有著一種快樂的感覺、一種溫馨，與一種韻律與節奏。

愛莎貝兒的舞蹈

最後，愛莎貝兒回家了。我沿著沙發移動著坐姿，所以我就能夠看到她從前門走進來的姿態。從她推門、拔出鑰匙、關上門、再將這支鑰匙與其餘一堆鑰匙，一起放在一個靜態的木製傢俱上方一個小小的橢圓形籃子中，僅僅看到這簡單的過程就讓我深深地著迷。她不加思索地，用著單一滑行的動作做著這簡單事情時，就如同跳舞一般。也許我應該瞧不起這些事情，但是我沒有。她似乎持續做著她所從事的工作。這是一種高於韻律節奏的旋律。然而，她畢竟還是個人類。

她走下門廳，一直在呼著氣，她的臉同時展現著微笑與皺眉。就跟她兒子一樣，當她看到這隻狗躺在我的大腿上時，她相當地困惑。但是看到這隻狗從我腿上跳開跑向她時，她也一樣地困惑。

「牛頓怎麼了？」她問著。

「牠怎麼了嗎？」

「牠似乎很活潑。」

「有嗎？」

「對啊。而且，我不知道，牠的眼睛似乎比較亮些。」

「哦。可能是花生醬和音樂的關係吧。」

「花生醬？音樂？你從來不聽音樂的啊。你一直在聽音樂嗎？」

「對啊。我們一起聽。」

她懷疑地看著我。「對的。我了解了。」

「我們一整天都在聽著音樂。」

「你現在的感受爲何？你知道，我指的是丹尼爾的事情。」

「哦，還是很傷心。」我說著。「妳今天好不好？」

她嘆了一口氣。「還不錯。」我知道這是謊話。

我看著她。我注意到我的雙眼輕易地待在她的身上。發生何事呢？難道這也是音樂的副作用嗎？

我猜我已經習慣她了，或是整體來說，我已經習慣人類了。至少從外在的形體看來，我也是一個人了。在某種意義上來說，這已經變成了一種新的常態。即使如此，比起我看到那些從窗外走過且偷偷瞄著我的人來說，當我看到愛莎貝兒時，我的胃部的痛苦攪拌反應似乎少了許多。事實上，就在那一天，也就是那一天的那一刻起，我的胃就不曾攪拌過。

「我想應該打個電話給塔比薩。」她說著。「這對她來說很難接受，不是嗎？她一定哭到淚崩了。我發一封電子郵件給她好了，讓她知道是否我們可以幫她做些什麼事情。」

我點點頭。「這主意不錯。」

她研究了我一會兒。

「好的。」她用一種低頻率的聲音說著。「我想也是如此。」她看了看電話。「有人打電話來嗎？」

「有。電話鈴聲響了好幾次。」

「但是你沒有接起來嗎？」

「沒有，沒有。我沒有。我真的不想冗長的對話。而且我現在很苦惱。上一次我跟不是妳或是格列佛的人有過冗長的對話之後，結果他就死在我的面前。」

「不要這樣說。」

「怎樣說？」

「輕率地說。那是個悲傷的日子。」

「我知道。」我說著。「我只是……還沒有聽進去罷了。」

她走過去聽留言。然後又回來了。

「很多人一直在找你。」

「哦，誰呢？」我說著。

「你媽媽。但是小心一點，她可能會使用她的招牌伎倆：壓迫性的擔心。她已經知道你在學院裡的小意外了。我不知道她如何知道的。學院也打了電話過來。想跟你說說話，表達關心之意。劍橋晚報的記者也有打來。阿里也有打來。很貼心。他說你想不想在星期六一起去看足球比賽。還有其他的人。」她停了一下子。「她說她的名字是麥姬。」

「哦，是的。」我假裝地說著。「當然，麥姬。」

然後她對我揚起她的眉毛。很清楚地，她意有所指，但是我不懂。這讓我有些挫折感。你知道，文字的語言不過是人類眾多語言中的一種。如同我所指出，還有其他種類的語言。例如，嘆氣的語言、此時無聲勝有聲的語言，最重要的是，還有皺眉頭的語言。

然後她做出了相反的動作：她將眉毛盡量地放低。她嘆了口氣，走入了廚房。

「你拿精緻砂糖做什麼？」

「吃啊。」我說著。「這是個錯誤。抱歉。」

「好吧。你知道嗎，請你記得將東西歸位。」

「抱歉，我忘記了。」

「沒關係。到現在不過只有一天半而已。就這樣。」

我點點頭，試著像個人類。「妳要我怎麼做？我指的是，我應該怎麼做？」

「好吧，首先打個電話給你媽。但是不要告訴她醫院的事情。我知道你是個怎麼樣的人。」

「什麼？我是個怎麼樣的人？」

「你告訴你媽的事情比告訴我還多。」

現在，這眞令人擔心。眞的非常令人擔心。我決定馬上打電話給她。

這位媽媽

雖然聽起來異乎尋常，但是媽媽是人類重要的一個觀念。人類不但眞的知道他們的媽媽是誰，而且在大部分的情況下，他們在一生之中也一直跟媽媽保持著聯繫。當然，對於像我這樣從來不知道媽媽在哪裡的人來說，這眞是個非常奇異的想法。

因爲如此地奇異，我有些害怕去追尋這個想法。但是我也做到了。因爲如果她的兒子告訴她太多的資訊，我很明顯地必須要知道。

「安德魯嗎？」

「是的，媽媽。是我。」

「哦，安德魯。」她用高頻率的聲音說話。這是我聽過最高頻率的聲音。

「你好，媽媽。」

「安德魯，我和你爸爸一直很擔心你，都擔心到生病了。」

「哦。」我說著。「我發生了一點意外插曲。我暫時性地喪失我的心靈。我忘記穿衣服了。就是這樣。」

「你就只想說這些嗎？」

「不。不。不是的。我必須問妳一個問題，媽媽。這是一個很重要的問題。」

「哦，安德魯，到底什麼事情？」

「事情？什麼事情？」

「是跟愛莎貝兒有關的嗎？她再一次跟你找麻煩對不對？就是這件事情嗎？」

「再一次？」

靜靜地嘆了一口氣。「對的。你和愛莎貝兒之間一直存在著苦衷，你已經告訴我們超過一年以上了。對於你的工作負擔，她不像以往那麼地諒解了。她不是爲了你而待在那裡。」

我想著愛莎貝兒，對於她讓我停止擔心、幫我煮食物，和撫摸我的皮膚，我說了謊。

「不對。」我說著。「她在那裡是爲了他，我指的是我。」

「還有格列佛？他如何呢？我認爲她改變他來對抗你。就是因爲他想進入的那個樂團。但是你是對的，親愛的。他不應該在樂團鬼混。尤其在他做了這麼多的事情之後，更不應該。」

「樂團？我不知道，媽媽。我不認爲是這件事情。」

「爲什麼你叫我媽媽？你從來沒有叫過我媽媽。」

「但是妳是我媽媽。我怎麼叫妳呢？」

「媽。你叫我媽。」

「媽。」我說著。這聽起來是所有最怪異的單字中的單字。「媽。媽。媽。媽。媽。妳聽。我想知道我最近是否跟妳說了些什麼東西。」

她沒有在聽我說話。「我們希望我們在你那裡。」

「來啊。」我說著。我很感興趣看看她的長相如何。「現在就來啊。」

「如果我們沒有住在一萬兩千英里這麼遠，我們就去。」

「哦。」我說著。一萬兩千英里聽起來不遠啊。「那麼今天下午來好了。」

這位媽媽笑了。「你仍然如此地幽默。」

「對啊。」我說著。「我仍然很有趣。聽著，我上星期六有沒有跟妳說什麼呢？」

「沒有啊。安德魯，你喪失記憶了嗎？這是失憶症嗎？你好像得了失憶症。」

「我只是有點搞混了。就這樣。不是失憶症。那些醫生告訴我的。我只是工作太認眞了。」

「是的。是的。我知道。你告訴過我們。」

「所以我告訴你們什麼事？」

「你說你幾乎都沒有睡覺。你說這是自從你得到博士學位以後，從來就沒有像現在如此認眞工作過。」

然後她告訴我一些我沒有問她的資訊。她開始談論她的臀骨造成她無比的疼痛。她現在正在治療來紓解疼痛，但是效果不佳。我發現這些對話令我不安且不愉快。這種長期的疼痛對我來說是陌生的。人類認爲他們的醫學相當地進步，但是他們尙未能夠用一些有意義的方法來解決這個問題。就好像他們還不能解決死亡的問題一樣。

「媽媽。媽。聽好，妳對黎曼假說的了解有多少呢？」

「那不就是你一直在研究的主題嗎？」

「研究？研究。是的。我正在研究這個主題。但是我將無法證明它。我現在知道了。」

「哦。好吧。親愛的。不要過度逼迫自己。現在，聽好……」

不久她又開始談論她的疼痛。她說醫生告訴她應該動髖關節置換手術。這個髖關節是鈦做成的。當她告訴我這件事時，我幾乎喘了一下。但是我不想告訴她太多有關於鈦的事情，因爲人類很明顯地尚未了解鈦的一切問題。他們未來將會慢慢地了解。

然後她開始談論我的「父親」和他的記憶如何變得越來越差的問題等等。醫生告訴他不要再開車了，而且對於他想出版的那本書——總體經濟學理論——現在他也越來越不可能寫完了。

「安德魯，你老爸的病讓我很擔心你。你知道嗎，就在上星期我告訴你醫生所說的一切，有關於你應該做大腦掃描的事情。這種病有家族的遺傳。」

「哦。」我說著。我眞的不知道我該做什麼事情。事實是，我談不下去了。很明顯地我沒有告訴我父母任何事情。至少沒有告訴我媽媽任何事情。從我爸爸的大腦看來，就算我告訴他一些事情，感覺起來他的大腦也會遺忘。此外，更重要的是，這樣的對話讓我感到沮喪。它讓我用一種我不想去思考的方式來思考人類的生活。我了解到，當人類變老時，感覺起來生活變得逐漸地越來越糟糕。當你剛出生時，有著嬰兒的手腳和無限的快樂，但是當你的手腳漸漸地變大時，快樂卻慢慢地蒸發了。然後從青少年開始，卻可能無法駕馭快樂。但快樂漸漸地滑落，大量滑落的速度卻越來越快。這時候不管你的手腳變得有多大，就好像會滑落的知識也越來越難掌握。

爲何這樣會讓我沮喪呢？爲何我會在乎呢？這跟我的工作無關啊？

雖然我看起來像個人類，但是我永遠無法變成人類，這時我再一次地感覺到無限地感恩。

她繼續說著話。然後當她一直說話時，我覺得就算我不聽她說話也不會有任何嚴重的後果。

我就將電話給掛斷了。

我閉上雙眼，不想看到一切事物時卻又看到了許多的事情。我看到了塔比薩靠在她的先生身上，這時他的口中流出阿斯匹靈的泡沫。我不知道我的媽媽是否年紀跟塔比薩一樣大，或許年紀更大一些。

當我再度張開雙眼，我發現牛頓站在那裡看著我。牠的眼神敘述著牠的困惑。

你為何沒有說再見？你一般都會說再見。

然後，很奇怪地，我做了一件我不了解的事情。這是一件完全沒有邏輯的事情。我拿起了電話，撥了相同的號碼。響了三聲後，她接了電話，然後我說著：「抱歉，媽，我原本要說再見的。」

你好。你好。你聽得到嗎？聽得到嗎？

我們聽得到。聽得到。

聽好，一切都安全。這份資訊已經被摧毀了。現在人類仍然維持在第三階段中。不用擔心。

你已經摧毀了所有的證據和所有可能的來源了嗎？

我已經摧毀了安德魯電腦中和丹尼爾電腦中所有的資訊了。丹尼爾．羅素也被摧毀了。死於心臟病。他本來就有心臟病的病史，所以這是在目前環境下最邏輯的死亡方式了。

你也摧毀了愛莎・貝兒・馬丁和格列佛・馬丁了嗎？

沒有。沒有。沒有必要摧毀他們。

他們不知道嗎？

格列佛・馬丁知道。愛莎貝兒・馬丁不知道。但是格列佛沒有任何動機將這個秘密說出來。

你一定要摧毀他。你一定要摧毀他們兩個人。

不。不需要。如果你們要我去做，如果你們認爲這是必要的，我可以控制他的神經流程。我可以讓他忘記他爸爸告訴他的一切。並不是說他了解什麼，他眞的對數學一點概念也沒有。

你所做的心靈控制似乎沒有任何的效果，你回家就知道了。你知道嗎？

他沒有說出任何事情。

他可能已經說出一些事情了。人類是不可以相信的。他們甚至不相信他們自己。

格列佛沒有說出任何事情。而且愛莎貝兒什麼也不知道。

你一定要完成你的工作。如果你沒有完成的話，我們會派另一個人去取代你的工作。

不。不。我會完成的。不要擔心。我會完成的。

第二部

我的手指中握有珠寶

你可以說甲是由乙造成的，反之亦然。所有質量都是互動的。

——查費曼

我們對於我們孤單努力的未知一切都是孤單的。

——大衛·佛斯特·華利斯

對於像我們一樣微小的生物，唯有透過愛宇宙的無垠才可被接收。

——卡爾·賽根

夢遊

他睡著時我站在他的床邊。我不知道自己在黑暗中站了多久了，仔細地聽著他深沉的呼吸聲，漸漸地進入越來越深沉的睡夢中。我大約站了半個小時了。

他沒有將百葉窗拉下，所以我向外面望了出去。從我的角度下看不到月亮，但是看得到一些星星。在銀河系之外有著無數的太陽光照耀在死氣沉沉的衆多太陽系上。幾乎在他們天空中所有的地方，你都可以看到許多沒有生命的地方。這一定會影響著他們。這一定讓他們對於他們所居住的上方有些特定的想法。這也一定會讓他們瘋狂才對。

格列佛翻身動了一下，我決定等久一些。不是現在就殺了他，就是不要殺他。

你要將羽絨被拉起來，我用一種他在清醒下也聽不到的聲音告訴他，但是聲音真的傳達進入了他的身體中，而這是利用θ波透過他自己的大腦傳送給自己的指令。*然後慢慢地從床上坐了起來，雙腳放在地毯上，慢慢地呼吸，讓自己鎮定一下，然後站起來。*

然後他真的站了起來。他站在那裡慢慢地且深深地呼吸著，等待著下一個指令。

你走到門那裡去。不用擔心要開門，因爲門已經開了。就走、走、走到門那裡去。

我怎麼說他就怎麼做。現在他到了門口那裡了，除了我的聲音外他無視於外在一切的事物。我只需要發出兩個字的聲音就可以控制他。*往前趴下*。我靠近他。不知何故這些話很慢才傳入他的大腦。我需要時間。至少一分鐘吧。

我向他靠近一些，所以才能夠聞到他睡覺的氣味。這是人類的味道。而且我心中想起這些話：你一定要完成你的工作。如果你沒有完成的話，我們會派另一個人去取代你的工作。我吞了一下口水。我的嘴巴乾渴到很痛。這時我感覺到宇宙的浩瀚無窮，這股巨大中立的力量，不管在時間、空間、數學、邏輯，或是存活來說，都是中立的。我閉上了雙眼。

等待。

在我張開雙眼之前，我的喉嚨被他緊緊地握住了。我幾乎無法呼吸。

他轉身180度，左手抓住我的脖子。我將他的手拉開，這時他的雙手握拳一直瘋狂且生氣地搖晃著我，如他所願地狠狠地打著我。

他抓住我頭部的一邊。我離開他向後退了幾步，但是他用相同的速度向前移動。他的雙眼是張開的。他正看著我。在同一時間內看著我又彷彿沒有看著我。我當然可以跟他說住手，但是我沒有說。也許是我想親眼第一手看到人類的暴力行爲，即使是在無意識狀態下的暴力，來了解我工作的重要性。藉著了解我的工作，我才能完成它。是的，事情一直就是如此。那也是解釋了爲什麼當他狠狠地打我的鼻子時，我讓自己滿身是血。我退到了他的書桌，再無退路了，所以當他繼續打我的頭、我的脖子、我的胸膛、我的手臂時，我只好站著不動。他現在咆哮著，嘴巴張到了極限，而且露出了牙齒。

「喇喇喇喇喇！」

這樣的吼聲將他驚醒。他的雙腿一軟幾乎跌倒在地上，但是他及時恢復了一切。

「我。」他說著。他有一陣子不知道自己在哪裡。他看到我在黑暗中，這時他有意識地看到我。「爸爸？」

我點頭時有細細的一條血河慢慢地流入我的嘴中。愛莎貝兒從樓梯衝到了閣樓。「發生了什麼事？」

「沒事。」我說著。「我聽到聲音所以上樓來看看。格列佛在夢遊。就這樣。」

愛莎貝兒打開燈，看到我的臉時喘了一口氣。「你在流血。」

「沒事。他不知道自己在幹什麼。」

「格列佛？」

格列佛坐在床邊，退縮到燈光外。他也看著我的臉，一句話也沒有說。

我是一個不是自己的人

格列佛想回到床上。繼續睡覺。所以十分鐘後，愛莎貝兒和我獨自相處。我坐在浴缸邊，她拿了棉球沾了抗菌藥水，輕輕地在我的額頭上和嘴唇上的傷口擦了一下。

現在，這些傷口只要我動個念頭指令，就能讓它們復原。有時只要感覺到痛就能夠讓傷口消失。然而，當抗菌藥水接觸到每個傷口處刺痛時，受傷的地方依然存在。這是我故意留下的。我不能讓她有任何的懷疑。但是事情就是如此嗎？

「你的鼻子還好吧？」她說著。我在鏡子中看到了傷口，一個鼻孔旁邊還有一些血跡。

「沒事的。」我邊說邊摸著鼻子。「沒有斷掉。」

她的眼睛很專注地斜看著我。「你額頭上的傷口很嚴重。那裡會有很大片的瘀血。他一定很用力打你。你有嘗試制止他嗎？」

「有啊。」我說謊了。「我有啊。但是他一直繼續打我。」

我聞得到她的氣味。乾淨的人類氣味。這是她用來清洗和保濕臉部的乳霜味道。我又聞到洗髮精的味道。還有微量的氨氣，但是比不過抗菌藥水濃厚的味道。她的身體比起以往靠我更近了。我看著她的脖子，上面有兩個小小而且靠得很近的黑痣，就像上面畫了兩顆不知名的雙星。

我想著安德魯·馬丁親她的感覺。人類都這麼做的。他們接吻。就像許多人類的事物一般沒有任何的意義。或許，如果你去嘗試的話，其中的邏輯就會呈現出來。

「他有說什麼嗎？」

「沒有。」我說著。「沒有。他只是大叫。很原始的叫聲。」

「我不知道你和他之間的一切，眞是沒完沒了。」

「什麼沒完沒了？」

「就是對你們的擔心。」

她將沾有血跡的棉球放在洗手台旁邊的小垃圾桶內。

「我很抱歉。」我說著。「我對一切事情感到抱歉。不管是對於過去或是未來的一切。」我在隱隱約約的痛苦中所說出來的抱歉，讓我很逼眞地感受到人類的感受。我幾乎能夠寫出一首詩來了。

我們走回床上。她在黑暗中握著我的手。我輕輕地將它拉開。

「我們已經失去他了。」她說著。我過了一會兒才明白她說的是格列佛。

「好吧。」我說著。「也許我們必須接受現在的他，即使他和我們之前所認識的他已經不一樣了。」

「我就是不了解他。你知道的，他是我們的兒子，而且我們已經認識他十六年了。然而，我覺得好像不認識他似的。」

「好吧，也許我們應該嘗試不要了解太多，而要接受多一些。」

「那有些困難，而且從你口中說出來更覺得奇怪，安德魯。」

「所以我猜下一個問題是：有關於我的一切。妳了解我嗎？」

「我認爲你不了解你自己，安德魯。」

我不是安德魯。我知道我不是安德魯。但是同樣地，我也一直失去我自己。我是一個不是自己的人。問題就在於此。我跟一個人類的女人躺在一起，我讚賞她的美麗，我也同時感到傷口殺菌藥水的刺痛感，我又想著她怪異且迷人的皮膚，還有她照顧我的方式。這個宇宙中沒有人關心過我。你們也沒有，難道有嗎？我們有科技照顧著我們，而且我們不需要情感。我們是孤單的。我們彼此工作來相互保護，但是情感上我們不需要任何人。我們只需要純粹的數學眞理。然而，我很害怕睡著，因爲一旦我睡著了，我的所有傷口都會復原，而我不希望這種事情會發生。就在那時，我在疼痛中發現一種奇怪卻又眞實的慰藉。

我現在煩惱越來越多了。問題也越來越多了。

「你相信人類一直都是可理解的嗎？」我問著。

「我曾經寫過一本有關於查理曼大帝的書。我希望如此。」

「但是，人類在自然的狀態下，是人性本善還是人性本惡呢？人類可以相信嗎？還是人類的本性是暴力、貪婪，和殘酷呢？」

「好吧，你問的是個最古老的問題。」

「妳的看法爲何呢？」

「安德魯，我很累了。抱歉。」

「對的，我也累了。明天早上見。」

「晚安。」

「晚安。」

當愛莎貝兒進入夢中時，我還清醒著一段時間。問題就在於我不習慣於夜晚。也許跟我第一次所想的黑暗不太相同。有著月光、星光、大氣光、街燈，還有些行星之間灰塵逆散射所產生的太陽光。但是人類花一半的時間處於深深的陰影中。我確定這就是這裡的人類個人和性關係的主要原因之一。他們需要在黑暗中尋求慰藉。而在她的身邊就是一種的慰藉。所以我就待在那裡，聽著她的呼吸進進出出，聽起來就像某個奇特海洋潮汐的聲音。有時我的小指頭就在羽絨被裡面雙層的夜晚中觸摸著她的小指頭。這一次我讓小指頭一直待在那裡，然後想像著我就是她所認爲的我。我們就靠此結合在一起。兩個原始的人類彼此相互的呵護著。這是一個令人欣慰的想法，引領著我走下心靈中不斷變黑的階梯，直入睡夢中。

我還需要一些時間。

你不需要時間了。

我即將殺死該殺的人。不用擔心。

我們並不擔心。

但是我只是來此地摧毀資訊罷了。我也來此收集資訊。這是你們說的，不是嗎？對於數學理解的東西在宇宙間都是通用的。這我知道。我現在要談的不是神經閃光。我要談的是能夠只從地球這裡獲得的東西。讓我們有更多的眞知灼見來了解人類如何生活。至少以人類的術語來說，他們在此地已經很久了。

請解釋爲何你需要更多的時間。複雜度需要時間，但是人類是非常原始的。他們的祕密都是最膚淺的。

不對。你們是錯誤的。他們同時存在於兩個世界之中：外表的世界和眞理的世界。這兩個世界的串連模式相當地多。當我剛剛來這裡時，許多事情我並不了解。例如，爲什麼衣服很重要。或是爲什麼死母牛變成了牛肉。或是爲何割過的草地不應該在上面踐踏。或是爲什麼家裡的寵物對他們如此地重要。人類害怕自然，所以他們要對自己證明能夠征服自然。這就是爲何草坪會存在，野狼會演化成狗，和爲何他們的建築都是建立在不自然的型態上。但是，說眞的，自然或是眞正的自然對他們來說不過是個象徵。人類自然本性的象徵。他們是通用的。所以我所說的是——

你要說什麼？

我要說的是，了解人類需要時間，因爲他們不了解他們自己。他們穿衣服太久了。這些隱喻的衣服。那就是我現在要說的事情。那就是人類文明的代價——爲了創造文明，他們必須爲他們眞正的自我關上一扇門。所以他們是迷失的，那就是我所了解的一切。而那就是爲何他們發明藝術：書本、音樂、電影、戲劇、繪畫，與雕刻。然而不管他們多麼地靠近我們，他們永遠都會離我們很遠的。我猜我要說的是，昨晚當我快要殺死那個叫做格列佛的男孩子時，他原本在睡夢中會從樓梯上摔下去，但是當他的本性顯現時，他攻擊了我。

用什麼攻擊你呢？

用他自己。用他的手臂。用他的雙手。他仍然在睡夢中，但是雙眼是張開的。他攻擊了我，或者是說，他認爲我是誰的我。他的爸爸。而且這是眞正的憤怒。

人類是暴力的。大家都知道。

不是的。我知道。我知道。但是他醒了，而且他並不暴力。那是他們所擁有的戰鬥。所以我相信如果我們更了解人類的本性，當他們又發明其他的進步時，未來我們該如何採取更好的行動。在未來，當另一個人口過剩的危機出現時，地球將成爲我們物種移居的一個合適的選擇地點。所以如果我們對他們的心理學、他們的社會，以及他們的行爲有著更多的知識的話，將對我們十分有幫助。

人類本身就是貪婪。

並不是所有的人類都是如此的。例如，有一個叫做格里戈里·佩理爾曼的數學家，他拒絕金錢與衆多的大獎。他照顧著他的媽媽。我們對人類的看法是有所扭曲的。如果我們進一步地研究他們，我想對我們是有所幫助的。

但是你不需要那兩個人類來研究。

哦。我需要的。

爲什麼呢？

因爲他們認爲他們知道我是誰。所以我有看著他們的機會。而眞正的他們就在他們爲自己而建造的心靈圍牆後面。說到圍牆，格列佛現在還什麼都不知道。就在他昨天的晚上，我取消所有他爸爸告訴他的知識。只要我在這裡，一切安全無虞。

你一定要快點採取行動。你沒有天長地久的時間。

我知道。不要擔心。我不需要天長地久。

他們一定要死。

是的。

比天空還要遼闊

「這是一種睡眠時的精神症狀。」隔天在吃早餐時愛莎貝兒告訴格列佛這句話。許多的人都有這樣的症狀。我說的是許多非常正常且有理智的人們。就像那個來自於快轉眼球樂團[34]的人一樣，他也有這個症狀。他跟所有搖滾巨星一樣的好啊。

她沒有看到我。我剛剛才進入廚房。但是現在她注意到了我的出現，有點不知所措。「你的臉。」她說著。「昨天晚上還有許多的傷口和瘀青。怎麼現在全部都好了。」

「本來就比昨天看起來好多了。夜晚會將誇大許多的事物。」

「是啊，但是如此地——」

她看了兒子一眼，他正不安地看早餐的麥片粥掙扎著，所以她決定不再提起這個問題。

「格列佛，你今天也許可以請假不用去上學。」愛莎貝兒說著。

我預期他會同意，因爲我覺得他比較喜歡那種凝視著鐵軌般的教育。但是他看著我，考慮了一下子，然後下了結論：「不用請假。不用。我沒事。我覺得很好。」

[34] R.E.M.（Rapid Eye Movement）快轉眼球樂團，成立於1980年，是近幾十年來美國最有影響力的樂團之一。

之後就剩下我和牛頓在家裡。你知道嗎，我正在重新掩飾（recover）當中。重新掩飾。這在人類的語言中意味著復原。這是最人性化的兩個字。裡面的弦外之音意味著健康正常的生活正掩飾著一些事情——生活之下的暴力，也就是前一天晚上我在格列佛身上所看到的暴力。要保持健康就是要掩飾一切。就像穿衣服一樣。不管是字面上的意義，還是隱喻上的意義皆是如此。然而我還是要找到這裡面所隱含的一切。這就能夠讓我的主人們滿意，然後對於我在工作時間的延誤有合理化的解釋。我發現了一堆的紙張，用鬆緊帶綁在一起。這些紙張由於年代已久所以有些泛黃，而且就放在愛莎貝兒的衣櫥之中，藏在許多日常生活必須要穿的衣服下面。我聞了一下這些紙張，我猜大約至少有十年以上了。最上面的一張紙寫著：「比天空還要遼闊。」旁邊還有一些文字：「愛莎貝兒原著小說。」小說是什麼東西？我讀了一些，終於了解到，雖然主角的名字叫做夏洛蒂，也應該很容易就知道她是愛莎貝兒的化身。

夏洛蒂聽到自己嘆了一口氣：我眞是一個又老又疲憊的機器，該釋放壓力了。

每件事情都壓得她喘不過氣來。她每天有做不完的瑣事：將碗筷放入洗碗機內、從學校接送小孩、煮飯等等，她就好像是憋在水中不斷地執行這些繁瑣的事務。她承認，身爲一個母親，她和她的小孩彼此所共同擁有的體力，現在完全被奧利佛給完全獨佔了。

從學校接他放學之後，他就一直在胡鬧，例如，他拿著外形怪異的藍色爆破槍不斷地發射子彈，諸如此類的事情。他不知道爲何他媽媽要買這個東西給他。事實上，他心中是明白的。只是爲了證明一件事。

「夏洛蒂，五歲的小男孩都想要玩槍。這很自然啊。你不能剝奪他們的本性。」

「去死。去死。去死。」

夏洛蒂將烤箱的門關上，然後設定了時間。

她轉過身來，看到奧利佛拿著那支巨大的藍槍，指著她的臉。

「不可以。奧利佛。」她說著，但是她實在是太累了而無法去對抗他整個臉上那種抽象的憤怒。「不要用槍射媽咪。」

他依舊維持原有的姿勢，然後連續發射出類似廉價電動遊樂場的聲音，然後再從廚房跑出去，穿越門廳，然後當他衝鋒上了樓梯時，吵雜地殲滅了許多看不到的外星人。她回想起大學時代在走廊上聽到許多學生安靜說話的回音，然後才知道懷念本身就是一種痛苦。她想要重新回去教書，她又擔心有可能太晚才能下班離開。她的產假一直延伸變成了永久的休假了。但是她相信她一定能同時扮演好太太和媽媽的雙重角色，因爲這是種歷史賦予母親的基本角色。而她媽媽總是勸告她要「腳踏實地」。然而她雄心壯志的先生卻不願意放下身段來看看世間的一切。

夏洛蒂就好像戲劇中的演員一般，使勁地搖著頭展現她的苦惱，就好像下面有一群表情嚴肅的媽媽觀衆們，不斷地檢視著她的進步而且在剪貼板上做筆記。她也常常意識到自己身爲父母親時，自我意識的本性，也就是說她必須從自身外再創造一個角色，一個完全爲她自己量身打造的角色。

不要用槍射媽咪。

她蹲下來看看烤箱的門。她的義大利千層麵還要四十五分鐘才會好。喬納森還沒有從會議中回來。

她挺起背部站了起來，走到客廳。飲料櫃閃爍著搖搖晃晃的玻璃光，看起來就像虛假的承諾。她轉了一下老舊的鑰匙，打開了門。一堆的酒瓶沐浴在黑暗陰影之中，就像個迷你的大都市。

她伸手拿了一瓶帝國州（Empire State），和一瓶龐貝藍鑽特級琴酒（Bombay Sapphire），幫自己倒了一杯傍晚該喝的酒。

敬喬納森。

上星期四也這麼晚回來。今天星期四依舊這麼晚。

當她跌落在沙發上時，她承認這個事實，但是卻不想太接近這個事實。她的先生是一個她不再有體力能去解開的神秘事件。無論如何，這都是大家耳熟能詳的婚姻不二法則：解決了神秘事件，結束了愛情事件。

所以家庭通常都是相聚在一起的。太太們有時都會努力與先生們待在一起，然後忍受她們所承受的任何的苦難，然後將一切苦惱寫入小說，藏在衣櫥的底部。媽媽們都要忍受她們的小孩，不管她們的小孩有多麼難搞定，也不管小孩將父母親逼到如何接近瘋狂的境界。

無論如何，我不讀了。我覺得這是一種侵入的行為。我知道這小說的內容有些豐富，是敘述著一個活在丈夫身分之下的女人。我將小說拿回衣櫥內，放在許多衣服的下方。

不久，我告訴她我的發現。

她的表情讓我無法理解，而且她的雙頰都變紅了。我不知道是否這是臉紅還是生氣。也許兩者兼而有之。

「那是隱私。你不應該看。」

「我知道。這就是爲何我要看的原因。我想了解妳。」

「你說什麼？如果你解決了我的問題，你是得不到學術上的榮耀也得不到百萬美元的獎勵。安德魯，你不應該到處窺探我的隱私。」

「難道先生不應該了解太太嗎？」

「你這樣做實在是太過火了吧。」

「妳是什麼意思？」

她嘆了口氣。「沒事。沒事。抱歉，我不該這樣說的。」

「妳應該想說什麼就說什麼才對啊。」

「你的策略不錯。但是我認爲那意味著我們在2002年左右就該離婚了吧。我保守地估計就在那個時候。」

「或許妳跟他，我指的是我，在2002年時離婚的話，妳會比較快樂才對。」

「但是誰也無法預測結果爲何啊。」

「不對。」

這時電話響了。找我的。

「你好。」

說話的是個男人。他的聲音有點漫不經心，但是很熟悉。但我也滿好奇的。「嘿，是我啦。阿里。」

「你好。阿里。」我知道阿里應該是我最貼心的朋友，所以我表現就像個友善的好朋友。

「你好嗎？你的婚姻如何？」

愛莎貝兒深深地皺著眉頭看著我。但是我認爲他沒有聽清楚。

「剛剛才從愛丁堡處理完那件事情回來。」

「哦。」我說著，假裝知道愛丁堡那件事情是什麼樣的事情。「對啊。是的。愛丁堡那件事情。當然，處理好了嗎？」

「處理得不錯。對，不錯。我趕上了聖安祖大學（St Andrews）的那個傢伙。聽著，老朋友，我聽說你這個星期有點難度過。」

「是的。有點難度過。對我來說這星期眞的是太難度過了。」

「所以我不知道是否你還想去足球比賽。」

「足球？」

「劍橋大學對抗凱特林大學（Kettering）的比賽啊。我們可以喝一品脫的淡啤酒和聊聊天啊。可聊聊上次你告訴我那個天大的秘密啊。」

「秘密？」我身上的每個分子都提高了警覺。「什麼秘密呢？」

「不要以爲我會大嘴巴亂講話宣傳。」

「不會。不會。你是對的。小聲一點。事實上，不要告訴任何人。」愛莎貝兒這時在門廳那裡，疑心地看著我。「但是，對的。爲了回答你，我會去足球比賽的。」

我壓了電話的紅色按鈕，對於我有可能必須殺掉另外一個人的想法，感到厭倦不已。

早餐時幾秒的安靜

你已經變了，變成了一個不同的物種。這樣的結果事實上是很容易的。這不過是簡單的分子重新排列的過程罷了。我們身體內部的科技就辦得到，絕對沒有問題的，只要有正確的指令和目標模型就辦得到。這個宇宙中沒有什麼新的成分，而人類不管看起來長得怎麼樣，幾乎都是跟我們一樣的成分所製成的。

雖然如此，困難的地方依舊存在於其他的事情。當你看著浴室鏡子中的自己，看見這個新的你，而且在看到自己時，也不會像以往早晨般想要在洗手台上嘔吐。而且當你穿衣服時，你覺得這是很正常的事情時，這類其他的事情就會發生。

然後當你走下樓梯時，看到那個據說就是你的兒子的生命體正在吃著吐司麵包，聽著只有他才聽得到的音樂時，這時你需要一秒、兩秒、三秒，或是四秒，才眞正地了解到這不是你的兒子。他對你來說沒有意義。不僅如此：對你來說牠一定是一點意義也沒有。

此外，你的太太。你的太太並不是你的太太。你的太太並不是眞正的愛你，只因爲你從未做過的一些事情。但是從她的觀點看來，比起你即將要做的事情來說，那些你過去未做過的事情，也不見得不會比較糟糕。她是個外星人。她和人類一樣令我覺得他們有外星人的感覺。她是個靈長類的動物，而那種毛茸茸住在樹上靠著手指關節移動的黑猩猩，就是她進化中的表堂兄弟姊妹。然而，當一些事情很怪異時，這個外星人就變得很熟悉，而你就會以人類的角度來判斷她。當她喝著粉紅色的葡萄柚汁時，你能夠看著她，然後用擔心無助的雙眼凝視著她的兒子。你可以了解到，身爲一個母親，她就像一個站在岸邊看著自己的兒子在一艘非常脆弱的船隻上的母親，外出航行在越來越深的海水上，期望著陸地卻又不知道前方的陸地在何方。

而你能夠看到她的美貌。如果地球上的美貌跟其他的地方有著相同的評價：理想中的美貌是勾魂誘人且永無解答的，同時會創造出一種秀色可餐的迷惑。

我已經迷惑了。我已經迷失方向了。

我希望我身上有個新的傷口，這時她才會來照顧我。

「你在看什麼呢？」她問我。

「看你啊。」我說著。

她看著格列佛。他聽不到我們的對話。然後她回頭再看著我，跟我一樣滿臉迷惑。

我們很擔心。你在幹什麼呢？

我告訴過你們。

是嗎？

我正在蒐集資訊。

你正在浪費時間。

我沒有。我知道我在做些什麼事情。

應該不需要這麼久。

我知道。但是我正在學習人類的許多事物。他們比起我們當初的看法來得複雜許多。他們有時有暴力，但是他們更多的時候會彼此照顧。他們內心存在著更多的善意。我相信這個事實。

你在說什麼東西啊？

我不知道我在說什麼。我已經迷惑了。有些事情早已經沒有了意義。

在一個新的行星上，這種現象偶爾會發生。你的觀點會變成這個星球居民的觀點。但是我們的觀點從未改變。你了解嗎？

是的。我了解。

不要受到影響。

我會的。

生命／死亡／足球

在銀河系有智慧的生物中，人類是少數幾個尚未解決死亡問題的生物之一。然而他們卻沒有將大部分的歲月花費在恐懼的尖叫與咆哮中，不斷地抓著自己的身體，或是在地上到處打滾著。我在醫院中看過有些人的確有著如此的反應，但是那些人都被認爲是瘋子。

現在，想想這件事情。

人類的生命平均在地球的歲月是80年，也就是活在地球上3萬天。也就是說，他們出生、交了些朋友、吃了一些大餐、結了婚，或是不結婚、有一兩個小孩或是不生小孩、喝了幾千瓶的酒、性交好多次、身上某處發現腫塊、有點遺憾、不知道光陰何去何從、想著生命若能再來一次應該要過著與過去不同的生活、又了解到也許這樣過也是對的、然後死亡。進入了巨大的黑暗虛無之中。脫離了時空。這是最虛無瑣碎中的瑣碎。而且就是如此罷了。全體人類都是如此。全部受限在這個完全相同而且平庸的星球之中。

但是在地面上，人類似乎並不是生活在緊張的狀態下。

不是的。他們會做著許多的事情。例如說：

——洗衣服

——聽音樂

——拈花惹草
——吃東西
——開車
——工作
——憧憬未來
——賺錢
——凝視
——喝酒
——嘆息
——閱讀
——比賽
——日光浴
——抱怨
——慢跑
——狡辯
——呵護
——社交交往
——夢想

——上網
——育兒
——創新
——相愛
——跳舞
——做愛
——遺憾
——失敗
——努力
——希望
——睡覺

喔。對了，還有運動。

很明顯地，我，或應該是說安德魯，喜歡運動。他喜歡的是足球。

對於安德魯．馬丁教授來說，很幸運地，他支持的足球隊是劍橋大學聯隊。這是衆多成功的隊伍之一，他們能夠避免勝利的苦難和勝利的存在創傷。我發現要支持劍橋大學聯隊，就是要支持失敗的想法。看著整個球隊隊員的腳一致地迴避著那個有著地球符號在上面的球，似乎就讓他們的支持者感受到巨大的挫折感。但是支持者很明顯地沒有這樣的感受。你知道嗎，眞相就在於不管他們如何地不敢苟同，人類並不是眞的喜歡贏。這樣說好了，他們有十秒鐘的時間喜歡贏，但是如果他們一直都在贏，他們最後就會想到其他的事物，就像是有關於生與死的問題。除了贏之外，人類唯一喜歡的就是輸。但是至少可以爲輸做一些什麼事情。因爲有了絕對的贏，什麼事都不能做。他們就必須處理面對贏這件事情。

現在我在比賽中看著劍橋大學聯隊對抗一支叫做凱特林大學的球隊。我問過格列佛要不要跟我一起去看球賽，所以我就能夠留心照顧他，但是他諷刺地說：「好的。老爸，你未免太了解我了吧。」

所以，只有我和阿里前來，阿里的全名爲阿里盧曼帝．阿拉撒拉森教授（Professor Arirumadhi Arasaratham）。如我所說，他是安德魯．馬丁最親密的朋友，雖然我從愛莎貝兒那裡了解到，我的朋友並不多。泛泛之交反而比較多。無論如何，以人類的定義來說，阿里是個理論物理學的「專家」。他也圓圓胖胖的，就好像他不僅喜歡看足球，而且也想要成爲一個足球選手。

「所以，事情辦得怎麼樣了？」就在劍橋大學聯隊沒有控球的這段期間（換句話來說，就在這場比賽的任何時間內），他說著。

「事情？」

他塞了一些洋芋片到他嘴裡，沒有試圖掩飾他們的命運。「你知道我有點擔心你。」他笑了。這是人類男性用來掩飾情緒的笑。「好吧，我說的擔心，就是比較像是一種輕微的關懷。我說的是輕微的關懷，但是比較像是說：我不知道他是否像納許[35]一樣瘋了。」

「我聽不懂你的話？」

他告訴我什麼意思。很明顯地，人類的數學家都有著發瘋的習慣。他給了我一些發瘋數學家的清單——納許（Nash）、坎特（Cantor）、哥德爾（Godel）、圖靈（Turing）——我一直點著頭就好像他們代表了些什麼。後來他提到了「黎曼」。

「黎曼？」

「我聽說你最近吃得不多，所以我想到了哥德爾而不是黎曼。眞的是如此。」他說著。我後來知道他說的哥德爾就是庫特．哥德爾，他是另一位德國的數學家。然而這位數學家有一個特別的心理怪癖：他相信每個人都要在他的食物中下毒。所以他就拒絕吃任何的食物。如果瘋狂是以不吃東西來定義的話，阿里絕對是非常理智的。

「沒有啊。我沒有那些瘋狂數學家的任何行爲。我現在吃得很多。主要是吃花生奶油三明治。」

「聽起來你現在比較像貓王[36]了。」他邊說邊笑。然後他嚴肅地看著我。我知道這是個嚴肅的表情，因爲他吞下食物後就沒有再往嘴裡塞入任何的東西。「你知道的，老兄，因爲質數是他媽的嚴肅的一件事。一些嚴肅的狗屎。那會讓你喪失理智。質數就像希臘神話中的莎琳女妖般會讓人發瘋[37]。她們用孤立的美貌招喚著你，而在你了解危險之前，你的心靈早已成爲了一堆的屎。就在我聽說了你在柯柏斯學院中的裸體報導後，我以爲你已經有點崩潰了。」

「沒有的事。我很正常，就像在鐵軌上的火車一樣，沒有任何脫軌失序的行爲。或許說我就像個有掛著衣服的衣架一樣的好。」

「愛莎貝兒好嗎？你和愛莎貝兒一切都安好嗎？」

「一切安好。」我說著。「她是我的太太。而且我愛著她。一切都很好。很好。」

他對我皺著眉頭。然後他看了一下劍橋聯隊是否快要控球了。看到還沒有，他似乎鬆了一口氣。

「眞的嗎？一切都安好？」

我能看得出來他需要更多的確認，所以我說：「在我相愛之前，我從未活過[38]。」

他搖著頭，他的臉部表情我可以歸類爲一種困惑。

「你在說什麼啊？莎士比亞嗎？丁尼生嗎？還是馬維爾？[39]」

我搖搖頭。「都不是。這是艾蜜莉·狄金森的詩。我最近一直在讀許多她的詩。安妮·賽克

㉟ 納許（Nash）指的是約翰·納許（John Nash），多年前的電影《美麗境界A Beautiful Mind》就是改編自他眞實的故事。他是一位天才的數學家，發瘋了數十年，不過後來醒了過來，而且得到了諾貝爾獎。後面的幾位人物哥德爾（kurt Godel）、圖靈（Alan Turing）、坎特（Georg Cantor）都擁有著天才般的危險心靈，因爲他們都是發瘋的天才數學家。

㊱ 此處原文的Presley，指的是貓王（Elvis Presley）。因爲貓王最喜歡的食物之一就是花生奶油三明治。

㊲ 莎琳女妖（Sirens），爲希臘神話中半人半鳥的女妖，她的歌聲會讓過往的船隻失控而沉船。

㊳ 原文爲"Till I loved I never lived"爲艾蜜莉·狄金森（Emily Dickson）的詩句。因爲這個外星敘述者於前面一直提到他看過艾蜜莉·狄金森的詩。

㊴ 這三個人都是最知名的英國詩人。莎士比亞（William Shakespeare）；丁尼生（Alfred Tennyson）；馬維爾（Andrew Marvell）。

斯頓（Anne Sexton）和惠特曼（Walt Whitman）的詩我也有在讀。詩似乎說了許多有關於我們的事情。你知道的，我們人類的事情。」

「艾蜜莉．狄金森？你在足球比賽時引用艾蜜莉．狄金森的詩句？」

「對啊。」

我再度感覺到我把背景狀況搞錯了。這裡的每件事情都有著背景狀況。對於每個場合沒有一件事情是對的。我不太了解。不管你在哪裡，空氣中永遠都有氫氣。但是氫氣是唯一持續不變的事情。到底是什麼巨大的差異性，讓我在這個背景狀況下引用愛情詩句，成爲不適當的行爲？我不知道。

「你說的都對。」他說著，這時凱特林大學得了一分，許多人同時發出呻吟的大叫。我也跟著呻吟。呻吟眞的會轉移大家的注意力，而且是旁觀運動比賽時最令人享受的事情。不過從大家對我的表情看來，我可能呻吟到有點太過火了。也或許是因爲他們在網路上看到了我。「好吧。」他說著。「愛莎貝兒對於一切事情的感受爲何？」

「一切事情？」

「我說的是你安德魯這個人。她的感受爲何？她知道有關於……你知道我要說的是什麼東西。是那件事情引起的嗎？」

這是我重要的時刻。我深深地吸了一口氣。「你說的是我告訴你的秘密嗎？」

「是的。」

「是有關於黎曼假說嗎？」

他困惑地將整個臉縮成一團。「什麼?不是的，老兄。除非你長期以來都跟一個假說在一起睡覺。」

「不然秘密是什麼呢?」

「你跟學生上床做愛那件事情。」

「哦。」我邊說邊鬆了一口氣。「所以我上一次看到你的時候，完全沒有提到工作上的事情。」

「沒有。就那一次，你沒有。」他轉身去看足球比賽。「所以你要告訴我這個學生的秘密嗎?」

「坦白說，我的記憶有些模糊。」

「這個說法很合適。如果愛莎貝兒發現的話，這是個完美的託辭。還好你在她的眼裡剛好並不是個上床做愛這方面的高手。」

「你這是什麼意思?」

「我沒有冒犯你的意思。老兄。但是你告訴過我她的想法。」

「她的想法」——我遲疑了一下——「是對我的想法嗎?」

他將手上最後一堆的洋芋片塞入嘴巴中，然後用那種磷酸味道的噁心飲料——可口可樂——清洗過他的嘴巴。

「她對你的意見是，你是個自私自利的混帳東西。」

「爲什麼她會這麼想?」

「也許就是因爲你是一個自私自利的混帳東西。但是，話說回來，我們都是自私自利的混帳東西。」

「我們都是嗎？」

「對，我們都是。這是我們的脫氧核醣核酸[40]。道金斯[41]很久以前就向我們指出過這個事實。但是，老兄，你的自私基因是基於不同的層面。我可以想像得到的是，你的自私基因非常類似於書中的那個男人，他在轉過身去搞他的老婆之前，拿起一塊岩石將倒數第二個四肢發達頭腦簡單的人的頭給打碎了。

他微笑著，然後繼續看著足球比賽。這比賽眞的好久。在宇宙的其他地方，許多星星形成了，也有許多星星消失了。難道這就是人類存在的目的嗎？難道存在的目的就在於樂趣裡面嗎？或是至少存在足球比賽隨意的簡單之中嗎？最後，比賽終於結束了。

「那眞是太棒了。」當我們走出球場時，我說了一個謊言。

「是嗎？我們輸了。四比零。」

「對啊。但是當我在看球賽時，我從來都不會想到我的死亡，或者是我們必死的凡人型態，在我們的餘生中會帶來何種各式各樣的困難。」

他再一次看起來很困惑。他原先想要說些什麼似的，但是有一個人拿空罐子丟我的頭，卻打到他。雖然他從我的背後丟我，我卻感覺到有罐子飛了過來，我就快速地低頭閃了過去。阿里被我的反射動作嚇到目瞪口呆。我想，丟罐子的人也是如此。

「那個無能的下流胚子，」丟罐子的人說著，「你就是網路上的那個怪胎對不對。那個裸體的傢伙。你不覺得太溫暖了嗎？你穿這麼多的衣服幹嘛。」

「滾開，老兄。」阿里緊張地說著。

這個男人做出相反的動作。

這個丟罐子的人走了過來。他有著紅色的臉頰、小小的眼睛，和油油的黑髮。他旁邊站了兩個人。這三個人有著充滿暴力的臉。這些紅臉頰的傢伙靠近阿里。「你剛才說什麼，大個子？」

阿里說：「其中一個字叫做滾，另外一個字叫做開。」

這個男人抓住了阿里的外套。「你以爲自己很聰明嗎？」

「還不錯。」

我抓住那個男人的手臂。「放開我，你他媽的變態狂。」他回答著。「我正在跟那個肥肥混帳東西說話。」

我想要傷害他。我從沒有想過要傷害任何人——除非必要。這中間是有差別的。對於這個人，我想傷害他的欲望非常地明確。我聽到他呼吸刺耳的聲音，然後我將他的肺臟給緊緊地抓緊。不到幾秒的時間，他就要找他的人工呼吸器了。「我們走吧。」我邊說著，邊放鬆他胸部的壓力。「還有，你們三個人不要再來打擾我們。」

阿里和我走回家去。沒有人跟來。

㊵ DNA = Deoxyribonucleic Acid = 脫氧核醣核酸。

㊶ 原文中的Dawkins 道金斯，指的是Richard Dawkins，他是英國人，著名的演化論學者，他曾經寫過一本書，書名叫做 The Selfish Gene （自私的基因）。作者在此引用這個典故。

「天啊，你剛才做了什麼？」阿里說著。

我沒有搭腔。我如何能告訴他呢？我剛才的所作所為是他無法了解的。

這時衆雲群聚，天空變暗了。

看起來快下雨了。我最恨雨了。我告訴過你們。我知道地球上的雨並不是硫酸雨，而是雨，全部都是雨，是我不能夠忍受的東西。我很驚慌。

我開始跑。

「等等我。」阿里說著，跑在我的後面。「你在幹什麼？」

「下雨了！」我邊說著，邊希望整個劍橋四周有個圓形屋頂。「我不能忍受下雨。」

燈泡

我一回來愛莎貝兒就問我說：「玩得很快樂吧？」這時她正站在一種原始科技的頂端（梯子），在換燈泡（白熾燈泡）。

我說著：「是的。我還好好地呻吟了一番。但是坦白告訴妳，我認爲我不會再去看比賽了。」

她的新燈泡掉了下來。碎了滿地。「可惡，家裡沒有新的燈泡了。」面對這個事實，她幾乎哭了出來。他從梯子走了下來，這時我瞪著掛在上面的壞燈泡。我非常專心看著燈泡。不久，燈泡又開始亮了。

「我們太好運了。燈泡不需要換了。」

愛莎貝兒瞪著燈泡。她皮膚上的金色亮光不知爲何如此地迷人。亮光移轉著陰影，讓她更加地明晰獨特。「眞是奇怪。」她說著。然後她看著地上破碎的玻璃。

「我來處理就好。」我說著。然後她看著我，她的手摸著我的手，我感受到一種感激的快速脈衝。然後她做了我不曾期待的事情。她輕輕地抱著我，而她的雙腳旁邊還有一地的碎玻璃。

我聞著她的氣息。我喜歡她的身體靠在我身體上的溫暖熱情。這時我了解到當人類的感傷。

雖然人類是不免一死的生物，本質上是獨自孤單的，但是卻像神話般無時無刻需要與他人聚在一起。朋友、小孩、情人。這是一個有吸引力的神話。這是一個能夠輕易地佔據你內心的神話。

「哦。安德魯。」她說著。我不知道她簡單呼喚著我的名字的含意爲何。但是當她摸著我的背，我也發現自己摸著她的背，同時說著似乎是最恰當的話：「沒事了。沒事了。沒事了。」

逛街

我去了丹尼爾．羅素的葬禮。我看著棺材放入地底下，泥土撒在這個木頭棺材的上方。那裡好多的人，大部分的人都穿著黑色的衣服。有一些人還在哭泣。

之後，愛莎貝兒想走過去跟塔比薩說幾句話。塔比薩看起來跟我上次看到她時完全不同。她看起來老多了，雖然不過只有一個星期。她沒有哭泣，但是似乎是壓抑著自己不要去哭。

愛莎貝兒摸著她的手。「塔比薩，妳聽著，我只想告訴妳，我們都在這裡。不管妳需要什麼，我們都在這裡。」

「謝謝妳，愛莎貝兒。這對我幫助很大。真的是如此。」

「就是一些生活上的基本東西。如果妳不想去超市的話。我說的是，超市並不是最有同情心的地方。」

「妳真好。我知道妳會在網路線上購物，但是我從來不知道如何掌握線上購物的要領。」

「不要擔心。我們來解決這個問題。」

然後這件事情真的發生了。愛莎貝兒去幫另一個人類購物，付了錢，然後回家，告訴我我的氣色好多了。

「真的嗎？」

「眞的。你看起來又跟以前一樣了。」

澤塔函數

在下一個星期一的早上，當我吃著那一天第一份花生奶油三明治時，愛莎貝兒問著我：「你確定準備好了嗎？」

牛頓也在問這個問題。也許牠不是問這個問題，而是在問三明治。我撕了一片給牠吃。「準備好了。沒問題了。會出什麼問題嗎？」

這時格列佛發出一個嘲諷的呻吟聲。他整個早上都在發出這樣的聲音。

「你怎麼了，格列佛？」我問著。

「我看不慣每件事情。」他說著。他沒有繼續說下去，相反地，他留下還沒有吃的麥片粥，生氣地跑到樓上去了。

「我應該跟上去嗎？」

「不用。」愛莎貝兒說著。「給他一點時間。」

我點點頭。

我相信她。

畢竟，時間是她研究的主題。

一小時候我到了安德魯的辦公室。自從我刪除寄給丹尼爾・羅素的電子郵件之後，這是我第一次去那裡。這一次，我一點都不慌忙，而且還能夠吸收一些細節資料。因爲他是一位教授，每面牆上都排滿著書本。在這樣的設計之下，不管你從哪個角度看著他，你都可以看到一本書。

我看了幾本書的書名。大致上，這些書名看起來都很原始：二進制與其他非十進制計算法的歷史、雙曲線幾何學、六邊形鑲嵌全書、對數螺旋與中庸之道。

有一本書是安德魯自己寫的。這是我上一次來這裡時所沒有注意到的一本書。這本書薄薄的，書名叫做澤塔函數。封面上寫著「尙未校訂版本」。我把門上了鎖，在椅子上坐了下來，一個字一個字地讀著。

我必須說閱讀眞的是十分地沉悶。書中的內容是有關於黎曼假說，而且當他想要證明這個假說而且解釋爲何質數之間的距離隨著數字的增大而增加時，他不斷的追求似乎是前功盡棄的。在了解到他是如何迫切地想要解決這個假說時，悲劇卻逐漸地形成。當然，在他完成這本書時，他已經解決了黎曼假說，然而他所想像的好處卻永遠不會產生，因爲我已經摧毀了所有的證據。這時我開始想著，地球上的黎曼假說，在我們的星球稱之爲質數的第二基本理論，對於我們來說有著多麼根本的影響。它如何地讓我們能夠做出我們現在能做的事物。環遊全宇宙。居住在其他的世界中。轉型寄居於其他的身體中。想活多久就活多久。自由地搜尋他人的心靈與夢境。所有的一切均可。

然而，澤塔函數眞的列出了所有人類可以達成的事物。道路上的成就。朝向文明的發展。火的發明就是一件大事。其他的發明還包括犁、印刷機、蒸汽引擎、微晶片，與脫氧核醣核酸

（DNA）的發明等等。也許人類是第一個恭賀自己這些成就的人，但是麻煩的問題就在於，人類從未像宇宙中其他的有智慧的生命模式一樣做出跳躍式的進步。

對了，人類也建造了火箭、探測器，與人造衛星。有些還滿有用的。然而說眞的，他們的數學眞的遠遠地讓他們十分地失望。他們還不能做出大事來。例如，大腦的同步功能、發明自由思考的電腦、自動化科技，和跨銀河的旅行。而當我閱讀他們的書本時，我知道我停止了他們所有的機會。我扼殺了他們的未來。

電話響了。愛莎貝兒打來的。

「安德魯，你在幹什麼？你的演講十分鐘前就開始了。」

她很生氣，但是這是一種關懷的方式。有人關心我讓我覺得有點奇怪與新鮮感。我不太了解這種的關懷，或者說她關心我可以得到什麼好處。但是我必須坦承，我很喜歡被關心。「哦，是的。謝謝妳提醒我。我會去的。再見，我指的是，親愛的再見。」

小心。我們在傾聽著。

方程式的問題

我走進演講廳。那是一間很大的房間，幾乎都是由死掉的樹木建造成的。有很多的人盯著我看著。他們都是學生。有些人有拿著鋼筆和紙張。有些人有電腦。所有的人都在期待著知識。我掃瞄整個房間。總共102個人。我碰到的總是一個令人忐忑不安的數字，因爲這是個介於兩個質數之間的數字。我嘗試了解這些學生的知識水平。你們知道，我不想做得太過分。我看著後面的白板，那是個將文字與方程式寫在上面的地方。但是現在上面沒有任何東西。

我遲疑了一下。而就在遲疑時，有人察覺到我的脆弱。就是在後排的一個傢伙。大約是二十歲的男性。他有著濃密的金髮，穿著一件襯衫，上面寫著「難道你不了解什麼N＝R x fs x fp x ne x fl x fi x fc x L？」

他傻笑著他即將展現的智慧，然後大叫：「教授，你今天穿太多衣服了。」他繼續傻笑著，而笑聲是有傳染力的，這種狂笑像火焰般籠罩著整個演講廳。不一會兒，每個人都在笑。但是只有一個人沒有在笑。是個女性。

那個沒有笑的女人密切地看著我。她有著紅色的捲髮、豐厚的雙唇，和寬大的雙眼。她的外表有著令人震驚的爽朗。而這種直爽讓我想起了一朵死去的花朵。她穿著羊毛衫，將她一縷一縷的頭髮盤繞在她的手指間。

「安靜。」我對著其他的人說著。「我知道這很好笑。我現在穿著衣服，而你們想著我沒有穿衣服的場合。非常好笑。你們認爲這是個玩笑，就像康托爾[42]說法蘭西斯．培根[43]這位科學家寫了莎士比亞的劇本一樣好笑。或者是說，約翰．納許[44]開始看到不存在的戴帽子的人一樣的好笑。那眞的好笑。人類的心靈是有限的，但是卻自以爲是站在高原地帶。將你的一生耗費在超出自己能力的限制外，你會墜落。那很好笑。是的，但是不要擔心，你不會墜落的。年輕人，你現在就在你的高原的中間。雖然我感謝你的關心，但是我還是要說我現在好多了。我有穿內衣褲、襪子、長褲，還有襯衫。」

人們又開始笑了，但是這次的笑聲比較窩心一些。這讓我的內心也窩心了起來。然後我也開始大笑。我笑的不是我剛才所說的一切，因爲我不覺得好笑。不是。我笑的是我自己。我笑的是我竟然會在那裡這個不可能的事實。在那個最荒謬的行星中，然而卻喜歡上了待在那裡的感覺。我感覺到一股衝動要告訴某人，有著人類的外型笑起來的感受眞好。這是種發洩。而我想告訴某人這個事實。而我也了解我不想告訴我的主人們。我想告訴愛莎貝兒。

---

[42] 康托爾（Georg Cantor, 1845-1918），著名的德國數學家。
[43] 法蘭西斯．培根（Francis Bacon, 1909-1992），著名的英國哲學家。
[44] 約翰．納許（John Nash），他是個20世紀的傳奇人物，也就是電影《美麗境界》的男主角。他年輕時曾是光彩奪目的數學天才，後來精神分裂20餘年，到晚年竟然奇蹟般地康復。1994年才以20幾歲時發表的賽局理論得到了諾貝爾經濟學獎。他精神分裂時曾經看到戴著帽子的外星人跟他說話。

無論如何，我發表了演講。很明顯地，我的主題叫做：「後歐幾里得幾何學」，但是我不想討論這個主題，所以我談論了那個男孩子的襯衫。

他身上襯衫寫著的公式叫做德瑞克方程式（Drake's equation）。這個方程式是設計用來計算地球銀河系中高等文明的可能性。或是人類稱之爲牛奶道路銀河系。那是一種人類與廣大無垠的外太空妥協的方式。他們說銀河系看起來就像是潑出去的牛奶一般。就像是從冰箱掉出來的東西，而一秒內就能擦乾淨一樣。

所以，讓我們看一看這個方程式。

$$N = R \times f_s \times f_p \times n_e \times f_l \times f_i \times f_c \times L$$

N代表的是銀河系中有可能與其溝通聯絡的高等文明的可能性數字。R代表的是星星每年形成的平均比率。Fp代表那些星星與行星的分數。Ne代表著行星中有正確的生態系統來提供生命的平均數。Fl代表那些行星中生命眞正能夠發展的分數。Fi代表上述行星中能夠發展智能的分數。Fc代表著那些高度文明中科技溝通能夠發展的分數。L爲溝通階段的壽命。

不同的天體物理學家都看過這些資料，而且認爲在銀河系中一定有數百萬個行星包含著生命，總而言之，整個宇宙中一定有更多的行星存在著。而這些中一定有一些有著高度科技的先進生活。當然，這是眞的。但是人類並沒有停了下來。他們提出一個似是而非的看法。他們說：「等一下，這可能是眞的。如果有這麼多的外星文明有能力與我們聯絡的話，我們應該會知道才對。因爲他們會跟我們聯絡。」

「是的，你說得對，難道錯了嗎？」那個身穿襯衫讓我離題的男生這樣說著。

「錯了。」我說著。「因爲這個方程式還要有一些其他的分數在裡面。例如，它應該有著……」

我轉過身來在我身後的白板上寫著：

Fcgas

「還要包括那些拜訪過或是與地球溝通過的人的分數。」

還要有：

Fdsbthdr

「人類不了解但是那些卻了解的人們的分數。」

要讓人類的數學學生笑並不是很困難。事實上，我從未遇過另一種次要類型的生命是如此地喜歡笑。然而，感覺起來眞的不錯。就在這短暫的時刻中，我感覺到非常的好。

我覺得很窩心，但是不了解這是對這些學生的一種原諒或是接受。

「但是，聽好，」我說著，「不用擔心，那些外星人遠在天邊，他們不知道他們錯失了何種的機會。」

這時響起如雷的掌聲。（當人類眞的喜歡某事物時，他們就會一起拍手鼓掌。這沒有道理。但是當他們爲你而鼓掌時，這讓你的大腦感受到溫馨的感覺。）

然後，就在演講結束時，凝視著我的女人走向我。

這朵開放的花。

她站得離我很近，正常情況下，當人類站著彼此說話時，他們會嘗試著在彼此之間留下一些的空氣，爲的是呼吸、禮節，與幽閉恐懼症的限制。但是這一個人與我之間的空氣好少。

「我打過電話給你，」她用一種我以前聽過的聲音嘟著嘴說著。「想問看看你好不好。但是你不在。你有看到我的留言嗎？」

「哦，有的。麥姬。我有看到留言。」

「你今天似乎身體狀況不錯。」

「謝謝妳。我想我該做一些不同的事。」

她笑了。這笑聲有點虛假。但是這種虛假卻讓我相當地興奮，而我卻不了解其中深不可測的理由爲何。「這個月的兩個前星期二我們還要聚會嗎？」她問我。

「那當然。」我說著，心中十分地困惑。「這個月的前兩個星期二都會留下來陪妳。」

「那太好了。」她的聲音有點溫馨和威脅，就像掃過家鄉南部地區荒原的風一般。「你聽，你知道那天我們的沉重對話，就在你去拉拉的那個夜晚。」

「拉拉？」

「你知道的，就是你在柯柏斯克里斯蒂學院例行公事之前。」

「我跟妳說什麼呢？對於那天晚上的事情我的內心有些模糊，就這樣。」

「就是你在演講廳內你不能夠說的那些事情啊。」

「有關數學的事情嗎？」

「對了，如果我錯了，請更正我。但是你在演講廳能說的事情就是數學啊。」

我想著這個女人，這個女孩，更明確地說，我不了解她和安德魯．馬丁之間的關係爲何。

「妳說得對。妳說得對。當然。」

這個麥姬什麼都不知道，我自言自語著。

「跟以前一樣，再見。」她說著。

「是的。是的。再見。」

她走了。我看著她離開。有那麼一刻的時間，宇宙中沒有任何的事實，除了這位叫做麥姬的人類女性，離我走開。我不喜歡她。但是我不知道原因爲何。

紫羅蘭

一會兒之後，我和阿里到了學院的小咖啡餐廳，喝了一杯的葡萄柚汁，而他喝了一杯加糖咖啡，又吃了一包有牛肉口味的洋芋片。

「事情辦得如何，老兄？」

我嘗試不要聞到他那種聞起來像母牛的呼吸氣味。「很好。很好。我教育他們一些有關於外星人的事情。德瑞克方程式。」

「這有點超出你的研究領域。」

「超出我的研究領域？你這是什麼意思？」

「我是說就研究主題而言。」

「數學就是所有的學科。」

他皺起他的臉。「你可以告訴他們費米謬論（Fermi's Paradox）啊？」

「他們眞的有告訴我啊。」

「胡說八道。」

「你認爲是胡說八道嗎？」

「外星人他媽的想來這裡幹什麼呢？」

「那就是我所說的一切啊。」

「我個人的意見是如此的，我認爲物理學告訴我們外太空中有個外行星在那裡，上面有著生命。但是我認爲我們不了解我們在找尋些什麼事物，或是外行星有何種的形式。雖然我認爲本世紀我們將發現這顆外行星。當然，大部分的人不想找到它。甚至包括那些假裝想要找到的人也是如此。他們眞的不想找到。」

「他們不想找到嗎？爲什麼不想呢？」

他舉起一隻手。這個手勢代表我要有耐心，等待他做著一個非常重要的工作：咀嚼且呑下他嘴巴中的洋芋片。「因爲這會造成大家的困擾。他們將它當作一個笑話來看。這些日子以來，你得到全世界做聰明的物理學家不斷地論述著許多的事物，這些物理學家盡可能地用簡單的方式說明著，在外太空有著其他的生命存在著。還有其他的人，我主要指的是笨蛋，也就是那些相信星座的人，他們的祖先曾經在牛屎中發現許多的徵兆。但是不只是這些人，還有其他的人，還有那些應該知道更多的人，他們說外星人很明顯是虛構的，因爲世界大戰的電影是虛構的，而且第三類接觸的電影也是虛構的。雖然他們喜歡電影中的事物，但是他們大腦中卻有著偏見：外星人只能夠存在於小說的享受樂趣中。因爲如果你相信外星人爲事實，你所說的一切，就是歷史上每一個不受歡迎的科學突破所說的一切一樣。」

「你在說什麼呢？」

「人類不是事物的中心。你知道的，地球這個行星是繞著太陽的軌道。這在十六世紀時是他媽的滑稽笑話。但是哥白尼並不是個喜劇演員。很明顯地，他是整個文藝復興時期最不好笑的人物。他讓拉菲爾[45]看起來就像理查．普萊爾[46]。但是他說的是他媽的事實。地球行星繞著太陽軌道運行。但事實在遠遠的那邊。我現在正在跟你說著。他確定事實公諸於世時，他將已經死去了。就讓伽利略承受大衆的壓力吧。」

「是的，你說得對。」我說著。

當我聽著時，我注意到我的雙眼後方開始疼痛，而且越來越強烈。在我視野的邊緣地帶，有著一抹的紫羅蘭色。

阿里喝著一口一口的咖啡繼續說著：「對了，動物都有著神經系統，所以能夠感覺疼痛。這也讓一些人十分困擾。有些人也不想相信世界是如此地蒼老，因爲這將意味著，我們必須接受這個眞相：人類在地球的日子不到一分鐘。我們不過是昨天晚上馬桶中的那一泡尿。我們就是如此。」

我邊按摩著眼皮，邊說著：「你說得對。」

「所有的歷史紀錄就像沖馬桶的時間長度一樣。現在我們知道，我們並沒有自由意志，對此人們也越來越生氣。所以，如果當他們發現了外星人，他們將非常地不安，因爲我們斷然地知道，我們完全沒有什麼好獨特與特別的。」他嘆了一口氣，專注地看著手中吃完的洋芋片包裝袋的內部。「所以我知道爲什麼很容易駁斥外星生活爲一個笑話，特別是對於患有手腕過度活動症與想像力的青少年男生的一個笑話。」

「如果眞正的外星人在地球上被發現的話，會發生什麼事情？」我問著他。

「你認爲會發生什麼事呢？」

「我不知道，所以要問你。」

「好吧，我想如果他們有大腦能夠抵達這裡的話，他們一定會有大腦不會洩漏自己是外星人才對。他們應該早就有能力來此地。他們來此地的工具應該不會是科幻小說中的太空船。他們可能沒有幽浮，有就是未經辨認的飛行物體飛碟。來此過程應該沒有包含飛行在內。因爲沒有物體所以無法辨認才對。他媽的誰知道。或許外星人就是你。」

我直挺挺地坐在椅子上。有點緊張。「你說什麼？」

「你又不是笨蛋。未經辨認的。未經辨認的。」

「好吧。但是如果在不知什麼原因下，他們是可辨認的話。他們也許就是我。如果人類知道有一個外星人在他們之中生活怎麼辦？」

在問完問題之後，咖啡廳四周空氣中似乎瀰漫著一縷的紫羅蘭，不過沒有人注意到。

阿里喝下最後一口的咖啡，然後思考了一下子。他用他肥滿的手指頭抓抓他的臉。「好吧，這樣說吧，我不想成爲那個可憐的混帳。」

「阿里，」我說著。「阿里，我就是那個……」

可憐的混帳，我原本想要說這句話。但是我沒有說出來，因爲就在那時，就在那個準確的時刻，我的頭裡面有個噪音。那個噪音可能是最高頻率的聲音，非常的大聲。伴隨著噪音強度的是

㊺ 拉菲爾（Raphael）爲文藝復興時期的畫家與建築師。

㊻ 理查・普萊爾（Richard Pryor, 1940-2005）爲美國喜劇作家與演員。

我雙眼的劇痛。那種痛變成一種無止境的惡化狀態。那是我這輩子以來最椎心刺骨的疼痛。這是一種我無法控制的疼痛。

希望疼痛不存在並不等於它不存在，而這讓我十分地困惑。或許，如果我有能力能夠超越疼痛的話，就讓它痛吧。這時我一直想著疼痛、想著這聲音、和想著紫羅蘭。但是我雙眼後面那種尖銳搏動的炙熱壓迫感實在讓我受不了。

「老弟，你怎麼了？」

就在此時我緊緊抱著我的頭，嘗試閉上雙眼，但是卻無法閉上。

我看著阿里沒有刮鬍子的臉頰，然後再看看咖啡廳裡其他的人，再看看站在櫃台後面拿著許多玻璃杯子的女孩。他們發生了事情，整個地方都發生了事情。這裡的每件事物都溶解成豐富多樣的紫羅蘭。這是一種我比其他人更爲熟悉的顏色。當疼痛更爲加劇時，我同時大聲地叫著：

「主人們，拜託停止、拜託停止、拜託停止。」

「老兄，我要叫救護車了。」他說著，因爲這時我躺在地板上，眼中充滿漩渦般的紫羅蘭海。

「不要。」

我對抗著疼痛。我站了起來。

疼痛減少了。

耳中的鈴聲變成低沉的嗡嗡聲。

紫羅蘭整個退去了。「我沒事了。」我說著。

阿里緊張地大笑著。「我雖然不是個專家，但是坦白說，你看起來眞的有問題。」

「只不過是個頭痛罷了。瞬間的疼痛。我去看醫生檢查看看就好了。」

「你應該去檢查看看。你眞的應該去檢查看看。」

「好的。我會去檢查的。」

我坐了下來。疼痛繼續提醒著我一會兒，此時空氣中還瀰漫著一些只有我才能看得到的縷縷飄渺物質。

「你剛才不是要說一些有關於其他生命的事情。」

「沒有啊。」我安靜地說著。

「老兄，我確信你有。」

「好吧，就算有，我也忘了。」

說完後，整個疼痛就消失殆盡了。而空氣中最後一縷的紫羅蘭也消失了。

疼痛的可能性

我沒有跟愛莎貝兒或是格列佛提到任何的事情。我知道這有些不明智，因爲我知道這個疼痛一直是個警告。此外，雖然我想告訴她這一切，但是我卻沒有。因爲格列佛回家時，其中一隻眼睛瘀青。當人類的皮膚瘀青時，皮膚會有不同的色系。灰色的、棕色的、藍色的、綠色的。其中還有一種暗紫色。漂亮卻使人害怕的紫羅蘭色。

「格列佛，發生什麼事了？」那天傍晚他媽媽連續問了這個問題好幾次，但是都沒有得到一個令人滿意的答案。他走進廚房後面一個小小的雜物間，然後將門關上。

「拜託，小格，快點出來。」他媽媽說著。「我們需要好好談一談。」

「格列佛，快點出來。」我跟著講。

最後他走了出來。「讓我一個人靜一靜可以嗎？」他講「一個人」時，帶著堅毅與冷酷的語氣，所以愛莎貝兒決定滿足他的心願，所以我們只好待在樓下，讓他費力地走上他的房間。

「我明天一定要打電話到學校問清楚發生什麼事情。」

我什麼也沒有說。當然，我後來才知道這是個錯誤。我應該打破我對格列佛的承諾，告訴她格列佛沒有到學校去。但是我沒有，因爲這不是我的責任。我眞的有責任在身，但是不是對人類的責任。就算是這些。特別是這些。就在下午咖啡廳裡我所接受的警告之後，這已經是我無法做到的責任。

雖然如此，牛頓卻有著不同的責任感，牠跳了三層的樓梯，跟在格列佛的後面上樓。愛莎貝兒不知道怎麼辦，所以她打開了幾個櫥櫃的門，看看裡面的櫥櫃，嘆了口氣後，又把這些門關上。

「聽好，」我發現我自己在說話，「他必須要有他自己的處理方式，而且他犯了自己的錯誤。」

「我們必須知道是誰傷害了他，安德魯。這是我們該做的事。人們不應該無所事事地對他人施加暴力。他們不可以這樣做。你所受的教養何在，你怎麼可以對這件事情如此地漠視？」

我能說什麼呢？「我很抱歉。我並沒有漠視。我很關心他。當然我很關心他。」然而可怕的事情，也就是我必須面對的絕對可怕的事實就是，我說的是對的。我真的很關心他。之前的警告失效了，你知道嗎。事實上，這個警告對我來說產生了反效果。

那就是後來開始發生的事情。當你知道你有可能會感受到疼痛時，你卻無法控制那種疼痛。你變得非常地脆弱。因為痛苦的可能性來自於愛的起源處。而這對我來說眞的是一個非常糟糕的消息。

傾斜的屋頂（還有其他處理雨水的方法）

然後藉著沉睡，訴說我們終止
內心的疼痛，這是數千個我們肉體所承受的
自然驚嚇

——莎士比亞，《哈姆雷特》

我無法沉睡。

當然我無法沉睡。我要擔心的事物就像整個的宇宙般的多。

我一直想著那種疼痛、那個聲音，與紫羅蘭色。

此外，正在下著雨。

我決定將愛莎貝兒留在床上，去跟牛頓談話。我慢慢地走下樓去，用我的雙手遮住耳朵，嘗試不要聽到落下的雨水敲打著窗戶的聲音。令我失望的是，牛頓躺在籃子裡沉睡著。

正當我要回到樓上時，我注意到了一件事情。空氣比原本變得較爲冰涼，而這種冰涼感來自於上方而非下方。這違反了事物的秩序。我想到他瘀血的眼睛，我想起過去的許多事物。

我向上走向閣樓，然後注意到那裡的每件事情都沒有任何的變化。電腦、黑暗物質的海報、亂丟的襪子、一切都沒有任何的變化，除了格列佛之外。

這時有一張紙飄向我，這是從打開的窗戶微風輕飄而來，上面寫著四個字：

我很抱歉。

我看著窗戶。外面的夜晚有著我最爲陌生卻又是最爲熟悉的銀河系，閃爍著衆多的星光。我的家就在這天空的另一端的某處。我知道如果我現在想回家，我馬上就可以回去。我可以完成我的任務，然後回到我沒有疼痛的世界裡。這裡窗戶的設計是與屋頂平行傾斜著，這和這裡其他許多的屋頂設計一樣，有利於排放雨水。對我來說，爬出去輕而易舉，但是對格列佛來說，可不是容易的一件事情。

對我來說最困難的事情是雨水本身。

水是最無情的。

皮膚浸泡在水中。

我看到他坐在屋頂的邊緣處，就在排水的陰溝軌旁邊，他將他的雙腿膝蓋靠著胸部。他看起來全身濕透了而且很冷的樣子。當我看到他在那裡時，我看到的不是一個由質子、電子，和中子怪異組合而成的特殊整體，而是，以人類的術語來說，一個人類。我不知道爲何如此，但是總覺得與他有所關聯。以量子學說來說，每件事物都與其他任何事物有所關聯，而且，每個原子都與其他每個原子彼此溝通訴說著。但是我的感受並非如此的。眞的不是如此的。這種感受是另一種層次的。這是一種很難很難了解的層次。

我能夠結束他的生命嗎？

我開始走向他。但是用人類的腳，只能依賴地走在45度傾斜而且濕透的屋頂石板上，而且這石板是由光滑的石英與白雲母石製成的，實在是不太容易。

當我靠近他時，他轉過身來看著我。

「你在幹什麼？」他問著。他嚇了一跳。這是我唯一注意到的事情。

「我才要問你相同的問題。」

「老爸，你走開好嗎？」

我覺得他說的話很有道理。我可以留下他自己一個人在那裡。我可以離開落下的雨水在我細細薄薄沒有血管的皮膚上的可怕感覺，進到屋子裡去避雨。

就在那時，我必須面對為何我到屋外那裡的理由。

我對著自己的困惑說著：「不要，我不會這樣做的。我不會離開的。」

我向下滑了一下。一塊屋磚鬆動滑落，掉落地上粉碎了。這粉碎的聲音驚醒了牛頓。牠開始大叫。

格列佛張大雙眼，他的頭猛然抽動一下。他的整個身體似乎充滿著緊張的意圖。

「不要這樣做。」我說著。

他的手鬆開了某個東西，掉落在排水溝中。就是那個裝有二十八顆安定藥片的小小的塑膠罐子。現在裡面是空的。

我靠近一些。我之前讀過一些人類的文學作品，知道在地球這裡有人眞正的選擇去自殺。然而我不知道爲何這件事應該會困惑著我。

我快瘋了。

喪失我的理智。

如果格列佛想要自殺，邏輯上來說，他幫我解決了一個大問題。而且我應該袖手旁觀，順其自然發生。

「格列佛，你聽我說。不要跳下去。相信我，從這裡跳下去不見得會死。」我說的是眞的，但是就我計算的結果看來，他也有可能跳下去時當場斃命。果眞如此，我無法幫他。任何的傷口都能百分之百治癒。死掉就是死掉。零的平方還是零。

「當我八歲時，我記得跟你一起游泳過。當時我們在法國。就在那晚你教我如何去玩骨牌，你還記得嗎？」他說著。

他回頭看著我，想要看到我不能給他的同意。在夜晚的燈光下很難看到他瘀青的眼睛。他的臉上泛著太多的黑暗，他也許之前就全部瘀青。

「是的，當然我還記得這件事情。」我說著。

「騙子！你不記得了。」

「聽好，格列佛，我們一起進去吧。我們到裡面去談這件事情。如果你還想要自殺，我帶你去高一點的建築物。」

當我繼續朝向他踏在光滑的石板時，格列佛似乎沒有在聽我講話。

「那是我所擁有的最後一個美好的回憶。」他說著，聽起來十分地眞誠。

「拜託，那不可能是眞的。」

「你知道當你兒子的感覺爲何嗎？」

「不，我不知道。」

他用手指著他瘀青的眼睛。「就像這樣子。當你的兒子的感覺就像這樣子。」

「格列佛，我很抱歉。」

「你知道無時無刻都覺得自己很笨的感覺爲何嗎？」

「你並不笨。」這時我仍然站著。在此情況下人類移動的方式是以臀部慢慢向下移動，但是這樣會花比較多的時間。所以我在石板上一直採取試驗性的步伐，在連續對抗地心引力的情況下以較大的步伐移動著。

「我很笨。我一無是處。」

「不，格列佛，你不是一無是處。你很不錯。你很……」

他沒有在聽我說話。

安定的藥效早已經控制他的一切了。

「你吞了幾顆的安定？」我問著他。「全部嗎？」

我很靠近他了，當他的眼睛閉起來時，我的一隻手幾乎可以抓到他的肩膀。這時的他似乎睡著了或者是在禱告。

另外一塊屋磚鬆動了。我在雨水滑溜的屋磚下失足滑向側面，後來只靠著手抓住陰溝軌懸掛在半空中。我當然可以輕易地爬上去。那不是問題。問題是格列佛的身體正向前傾斜著。

「等一下。格列佛。醒過來。醒過來。格列佛。」

這時他快速地向前傾斜。

他摔了下去，而且我跟他一起摔下去。一開始在內心裡，這是一種情緒上的滑落，在無聲的咆哮下滑落到無底深淵。接下來才是身體上的滑落。我以一種令人害怕的速度在空氣中穿梭移動著。

我弄斷了雙腳。

我原本就打算如此。讓雙腳承受疼痛，而不是我的頭。因為我需要我的頭。但是這是無比巨大的疼痛。有一瞬間我擔心無法痊癒。就當我看到格列佛完全喪失意識地躺在離我幾公尺的地方時，我才恢復我的專注力。我看到血從他的一隻耳朵流下來。為了治療他，首先我必須先治好我自己。然後事情就發生了。如果你很認眞地用正確的領悟力許願，只要簡單地想一下，就能心想事成。

不過細胞再生與骨頭重建眞的消耗我許多的能量，特別是我流了許多的血，而且全身多重骨折。但是一種怪異且強烈的疲憊襲捲我的身體時，疼痛反而減少了。地心引力又重新將我放在地上。這時我的頭很痛，原因不是因為摔了下來，而是我過度使用能量來讓我的體力恢復。

我暈眩地站了起來。我打算走到格列佛躺著的地方。這時我覺得水平的地面比屋頂更加地傾斜。

「拜託，格列佛。你聽得到我說的話嗎？格列佛？」

我知道我能夠找人來幫忙。但是幫忙不過是救護車與醫院罷了。幫忙也意味著人類在黑暗中緊抓著他們無知的醫療知識。幫忙也意味著延誤與我原先所同意的死亡。但是絕不能如此。沒有脈搏了。他死了。我一定是遲了幾秒。我已經可以偵測到他體溫最初些微的下降。理性上來說，我應該接受這個事實。

然而——

我先前讀過許多愛莎貝兒的作品，所以我知道人類的整個歷史，充斥著許多在凶多吉少的情況下嘗試扭轉乾坤的人。有些人成功了，但是大部分的人都失敗了。但是這事實卻無法阻止這些人。不管你如何看待這些特別的靈長類動物，他們可都是意志堅定的。而且他們希望著一切。是的，他們希望著一切。而且希望時常是非理性的。希望是沒有理智的。如果希望有理智，希望就應該被稱爲——

理智。對於希望的另一件事情就是，需要付出很大的努力。而我從來就不習慣於努力。在家鄉，一切都不需要努力。在家鄉我們享受著百分之一百不需努力的存在事實。然而，我在地球的那裡。希望吧。我並不是被動地站在那裡，從遠方希望他變好。當然不是。我將我的左手，也就是我與生俱來天賦的手，放在他的心臟，然後我開始運作。

有若鴻毛的事物

這眞是令人非常地疲憊。

我想到了雙星。一個紅色的巨星和一個白色的矮星，彼此相互依靠，彼此將自我的生命能量灌輪到另一個的身上。

他的死亡是個我相信我能夠駁斥與勸阻的事實。

但是死亡並不是一個白色的矮星。它早就超越這一切。它是個黑洞。而且一旦你超越了那個事件的視野，你將面對非常困難的領域。

你沒有死去。格列佛。你沒有死去。

我一直說著，因爲我知道何謂生命，我了解生命的本質，它的特性，還有它固執的堅持。生命，特別是人類的生命，本身就是一種反抗。它永遠不是如此，然而，它存在於太陽系中永無止盡且無可置信的許多地點之中。

沒有什麼是不可能的。我了解一切，因爲我也知道每件事物都是不可能的，生命中唯一的可能就是不可能。

一張椅子在任何時刻隨時都有可能變成其他的東西。那就是量子物理學。如果你知道如何談論原子，你就能夠操控原子。

你還沒有死。你還沒有死。

我覺得糟透了。一波一波深層的疼痛與炙熱骨髓的焦慮，就像太陽耀斑一樣撕裂著我。然而他卻一動也不動地躺在那裡。我第一次注意到他的臉看起來跟他母親很相似：寧靜安詳的、像蛋一般脆弱的，而且精緻且珍貴的。

房子內的燈光亮了。愛莎貝兒一定是起床了，如果不是其他的原因，就是牛頓的吠叫聲吵到了她。但是我並未注意到這一切。我只注意到格列佛突然臉色亮了起來，然後不久之後，我的手中可感覺到些微的脈搏隱約地閃動著。

要有希望。

「格列佛，格列佛，格列佛——」

又感受到了脈搏。

這次更強了。

這是對於生命抗拒的鼓聲。是種伴奏的鼓聲，等待著旋律。

咚咚——咚咚。

然後再一次，再一次，又再一次。

他還活著。他的嘴唇抽動著，他瘀青的雙眼就像即將孵出的蛋殼般搖動著。張開了一隻眼睛。另一隻也張開了。現在地球上最重要的就是這雙眼睛。你看到了這個人，如果你又看到了這雙眼睛，那麼就看到了雙眼內部的生命了。然後我看著他，看到了這個混亂且敏感的男孩，有一刻的時間，我也感受到了一位精疲力竭父親心中的奇蹟。原本這是應該品味的一刻，但是這時卻毫無這樣的心境。內心交織著洪水般的痛苦與紫羅蘭的感受。

我覺得自己差一點就崩倒在光滑潮溼的地面上。

我的後面有腳步聲，這是我最後聽到的聲音，不久我的眼前世界充滿了黑暗，心中惦記著一首熟悉的詩，就好像艾蜜莉·狄金森害羞地穿越紫羅蘭走向我，在我耳中輕聲地說著：

希望有若鴻毛的事物
蟄伏在靈魂之中
沒有任何文字地唱著曲調
而且永不停止。

天堂是永遠不會發生事情的地方

我回到了家鄉，回到了摩納多星球，如同以往我的家鄉完全沒有任何的變化。我彷彿回到了過去不變的自我，伴隨著我的主人們，過著沒有痛苦沒有恐懼的歲月。

在我漂亮沒有戰爭的世界中，我永恆地狂喜沉醉於純粹的數學之中。

任何來到此地的人類，在看到我們紫羅蘭色的地理景觀後。都會相信他們進入了天堂之中。

但是天堂會發生什麼事情呢？

你在天堂會做什麼事情呢？

不久，你難道不會渴望缺陷嗎？愛情、色慾，與誤解、也許帶著一些暴力來增添事物的熱鬧活力。難道光線不需要陰影嗎？眞的不需要嗎？也許眞的不需要。也許我錯失了重點。也許重點就在於沒有痛苦的活著。對了，沒有任何痛苦的活著。是的，也許這就是你生活中唯一的目的。一定是的，但是如果你永遠無法獲得這目標的過程又該如何呢，只因爲你一出生這個目標就已經達到了。我比我的主人們都年輕許多。對於我是如此地幸運的，我沒有辦法跟他們分享。永遠無法與其分享。在夢中也無法分享。

介於兩者之中

我醒了。

原來還在地球上。

但是我的身體很虛弱，慢慢才能恢復到原來的狀態。我之前就聽過這樣的事情。事實上，我已經吞下了一個叫做文字膠囊的東西來治療我的虛弱。你的身體將會恢復到原來的狀態下而不會死掉，因爲這種使用在人們身上的額外能量，能夠有效地維護你的生命能量。而那就是所有一切的天賦能量。眞的可以自我維護身體能量。產生永恆的保護。

理論上一切是好的。理論上這是一個很好的想法。但是唯一的問題就是：這裡是地球。而且我原本的狀態並不是適合於這裡的空氣、地心引力，或是面對面的接觸。我不想要愛莎貝兒看到我。這是能夠避免發生的。

因此，當我一覺得我身體的原子搔癢且刺痛著，溫暖且移轉著的時候，我就告訴愛莎貝兒去做她已經在做的事情：好好地照顧好格列佛。

而當她背對著我蹲下來時，我這時已經幾乎慢慢恢復到人類的外型，我站了起來，而就在兩個對立的不同外型中，我走過了後花園。很幸運地，這個花園又大又黑，而且有很多的花、灌木，與樹木可讓我躲在後面。我躲了起來，就躲在一堆漂亮的花朵中。我看到了愛莎貝兒四處張望，這時她打電話幫格列佛找救護車。

「安德魯！」她說著，就在此刻，格列佛站了起來。

她甚至於跑到花園裡看個仔細。但是我待在那裡動也不動。

「你跑到哪裡去了？」

我的肺臟開始燃燒。我需要更多的氮氣。

也許只需要說我的母語中的一個字——家——也就是我的主人們最想聽到的字，然後我就能夠回到那裡了。所以我爲何不說呢？因爲我還沒有完成工作嗎？不，不是如此的。我絕對不會完成我的工作的。這就是今天晚上帶給我的教育。所以到底是爲什麼呢？爲什麼我選擇的是風險與痛苦，而不是相反的一切？我到底發生了什麼事情呢？到底哪裡錯了呢？

牛頓現在走進了花園中。它沿著花園走著，一路上聞著植物與花朵，直到它感覺到我站在那裡。我期待它吠幾聲來吸引注意力，但是事與願違。它只是瞪著我看著。它的雙眼閃爍著空白的圓圈，似乎知道站在杜松灌木叢後面的人的眞正身分。但是牠安靜地待在那裡。

牠是一隻好狗。

而且我很愛牠。

我不能這樣做。

我們知道。

無論如何沒有必要這樣做。

有必要這樣做。

我不相信愛莎貝兒和格列佛應該被傷害。

我們相信你已經腐敗了。

我沒有。我得到了許多的知識。那就是所有發生的一切。

不。你被他們傳染了。

傳染了?傳染了?傳染了什麼東西?

感情。

不，我沒有。那不是眞的。

是眞的。

聽好，感情是有邏輯的。沒有了感情，人類就不會彼此呵護，而且如果不會彼此呵護，這個物種就會絕種。彼此呵護就是自我保護。你呵護他人，他們也會呵護著你。

你聽起來就像人類中的一員。你不是個人類。你是我們中的一員。我們是一體的。

我知道我不是個人類。

我們認爲你該回家了。

不要。

你一定要回家。

我從來沒有一個家。

我們是你的家人。

不，這不一樣。

我們要你回家。

我必須要求回家，而現在我不想回家。你們可以干預我的心靈，但是你們不能夠控制它。

我們走著瞧。

在多爾多涅的兩個星期與一盒骨牌

我和愛莎貝兒都在客廳中。牛頓在樓上陪著格列佛。他現在熟睡著。我們之前看過了他，但是牛頓現在待在那裡保護著他。

「你還好嗎？」愛莎貝兒問著。

「那不是死亡，」我說著。「因為我站了起來。」

「你救了他的命。」愛莎貝兒說著。

「我不這樣認為。我甚至沒有對他做心肺復甦術。醫生說他只有小小的輕傷。」

「我不在乎醫生怎麼說。他從屋頂跳下。那會殺了他。你為何不大聲叫我呢？」

「我有啊。」很明顯地，那是個謊言。但是所有發生的一切都是個謊言。包括相信我是她的先生。一切都是虛構的。「我真的有大聲地叫妳。」

「你有可能也殺了你自己。」

（我必須承認，人類浪費許多的時間，幾乎是所有的時間，都在做假設性的事情。我有可能會有錢。我有可能會聞名於世。我之前有可能被那台公車撞到。我有可能一出生時痣就比較少，胸部也比較大一些。我之前有可能花更多的青春歲月學許多的外國語言。比起任何其他的生命模式，人類一定會練習更多的條件時態的用法。）「但是我沒有死啊。我還活著。讓我們專注在這點上。」

「你的藥片呢？它們之前放在櫥櫃中。」

「我早就將它們丟掉了。」很明顯地，這是個謊言。不確定的事情是，我到底要保護誰呢？愛莎貝兒嗎？格列佛嗎？還是我自己呢？

「爲什麼？你爲什麼要把藥給丟了？」

「我覺得到處放著這些藥物，這樣不太好。妳知道的，在他的情況之下。」

「但是那些藥是丹祈屏錠（Diazepam）。那是安定。你不可以過度服用安定，否則你將會需要一千顆的量劑。」

「不會的。我知道那樣的現象。」我當時正喝著一杯茶。我眞的喜歡喝茶。茶比咖啡好多了。茶喝起來有種舒服的感覺。

愛莎貝兒點了點頭。她也在喝著茶。茶似乎將一切事物變得更好。那是由樹葉製成的熱飲。特別在危機時刻時可讓人恢復正常。

「你知道他們告訴我什麼嗎？」她說著。

「不知道。什麼事情？他們告訴妳什麼事情？」

「他們告訴我他能夠待在家裡面。」

「他們說得對。」

「那是由我來決定。我必須說是否我認爲他有自殺的風險。而且我告訴他們，我認爲他待在那裡的風險較大。他們也說如果他再次自殺的話，他們也不得不依照規定來處理。他將入院治療，而他們會看管好他的。」

「好吧，我們來好好地照顧他。這是我心裡的話。那家醫院的瘋子人滿爲患。充滿一些認爲自己從外星球來的瘋子。諸如此類的人。」

她的微笑帶著一些的傷感，她吹了吹茶水，在水面上激起一陣棕色的漣漪。「是的。是的。我們必須好好地照顧他。」

我試著理解一些相關的事情。「一切都是我的原因吧，難道不是嗎？都是我的錯。都是因爲那一天我沒有穿上衣服惹的禍。」

對於這樣子的問題轉變了我們彼此的情緒。愛莎貝兒的臉僵硬了起來。「安德魯，你眞的以爲只是那一天惹的禍嗎？有關於你的精神崩潰嗎？」

「喔，」我說著，我也知道說這話沒有任何脈絡可循，但是我不知道該說什麼。所以我總是求助於「喔」這個字，至少這個字充滿著許多的空間，這個字就好像一種口頭禪一般。因爲我不認爲只是一天的原因就造成他的創傷，因此這個「喔」也許就意味著「沒有」。我認爲一切的原因也許是數千個日子造成的積重難返，但是大部分的日子我都沒有在那裡觀察過。也許「喔」是個比較適當的用字。

「這不是一件事情造成的。這是一切事物造成的。這不單單只是你的錯，但是你眞的沒有在他的身邊，不是嗎，安德魯。他的一生中，或是至少自從我們搬回劍橋以後，你一直都沒有在他的身邊。」

我想起了他在屋頂上告訴我的一些事情。「法國如何呢？」

「你說什麼？」

「我教他骨牌。我在游泳池裡跟他一起游泳。就在法國。那個國家。法國。」

她很困惑地皺起了眉頭。「法國？你說什麼？多爾多涅嗎？在多爾多涅兩個星期和一盒該死的骨牌。這是你的免死金牌嗎？是你爲人父親的方式嗎？」

「不是，我不知道。我只不過給了一個，一個具體的例子，來說明他當父親的方式。」

「他？」

「我指的是我。我的方式。」

「你整個假日都在那裡。是的。是的你一直都在那裡。除非這些都是工作上的假日。拜託，你記得澳洲雪梨嗎！還有美國波士頓！還有韓國首爾！還有義大利的杜林！還有德國的杜塞道夫！」

「是的，我記得。」我說著，同時看著書架上許多尚未讀過的書本，彷彿一些不存在的記憶。

「我清晰地記得這一切。當然。」

「我們幾乎看不到你。當我們看到你的時候，你總是壓力很大要去準備你的演講，和準備去會見一些相關的人士。我們總是爲此爭吵不休。你知道的，我們爭吵到你生病爲止。不久你好了一些。拜託，安德魯，你知道我的意思。這一切我們彼此都知道的，不是什麼新鮮的新聞了，不是嗎？」

「不，一點也不是。所以，我還有哪些事情做得不好的？」

「你沒有做得不好。這不是你的同僚要來審查的學術報告。這無關成功與失敗。這是我們的人生。我不想用判斷的語言來包裝這一切。我只想嘗試告訴你這個客觀的事實。」

「我只是想知道這一切。告訴我。告訴我一些我做過的事情。或是還沒有做的事情。」

她玩弄著脖子上面的銀製項鍊。「好吧。長期以來事情一直都是如此。在格列佛兩歲到四歲之間，你總是來不及回家洗澡或是睡覺前講故事給他聽。你動不動因爲工作的事情大發雷霆。或是當我跟你提到我爲這個家庭所做出的衆多犧牲時，而當時我眞的犧牲奉獻許多，你永遠也不會延誤你出書的期限。我眞是水深火熱生不如死。」

「我了解了。眞的很抱歉。」我邊說著，邊想到了她之前所寫的小說：比天空還要遼闊。

「我一直以來眞是糟透了。眞的。我想妳沒有我在身邊會好過一些。有時，我想也許我應該離開，永遠不要回來。」

「不要小孩子氣了。你的話聽起來比格列佛還幼稚。」

「我是認眞的。我的行爲一直都很糟糕。有時我認爲如果我離開永遠不要回來，一切都會更好才是。眞的曾經想過。」

這讓她打擊很大。她將雙手放在雙唇上，但是她的怒視漸漸軟化。她深呼吸了一下。

「我很需要你在這裡。你知道我需要你的。」

「爲什麼？在這種關係下我能給妳什麼呢？我不了解。」

她緊閉了雙眼。輕聲說著：「那令我驚訝。」

「妳說什麼？」

「你在那裡做的一切。就在屋頂外面。眞的令我驚訝。」

然後她臉上的表情複雜到無法理解。這是我在人類的臉上看過最複雜的表情。這是一種挫折的不屑，其中夾雜著同情，卻又慢慢地融合成一種深沉遼闊的幽默，在原諒與一種無法理解的表情中達到了巔峰。這表情對我來說是種愛的表現。

「你怎麼了？」她用一種慢條斯理且在緩緩的呼吸聲中輕聲說著。

「什麼？我沒事。我沒事。不過是種心理崩潰。但是我現在好了。除此之外，沒有什麼事情。」我輕率地說著，嘗試讓她微笑。

她真的笑了，但是悲傷又快速地擄獲了她。她看著天花板。我開始了解這些無言的溝通模式。

「我會跟他聊一聊的。」我說著，同時感受到一種扎實且權威的感覺。有點眞實，也有點人類的感覺。「我會跟他聊一聊的。」

「你不需要這樣做。」

「我知道該怎麼做。」我說著。然後我站了起來，在我應該疼痛時，再度去幫助她。

社交網路

實質上說來，地球上的社交網路是相當有限的。與摩納多星球不同的是，地球上沒有大腦同步的科技存在，所以網路用戶無法彼此用心電感應來溝通聯絡，就像眞正的蜜蜂在蜂巢內的心靈溝通模式一般。人類也無法進入彼此的夢境中，也無法在異國情調的月球表面上一邊散步，一邊享用著想像中的佳餚。在地球上，社交網路一般說來就是坐在沒有情感的電腦前面，打字聯絡彼此，比如說，自己需要來杯咖啡，也想著別人也需要來一杯咖啡，但是卻忘了眞正去泡一杯咖啡來喝。人類在社交網路上等待的是新聞節目。而就在這些節目中人們可以獲得相關的新聞。

但是除此之外，我發現人類的電腦網路是荒謬地容易讓駭客入侵，因爲他們的安全系統都是根據質數來設定。所以我就入侵到格列佛的電腦中，在臉書上將所有霸凌格列佛的人的名字，全部改成「我的名字叫做恥辱」，然後阻礙他們在臉書上貼上任何跟格列佛這個字相關的資訊，然後再送給他們每個人電腦病毒，我給這個病毒一個綽號，叫做「跳蚤」，取自於一首情詩[17]。這個病毒保證讓他們所有的人只能夠在網路上傳送下列幾個字：「我受傷了，所以我覺得好痛。」

在摩納多理亞的時候，我從來沒有做過如此懷恨報復的事情。但是我也從來沒有感覺到如此地爽過。

永恆包含著許多的現在

我們一起帶著牛頓去遛狗。公園總是遛狗最常去的目的地。那裡充滿著大自然，有著草地、花朵，與樹木，但是感覺起來卻不是眞正的大自然。因爲狗是被人類馴服的狼，而公園是被人類馴服的森林。人類鍾愛著兩者，可能也是因爲人類也是被馴服的動物。那裡的花朵很漂亮。在談戀愛之後，這些花朵一定是地球這個行星所追求的最佳廣告。

「這一切都沒有道理。」格列佛說著，當我們坐在長椅上。

「什麼事情沒有道理？」

我們看著牛頓聞著花朵，變得比以前更活潑。

「我安然無恙。沒有任何損傷。甚至於我的眼睛變得更好了。」

「你很幸運。」

「老爸，在我出去屋頂之前，我吞了二十八顆的安定藥片。」

「你需要更多才對。」

㊼ 跳蚤（The Flea）是John Donne（1572-1631）所寫的一首情色的隱喻詩。

他看著我，生氣我所說的一切，彷彿我在羞辱他。使用知識來對抗他。

「你媽媽告訴我的，我之前並不知道這件事。」我補充說著。

「我不要你來救我。」

「我沒有救你。你只是好運。但是我眞的認爲你應該不要再有這樣的想法才是。那是你生命中的重要時刻。你還有許多日子要活。大概兩萬四千個日子左右。那是許多重要的時刻。那些時光中你可以做許多偉大的事情。你可以閱讀許多的詩。」

「你並不喜歡詩。雖然我並不是十分了解你，但是我知道你不喜歡。」

「詩在我心中不斷地滋長著。你給我聽好，不要再自殺了。不要再自殺了。那是我的忠告。不要再自殺了。」

格列佛從他的口袋中拿出一個東西來，然後放在嘴巴中。那是一根香菸。他點燃了。我問他我可不可以來一根。格列佛看起來似乎有點困惑，但是還是拿了一根給我。我吸著濾嘴，然後將煙帶入我的肺裡面。然後我就咳嗽了。

「這要怎麼抽？」我問著格列佛。

他聳聳肩。

「這香菸裡面有著令人上癮的物質，會有高死亡率。我認爲有些技巧才會抽。」

我將這根香菸還給格列佛。

「謝謝。」他喃喃自語，但還是有點困惑。

「不用擔心，沒事的。」我說著。

上。

他又吸了一口，突然間認爲抽菸對他也沒有任何好處。然後將香菸以拋物線的角度彈到草地

「如果你想要的話，我們回家可以玩骨牌。我今天早上買了一盒。」我說著。

「不，謝了。」

「要不然我們去一趟多爾多涅。」

「你說什麼？」

「去游泳。」

他搖搖頭。「你需要吃更多的藥。」

「是的。也許你說得對。但是你將我的藥全部都吃完了。」我開玩笑地微笑著，然後嘗試一些地球的幽默。「你他媽的笨蛋！」

接下來一陣沉默。我們看著牛頓在一棵樹的圓周聞著。聞了兩次。

一百萬顆太陽在此刻劇烈地收縮。然後格列佛說出了一些事情。

「你不知道長期以來發生了什麼事情。因爲我是你的兒子，所以我一直受到大家的期待。」他說著。「我的老師們都讀著你寫的書。他們看著我的感覺，就好像我是一顆從偉大的安德魯·馬丁大樹上掉下來的瘀青蘋果。你知道嗎，那個從寄宿學校被趕出來的優秀男孩。那個縱火的男孩。他的父母親都放棄他了。我並不是爲此而困惑不已。我困惑的是所有的假日你從來都不在我身邊。你總是在其他的地方。或是跟媽媽處於緊張與可怕的氣氛之下。這一切都是狗屎。你應該早就做一些對的事情，而在幾年前就離婚了。你從來就沒有做過任何常人該做的事情。」

我仔細想了這一切。然後我不知道該如何說出心裡的感受。我們後面的馬路上許多車子通過。那種聲音有點傷感，就像一個沉睡中的霸腦達人發出的低音隆隆聲。「你的樂團叫做什麼？」

「失落的樂團。」他說著。

這時一片樹葉掉了下來，落在我的大腿上。樹葉已死，呈現棕色。我拿起這樹葉，雖然不符合我的個性，卻奇怪地深有同感。或許我現在同情著人類，所以見萬物皆有所感觸。都是讀了太多的艾蜜莉・狄金森。問題就在此處。艾蜜莉・狄金森讓我成爲了人類。就當我將此樹葉變成綠葉時，我有著某種隱隱約約的頭痛，雙眼也有種沉重疲憊。

我快速地將它撥開，但是太遲了。

「剛才發生了什麼事情？」當樹葉在微風中飄走時，格列佛凝視著樹葉問著我。

我試著不去理會他。他又問了一次。

「樹葉沒有發生任何事情。」我說著。

當他看到兩個青少年的少女和一個跟他年紀相同的男孩子在公園後面的馬路走過時，他忘了他可能看到的這片樹葉。這兩個女孩一看到我們，雙手撫嘴大笑。我知道人類的笑聲有兩種不同的分類。而這個笑聲是屬於不好的笑聲。

這個男孩子就是我在格列佛臉書網頁上看到的男孩，他的名字叫做「希奧・他媽的業務・克拉克」。

格列佛退縮了一下。

「他們就是馬丁火星一家人！兩個怪胎！」

格列佛彎下身體縮在長椅上，感受到殘缺與羞愧。

我轉過身來，評估希奧的身體結構與體能潛力。「我的兒子可以將你打倒在地上。」我大叫著。

「他可以打扁你的臉，讓你的臉有一個比較有吸引力的幾何圖形。」

「去你的，老爸，你在幹什麼？他就是將我的臉打爛的那個人。」格列佛說著。

我看著他。他是個黑洞。暴力全部深藏在內。該是他改變自己的時刻到了。

「拜託。你是個人類。該是你像個人類的時刻到了。」我說著。

暴力

「不要。」格列佛說著。

但是太遲了。希奧走過了馬路過來了。「太好了，你現在是個小丑，難道不是嗎？」他邊說著，邊昂首闊步走向我們。

「看到你他媽的敗在我他媽的兒子手下，眞是他媽的有趣，如果這就是你他媽的意思。」我說著。

「好吧，我告訴你，我爸爸是跆拳道老師，他教我如何打架。」

「很好，格列佛的爸爸是個數學家。所以他贏了。」

「是的，說得對。」

「你一定會輸的。」我告訴那個男孩子，而且我確信我的話就像岩石丟入池塘般地果決，一路說給他聽。

希奧大笑，然後輕易地跳過公園的那道矮石牆。兩個女孩子跟在後面。這個男孩子希奧沒有格列佛高，但是比他壯多了。他幾乎沒有脖子，兩個眼睛幾乎是靠在一起的，就像個神話中獨眼巨人的後代一樣。他在我們前面的草地上，前前後後地走來走去，不斷地在空氣中打著重拳與踢來踢去，來讓自己暖身。

格列佛就像牛奶一樣地蒼白。「格列佛，你昨天從屋頂摔下來。那個男孩子比不上從十二公尺落下的可怕。他沒有什麼好怕的。他沒有深度。你知道他如何打架。」我告訴他。

「是的，他打架很厲害。」格列佛說著。

「但是你，你對自己很驚訝。你一點都不害怕任何事物。你該做的事就是了解希奧代表著你所憎恨的一切。他就像我。他就像壞天氣。他就是網路的原始靈魂。他是命運的不公平。換句話來說，我要求你跟他打架就好像你在睡夢中打架一般。擺脫一切。擺脫羞辱與意識。擊敗他。只因爲你能夠做到。」

「不，我不能。」格列佛說著。

我小聲地說著，同時喚醒他內心潛在的天賦能力。「你能夠辦得到的。他內在的生化元素跟你一模一樣。但是比不上你令人印象深刻的神經活動。」我看到格列佛看起來很困惑的樣子，所以我輕輕拍著我的頭然後跟他解釋。「這跟振動有關。」

格列佛站了起來。我將皮帶綁在牛頓的脖子上。牠嗚咽著，同時感受到當時的氣氛。

我看著格列佛走過草地。他很緊張，身體繃得很緊，就好像被一條無形的繩索拉著。

那兩個女孩口中咀嚼著她們不想吞下的東西。而且興奮地格格傻笑著。希奧也看起來很激動。我知道有些人不僅喜歡暴力，而且渴望暴力。他們並不是想要疼痛，而是他們已經擁有疼痛，然後想要以較少的疼痛來轉移原先的注意力。

然後希奧打了格列佛。他又打了他一下。兩次都打在臉上，這讓格列佛蹣跚地退後了幾步。牛頓咆哮著，很想加入戰局內，但是我拉著牠不動。

「你他媽的不是個東西。」希奧一邊說著，一邊快速地舉起一隻腳朝空氣中向格列佛的胸部踢去。格列佛抓住他的腳，然後讓希奧跳了一會兒，至少讓希奧看起來很荒謬好笑。

格列佛在寧靜的空氣中看著我。

然後希奧摔到地上。而彷彿就在格列佛電源開關啓動之前，他讓他站了起來，然後格列佛就發狂了，用力猛擊著他，就好像嘗試將自己的靈魂脫離身體，就好像身體是可以擺脫的事物一般。很快地，另外一個男孩滿身是血地摔在地上，他的頭短暫地向後仰，觸摸到一旁的玫瑰花叢。他坐了起來，用手指頭輕拍著臉，然後看到了血，而當他仔細地看著血的模樣，就好像一輩子也沒有想到自己會有這樣子的下場。

「好吧，格列佛，我們該回家了。」我說著，同時走向希奧，然後蹲了下來。

「你完蛋了，知道嗎？」

希奧明白了。這兩個女孩仍然安靜地嚼著東西，只不過速度慢了一半。像母牛般的速度。我們走出了公園。格列佛身上幾乎沒有任何的刮傷。

「你覺得如何？」

「我弄傷了他。」

「對啊。那種感覺如何?有沒有一種宣洩的感覺?」

他聳聳肩。他的嘴唇內藏有一絲的微笑。這讓我有些害怕，原來在人類文明的表象之下是如此地接近暴力的傾向。我擔心的不是暴力的本身，而是努力掩飾暴力所做的努力。原始的人類本身就是獵人，他們每天起床後就有知識知道他們有能力去獵殺。而現在，相同的知識只讓他們知道每天起床後就是要去買東西。所以讓格列佛將睡夢中的能量釋放在清醒的世界來說是非常重要的。

「老爸，你變得不像你本人，你不覺得嗎？」在我們回家之前他說著。

「不像，眞的不像。」我說著。

我以爲他會問其他的問題，但是沒有。

她肌膚的氣味

我不是安德魯。我是他們。當我們清醒時，仍然明亮的臥房內染有紫羅蘭的色彩，雖然我的頭已經完全不再疼痛了，還是覺得十分地繃緊，感覺起來就好像我的頭蓋骨是個拳頭，而我的大腦就是裡面的肥皀塊一般。

我嘗試將燈關掉，但是黑暗並沒有幫助。這種紫羅蘭的色彩依然沒有散去，就像潑出去的牛奶一樣，在現實中不斷地擴散與滲漏。

「給我滾開，給我滾開。」我要求我的主人們。

但是他們卻控制著我。你們。如果你們正在閱讀我這篇報告書。你們也有可怕的控制權。而我卻不斷地喪失自我，我知道這一切是因爲我在床上翻來覆去，在黑暗中看到了愛莎貝兒背對著我。蓋著羽絨被的她，我只能看到她一半的身影。我的手觸摸她脖子的後面。我對她沒有感覺。我們對她沒有感覺。我們並不當她爲愛莎貝兒。她不過只是個人類。在同樣的情況下，對人類來說，母牛、雞，或是微生物，不過也只是母牛、雞，或是微生物。

當我們觸摸著她裸露的脖子時，我們可以讀出她的一切。這是我們所要的一切。她正熟睡著，我們所要做的一切就是讓她的心臟停止跳動。這太容易了。我們只要將手向下移動，感受到她肋骨下的心跳，我們手的移動輕輕將她喚醒，然後她轉過身來，在睡眠中，在雙眼緊閉下，說著「我愛你」。

她說的是單數的你，而不是你們。而這是對我的呼喚，或是對她認為我是安德魯的呼喚，而就在那時，我打算要擊敗他們，變成一個我，而不是我們，而我一想到她剛才差一點就死掉時，我終於了解我對她的感情是如此的強烈。

「發生什麼事了？」

我不能告訴她，所以我吻了她。當人類想傾訴太多的言語時，他們訴諸於接吻。這是一種語言的轉換。這個吻是個挑戰的行為，也許是種戰爭的行為。這個吻敘述著：你不能碰觸我們。

「我愛妳。」我告訴她，而當我聞著她的肌膚時，我知道我想要她的程度，勝過於所有一切的人事物。但是我對她的渴望在現在卻是個可怕的事實。而我就必須不斷地強調我的重點。

「我愛妳，我愛妳，我愛妳。」

在說完之後，在笨手笨腳地去掉最後薄薄的一層衣服之後，所有的文字由聲音取代。我們做愛了。這是一種將溫暖的四肢糾結在一起的快樂感覺，一種更溫暖的愛意。這種身體和心理的融合，像魔法般產生一種內在的光芒，這是一種生物情感的磷光，有著壓倒性的華麗感。我不知道為何他們對此不會更為驕傲。對於這樣的魔法。我不了解原因為何。如果他們必須擁有旗幟，為何他們不要只選擇只有性愛的圖片。

之後，我抱著她，她也抱著我，我輕輕地吻她的額頭，這時微風拍打著窗戶。

她睡著了。

我在黑暗中看著她。我想要保護她讓她安全無憂。然後我走下床鋪。

我該做一些事了。

我要待在這裡。

你不可以。你的天賦不適合那個星球。人類會懷疑你的。

那麼，我希望跟你們斷絕關係。

我們不允許你這樣做。

可以的，你們可以的。這些天賦並不是義務的。這是重點。我希望你們不要干預我的心靈。

不是我們在干預你的心靈。我們正在嘗試讓你的心靈復原。

愛莎貝兒並不知道任何的證據。她眞的不知道。所以不要打擾她。不要打擾她。離我們遠一點。拜託了。不會發生任何事情的。

你不想長生不老嗎？你不想有機會回家，或是離開目前你居住的這個孤單星球，去拜訪宇宙的其他星球嗎？

你說對了。

你不考慮其他的方案嗎？回到你原來的本性如何呢？

不要。我想當個眞正的人類。或是盡可能地當個人類也好。

我們的歷史上從來沒有人要求喪失這樣的天賦。

那麼，你們必須更正這個事實。

你知道你在說什麼嗎？

當然知道。

你將被困在一個不能自我修復再生的身體內。你將會變老。你將會生病。你將會感到疼痛。

你不像那些你想歸依的無知生物品種，你將會知道是你自己選擇這樣的決定的。是你自己造成這樣的苦難的。

是的，我都知道。

非常好。我們會給你最嚴重的懲罰。你是自作自受。你現在已經跟我們斷絕關係了。你已經沒有我們族群的天賦了。你現在是人類了。如果你告訴他人你來自外星球，你永遠沒有證據來證明了。他們會認爲你瘋了。不過對我們來說沒有什麼影響。很快就有人來替代你了。

不用找人來替代我。那是浪費資源。這個任務沒有必要。喂，你們有沒有在聽我說話？喂，你們聽得到我在說話嗎？喂？喂？喂？

生活的韻律

愛情是人類的一切，但是他們卻不了解這個事實。如果他們了解的話，愛情也將會消逝。我所知道的是，愛情是件可怕的事情。而且人類非常害怕愛情。那就是爲何人類有智力競賽的節目，藉此讓心靈擺脫愛情，去想一想其他的事物。

愛情很可怕，因爲它以強而有力的力量將你捲入，它是個能量超大的黑洞，外表看起來沒有什麼好怕的，但是內在卻挑戰所有你所知道的理性事物。你會喪失自我，就像我在愛情最窩心的殲滅中喪失自己一樣。

愛情會讓你做一些蠢事，做一些不合乎邏輯的事物。讓你選擇痛苦來代替寧靜、選擇死亡代替永恆、選擇地球代替我的家鄉。

當我醒來身體覺得很不舒服。我的雙眼又癢又累。背部很僵硬。膝蓋很疼痛。還有一些耳鳴。從星球表面傳來的那種噪音不斷地從我的胃傳來。整體說來，我有意識地感覺到我的身體正在衰敗中。

簡而言之，我有著人類的感覺。我感覺到自己已經四十三歲了。現在我決定要待在地球上，我反而充滿著焦慮感。

這種焦慮並非來自我身體的命運。而是我知道，在未來的某個時間點上，我的主人們還會派某人前來地球。我現在跟一般的人類一樣沒有任何的外星天賦，我能怎麼辦呢？

一開始這讓我很擔心。但是隨著時間流逝，這種擔心也漸漸地淡去了。好險沒有發生任何的事情。我的內心開始擔心一些較小的焦慮。例如，我能夠面對這裡的生活嗎？之前覺得異國情趣的事物也開始覺得十分地單調，因爲事物慢慢地會成爲一種韻律。人類每天原型不變的生活方式如下：洗澡、早餐、查看網路、工作、午餐、工作、晚餐、聊天、看電視、讀書、睡覺、假裝睡著、然後眞正睡著。

如果我歸屬於一個只知道一天的物種，最初對於任何形式的韻律都會覺得相當有趣。但是現在我永遠被困在此地，我開始憎恨人類少到可憐的想像力。我相信他們應該嘗試對於生活的程序增加一些多樣性。我的意思是說，這個物種不想做某些事情的主要藉口竟然是「我希望我有多一點的時間」。聽起來十分合理，直到你了解到他們的時間眞的很多。倘若他們沒有永恆，但是他們還是有著明天。然後後天。然後後天的明天。事實上我應該在最後一個明天之前，繼續寫著「後一天」三萬次，才能夠描繪出人類手上所擁有時間的數量。

人類缺少實現夢想的問題不是因爲缺少時間，而是因爲缺少想像力。倘若他們發覺某一天對他們來說是順利的，他們就堅持相同的模式，然後重複相同的模式，從星期一到星期五都是如此。雖然在一般情況下事情並不順利，他們還是堅持相同的模式。然後他們修正的很少，而且只有在星期六與星期日做一些有趣的事情。

我想給他們最初的提議就是要常常交替去做許多的事情。例如，要有五天有趣的日子和兩天無趣的日子。你可以叫我數學天才，因爲在這樣的方式下他們會有更多的樂趣。但是如同事情所呈現，一星期甚至連兩天的樂趣也沒有。他們只有星期六才會快樂，雖然他們喜歡樂趣的星期日，但是星期日太接近星期一，而星期一彷彿就像是星期太陽系中因爲過度的地心引力的牽引而殞落的星星一樣。

換言之，人類七分之一的日子過得很順利，另外的七分之六不太順遂，而其中七分之五的日子幾乎一成不變地重複再重複。

對我來說，最困難的就是早晨。

在地球上的早晨是辛苦的。起床的疲憊感遠勝過睡覺時的疲憊。你的背會痛。你的脖子會痛。你的胸部因爲焦慮而繃緊，這一切都是因爲當人類的結果。然後，除此之外你還必須在一天的開始前做許多的事情。最主要的問題就是要讓自己打扮得漂漂亮亮有頭有臉的。

一般來說人類必須要做下列的事情：不管男女都要起床、嘆氣、伸懶腰、上廁所、洗澡、洗髮、潤髮、洗臉、刮毛、除臭、用氟化物刷牙、吹頭髮、梳頭髮、抹上面霜、化妝、照鏡子、依照天氣場合選擇衣服、穿衣服、再照一次鏡子。而這一切都是早餐之前要做的事情。很神奇的是他們都會下床來。但是他們眞的是如此的，而且不斷地重複數千次之多。不僅如此，他們都自己做這些事情，完全沒有科技來幫忙他們。也許只有少數的電子活動來幫助他們，例如電動牙刷和吹風機。除此之外沒有其他的了。而且他們所有的人都會去減少體臭、頭髮、口臭，和羞恥。

青少年

除了困擾地球行星無情的地心引力之外，另外一件讓愛莎貝兒感到沉重壓力的事情就是對格列佛的擔憂。她用力掐著她的下嘴唇，整個人空洞地凝視著窗外。我買了一把低音吉他給格列佛，但他彈奏的音樂是憂鬱的，讓整個房間不斷地充滿著絕望的音效音樂。

當我告訴她這樣的擔憂是不健康的時候，愛莎貝兒說著：「我不過是在想事情罷了。當他被學校開除，他是故意的。他就是想要被開除。這是一種學術的自殺行為。你知道的，我就是很擔心。長期以來他就是不善於與他人溝通聯絡。我想起他在幼稚園時老師給的第一個評語。上面寫著他一直抗拒與人交往。我指的是，我知道他是有朋友的，但是他總是發現交朋友很難。難道他現在不應該有女朋友嗎？他是個很帥的男孩子。」

「朋友很重要嗎？他們的重要性在哪裡呢？」

「在於溝通聯絡，安德魯。你想一想阿里。朋友是我們與世界的溝通聯絡管道。有時我很擔心，他與這裡沒有牽連。不管是與世界或是與生命來說都是如此。他讓我想到安格斯。」

很明顯的安格斯是她的哥哥。他還不到三十五歲就因為擔憂財務而結束自己的生命。當她告訴我這件事情時，我覺得很難過。我對那些很容易對於一些事情感到羞愧的人類感到難過。他們並不是宇宙中唯一會自殺的生命型態，但是他們卻是最熱衷於自殺的生命型態之一。我不知道是否應該告訴她格列佛沒有去學校的事情。我決定我應該要告訴她才對。

「什麼？」愛莎貝兒問著。但是我確定她有聽到我說的話。「喔，天啊。所以最近他都在做什麼事情呢？」

「我不知道。我想他大概到處走走逛逛吧！」我說著。

「走走逛逛？」

「當我看到他時，他正在走路。」

他現在很生氣，而這時格列佛所彈奏的音樂聲，相當地大聲，也無濟於事。牛頓的眼神讓我覺得有罪惡感。

「聽著，愛莎貝兒，讓我們——」

太遲了。愛莎貝兒衝到樓上去了。這不可避免的爭吵隨之而來。我只能夠聽到愛莎貝兒的聲音。格列佛的聲音又小聲又低沉，簡直比低音吉他還要低沉。「你為什麼不去學校？」他媽媽大叫著。我跟隨在後面，整個胃充滿噁心，整個心裡面充滿隱隱約約的疼痛。

我是個叛徒。

他對媽媽大叫著，然後他媽媽大叫回去。他提到一些有關於我的事情，有關於我讓他去打架的事情，但是幸運的是愛莎貝兒根本不知道他在說什麼。

「老爸，你這個混帳東西。」這時他對我說著。

「但是這把吉他。那是我的想法。」

「所以你現在要收買我是嗎？」

我才了解到青少年很難搞定。在同樣的情況之下，德里達銀河系的東南角落的事情也是很難搞定的。

他將門大聲地關上。我用正確的聲音跟他說話：「格列佛，靜下心來不要生氣。我很抱歉。我做的事情都是爲了你好。我在這裡每天都在學習。每天都是一個教訓課程。有些課程我學得不好。」

沒有用。除非有用指的是格列佛憤怒地踢著他的門。愛莎貝兒最後走到樓下，但是我待在那裡。我坐在門的另外一邊米色的羊毛地毯上，總共一小時三十八分鐘。

牛頓走過來陪我。我摸摸牠。牠用牠粗糙的舌頭舔著我的手腕。我待在那裡，我的頭往門的方向傾斜著。

「我很抱歉，格列佛。」我說著。「我很抱歉。我很抱歉。我很抱歉我讓你很難爲情。」

有時你唯一需要的力量就是堅持下去。最後，他走了出來。他僅僅看著我，將雙手放在口袋中。他將身體靠在門框上。「你在臉書上是不是動了些手腳呢？」

「我可能已經動了些手腳。」

他努力壓抑他的笑聲。

之後他沒有說很多話，但是他走到了樓下來，然後我們一起看電視。這是一個智力競賽的節目，節目名稱叫做誰想要成爲百萬富翁？因爲節目的觀衆是人類，所以問題都是修辭性的疑問句或是反問句。

不久之後，格列佛走到廚房裡面將整個碗裡面裝滿穀物牛奶，這個量可超乎你想像的多，然後消失走上閣樓去了。我感覺到他似乎完成了他想要完成的某件事情。愛莎貝兒告訴我，她買了門票，我們要去藝術影院看最前衛的哈姆雷特電影。劇情很明顯地是說有一個自殺傾向的年輕王子，他想殺死取代他爸爸的男人。

「格列佛待在家裡。」愛莎貝兒說著。

「這樣做很明智。」

澳洲的酒

「我今天忘了吃藥了。」

愛莎貝兒微笑說著：「一天沒有吃藥死不了的。你要不要來一杯酒呢？」

因爲我從來沒有喝過酒，所以我說好，而且酒似乎眞的是非常尊貴的物質。這是個柔和的夜晚，所以愛莎貝兒倒了一杯酒給我，然後我們坐在外面的花園裡面。牛頓決定待在屋子裡。我看了看杯子中那透明的黃色液體。我嚐了一嚐，有發酵的味道。換言之，我嚐到了地球上的生命。因爲這裡的每件事物都會發酵、老化，然後生病。但是當事情從成熟開始衰敗時，它們嚐起來卻是最棒的時候。我終於了解了。

然後我開始打量這個杯子。這個杯子是由岩石蒸餾而來的，所以它了解許多的事物。它知道宇宙的年歲，因爲它就是宇宙。

我又喝了一口。

在喝了第三口之後，我眞的開始感覺到重點了，酒眞的讓大腦非常地愉悅。我開始遺忘身體隱隱約約的疼痛，也遺忘了心裡強烈的擔憂。在第三杯酒之後，我眞的醉了。非常的醉了。因爲喝醉了，我仰望天空而且相信有兩個月亮。

「你眞的知道你喝的是澳洲的酒嗎？」她問著。

對於這個問題我可能回答說：「哦。」

「你最恨澳洲的酒了。」

「眞的嗎？爲什麼？」我說著。

「因爲你是一個很勢利的人。」

「什麼是很勢利的人呢？」

她斜著眼看著我，然後大笑。「就是一個從來都不習慣與家人坐下來一起看電視的人。」她說著。「永遠如此。」

我又喝了一些。她也喝了一些。「也許我越來越不像這樣的人了。」我說著。

「任何事情都是可能的。」她微笑著。對我來說她依舊有著異國的風味。這很明顯，但是現在是種快樂的異國情調。事實上，比快樂還要快樂的感覺。

「是眞的，任何事情都是可能的。」我告訴她，心中沒有想到任何的數學概念。

她將一隻手繞著我。我不知道這樣的禮儀爲何。難道此刻我應該吟唱死人所寫的詩歌嗎？或是我應該對她的全部身體加以按摩？我什麼都沒有做。當我看著天空上方的電離層時，我讓她撫摸著我的背部，然後看著兩個月亮滑向對方，最後融合在一起。

這個觀察者

隔天我宿醉了。

我知道如果喝醉了就是人類忘記自己總有一天會死的方式，那麼宿醉就是會提醒他們死亡的威脅。醒來時，我頭痛、嘴乾，而且胃痛。我將愛莎貝兒留在床上，自己走到樓下去喝杯水，然後淋浴了一會兒。穿好衣服後，我走到客廳讀詩。

我有一種奇怪而且眞實的感覺，好像有人一直在看著我。這種感覺越來越強，我站了起來，走向窗戶。外面的街道是空洞的。那些碩大且靜止不動的紅磚屋矗立著，看起來就像停在跑道上乘客已經離開的飛機一樣。但是我仍然一直看著，我認爲在這些窗戶折射下我看到了一個東西，一個站在汽車旁邊的影像，這影像是人類的外型，也許就是個人類。也許我的雙眼在要些把戲，畢竟我宿醉未醒。

牛頓將牠的鼻子靠近我的膝蓋。牠發出一聲好奇且高亢的哀鳴。

「我不知道那是什麼。」我說著，我再次凝視著玻璃，這次我不再看著折射的地方，我直接看著現實的一切。然後我眞的看到了那個東西。那是人類的頭頂。我之前的推測是對的。某個人躲著不讓我看到。

「在那裡等著。保護房子。」我告訴牛頓。

我跑了出去，穿越了車道直接跑到大街上去。這時我及時看到一個人從下一個轉角衝了出去。那是個男人，他身穿牛仔褲和黑色上衣。即使在很遠的地方看著他的背後，那個男人感覺起來很熟悉，但是記不起來在哪裡看過他。

我轉過轉角，但是那裡已經沒有人了。看到的是另外一條空洞的郊區街道。這條街道如此地長，那個人怎麼能夠跑不見呢。但是街道上也不是空無一人。這時有一個年長的人類女性，拖著購物車向我走來。我停了下來，沒有繼續跑著。

「你好。」她邊說邊笑著。她的皮膚因為年紀的因素充滿著皺紋。這是人類這個種族年老時典型的狀態。在人類的臉上，如果想要知道老化的過程的話，最好的方法就是心中想著一塊尚未開發的一片土地地圖，在此地圖上方慢慢地看到一個都市的形成，充斥著又長又彎曲的路徑。

我知道她認識我。所以我跟她說著：「妳好。」

「你現在還好嗎？」

我四周看一看，嘗試評估可能逃走的路徑。如果他們之前從這些通道中的一條移動過來，他們可能在任何的地方。很明顯地有兩百個可能性。

「我，我很好。很好。」我說著。

我的雙眼快速掃瞄四處，但是找不到該找的東西。這個男人到底是誰？我很想知道。而且他來自何方呢？

接下來的幾天內，有時候我都再次有著被監督的感覺。但是我從來也沒有看到監督我的人。

這眞是奇怪，我想只有兩個可能性。有可能我變成人類後頭腦有些癡呆。也有可能我在找尋的這個人，也就是我在學校走廊上或是在超市裡看到的這個人，他的智商太高了所以不會被我逮到。

換言之，他不是個人類。

我嘗試說服自己這樣的結論太荒謬了。我幾乎能夠說服我自己內心的荒謬，也說服了自己是個人類而不是任何其他的東西。我就是安德魯．馬丁教授，其他的一切事情都不過是夢想罷了。

是的，我應該能夠做到才對。

幾乎是如此。

如何能夠永遠看到

永不回歸的事物
就是讓生命甜美的一切

——艾蜜莉・狄金森

愛莎貝兒正在客廳裡使用她的筆電。她的一位美國朋友寫了一篇有關於古代歷史的部落格文章，而愛莎貝兒正在寫這篇有關於美索不達米亞平原的評論。我看著她，深深地被她著迷了。

地球的月亮是個死氣沉沉的地方，本身沒有大氣層。沒有任何的方法可以治療好月球本身的傷疤。完全不像地球與地球上的居民一樣。我們驚訝地發現，在此星球上時間療傷的方式是如此地快速。

我看著愛莎貝兒然後看到一個奇蹟的發生。實在是很荒謬。我知道一切就是如此。但是人類在某些不起眼的方式下，若以數學的術語來說，本身就是一種神奇的成就。

首先，愛莎貝兒的爸爸與媽媽不可能在一開始就相遇。即使他們相遇，生小孩的機會還是很小，原因就在於人類約會的過程中，有著無數的痛苦存在。

她的媽媽可能擁有十萬顆的卵子，而在同一時間內，她爸爸有著五兆個精子。但是就在當時的情況之下，即使存活的機會是五百個百萬的百萬的百萬分之一的機率，這樣輕描淡寫的述說方式本身就非常地可怕，但是人類生命在如此地巧合的方式下產生，在任何的地方都無法找到相似的現象。

你知道嗎，當你看著一個人類的臉時，你必須了解到能夠看到那個人在你面前的運氣。愛莎貝兒・馬丁有著總數十五萬個世代的人在她之前，而且這還只包括人類而已。而且就在這十五萬個不可能性逐漸增加的交配下，產生逐漸不可能的小孩。也就是說，在每一個世代下，那是千的五次方乘以千的五次方才有一個的機會。

或許可以這樣說，這機會是宇宙原子數量的兩萬倍左右。但是即使如此也是一開始而已，因爲人類以地球的年歲來看，大約是三百萬年左右。在此星球上第一個生命體的產生開始，大約有了三十五億年，所以人類的存在不過是極短暫的時間罷了。

因此，以數學來說，若是四捨五入的話，愛莎貝兒根本沒有任何一點存在的機會。以十到永恆的機會來說根本就是個零。然而她卻在那裡，卻在我的前面，對此我眞的嚇了一大跳。我眞的嚇了一大跳。突然間，我了解到爲何宗教在此地是如此重要的一件事情。可以確定的是，眞的，因爲上帝不可能存在的。但是人類也是不可能存在的啊。所以，依照邏輯的話，如果他們相信自己，又爲何不去相信更不可能一點點的任何事物呢？

我不知道我以這樣的觀點看她看了多久的時間。

「你心裡在想什麼事情呢？」她問著我，同時關起了筆電。這是個很重要的細節。她關上了筆電。

「喔，不過是一些事情罷了。」

「告訴我。」

「好吧。我在想生命是如此地神奇，沒有一件事情眞的值得稱爲現實這個名稱。」

「安德魯，我實在有點嚇到，你的世界觀會變得如此地羅曼蒂克。」

這實在是太荒謬了，我竟然一直都沒有看到這個現象。

她太漂亮了。這個四十一歲的女人，儀態舉止優雅的介於年輕時的她與即將年老的她。這個聰明且正在療傷的歷史學家。這個在沒有任何動機下，只想幫助某人而向他購物的人。

我現在知道其他的事情了。我知道她曾經也是個會哭泣的小孩、會學習走路的小孩、在學校渴望學習的小女生、在臥房邊讀著泰勒我iii的書，邊聽著臉部特寫合唱團的青少年。

我知道她曾經是個努力研究過去的大學生，嘗試解釋過去所有不同的模式。

同時，她過去也是個戀愛中的年輕女人，內心有著一千個希望，不斷嘗試去解讀過去與未來。

然後她過去也教過英國與歐洲的歷史，她發現到歷史中有著一個巨大的模式，也就是十七、十八世紀時代的啓蒙運動所產生的文明，不僅僅是經由科學上的進步、政治上的現代化，與哲學上的理解，而是經由暴力與領土上的征服所產生出來的文明。

她也嘗試揭露女性在這個歷史中的地位爲何，但是有些困難存在著，因爲歷史永遠是由戰爭的勝利者來寫，此外兩性戰爭的勝利者一直以來都是男性，而女性的地位，如果幸運的話，也只能存在於旁註與腳註之中。

而且諷刺的是，她心甘情願地主動將自己置於旁註，爲了家庭放棄工作，因爲她想著有一天她最後將死之際，她遺憾的是尚未出生的小孩，而不會是還沒寫完的書籍。但是一旦她做出了這樣的決定，她覺得她的先生就會開始將她是爲理所當然。

她願意付出一切，但是卻無法全然地付出，許多想付出的一切枷鎖在心裡面。

當我能夠見證到她內心的愛意再度地滋長時，我感覺到無比的興奮，因爲這是一種全部的，充滿青春生命力的愛。也唯有在未來的某一時間點上即將死亡的人身上，或是活了一輩子，才知道愛與被愛正確來說是種艱辛的事情，唯有在這兩種人身上才有可能找到且存在的愛情。但是當你經歷過這種愛情，你才能夠永遠看到它。

當兩面鏡子，在完美地平行下彼此相對與面對時，藉著彼此的觀看下，看到的一切猶如永恆般地深遠。

是的，愛情就是如此。也許我並不了解婚姻，但是我了解愛情，而且我十分地確定。

愛情是在一段時間中永遠生活的一種方式。愛情也是當你從來沒有眞正地觀看自己時，觀看自己的一種方式，如果你眞正去愛過某人，這時會讓你了解到，比起你自己先前的自我認知與自欺欺人，愛情是更加有意義的。雖然如此，這個巨大的笑話，也就是宇宙最大最大的笑話就是，愛莎貝兒·馬丁相信我是一個出生在一百英里外的雪菲爾，叫做安德魯·馬丁的人類，而不是事實上距離地球八十六億五千三百一十七萬八千四百三十一光年遠的一個人。

「愛莎貝兒，我想我必須告訴妳一些事情。這很重要。」

她看起來很擔心的樣子。「什麼？什麼事情呢？」

她的下嘴唇有一點不完美。嘴唇的左邊比右邊稍微豐滿一些。這是一個非常吸引人的細節，特別是在一張有著相當多吸引人細節的臉上。我為何曾經發現她很可怕呢？為什麼？為什麼？

我不能夠這樣做。說出來好了。我應該說出來的。但是我卻沒有說出來。

「我覺得我們應該買一組新的沙發。」我說著。

「那就是你要告訴我的重要大事嗎？」

「對啊。我不喜歡這套沙發。我不喜歡紫色。」

「你不喜歡嗎？」

「不喜歡。紫色太接近紫羅蘭色。所有那些短波長的顏色都會讓我的大腦亂七八糟。」

「你真好笑。短波長的顏色。」

「沒錯。就是短波長的顏色。」

「但是紫色是帝王的顏色。而且你總是做起事情來就像個帝王所以——」

「是這樣子嗎？為什麼呢？」

「拜占庭的女皇就是在紫色的房間裡生產的。她們的小孩都被給予尊榮的名銜——波菲羅傑你多斯——意思就是在紫色的地方誕生的意思，這樣就可以用來區分那些靠著戰爭的方式贏得王位的流氓將軍們。但是在日本，紫色是死亡的顏色。」

當她訴說著這些歷史故事時，我深深地被她的聲音所著迷。她的聲音非常地靈巧。彷彿每個句子都有一個細長的手臂攜帶著過去，每個句子就好像是瓷器一般的美好。她的每個句子都能夠帶出來放在你的面前，但是也能夠在瞬間破碎成一百萬個碎片。我知道她之所以是個歷史學家，部分就是因爲她有著呵護的本性。

「好吧，我認爲我們需要一些新的傢俱。」我說著。

「你現在就需要嗎？」她問著，用半嘲笑半嚴肅的方式深深地凝視著我的雙眼。

在衆多的聰明人類中，有一個出生於德國，叫做愛因斯坦的理論物理學家，解釋他的相對論給相同人類物種中較爲愚笨的人，他告訴他們：「將你的手放在熱爐上一分鐘，這一分鐘就像是一個小時。與一個美女坐一個小時，這一個小時就像是一分鐘。」

如果看這個美女感覺起來就好像將手放在熱爐上，結果將會如何？那是什麼意思？量子力學嗎？

過了一下子，她靠過來吻我。我之前也吻過她。但是現在對我的胃來說，這種舒緩的效果卻有著恐懼的感覺。眞的，她的吻有著恐懼的症狀，但是這是一種愉悅的恐懼。一種享受的危險。

她笑了，然後告訴我一個故事。這不是她在歷史書本中讀到的故事，而是在一間醫生診所中的一本可怕雜誌中讀到的。有一對先生和太太，他們已經彼此不再相愛了，而他們在網路上都有著各自的外遇對象。就在他們遇到非法的情人時，他們才了解到他們一直以來就是彼此外遇的對象。之後他們非但沒有離婚，反而感情復合，而且比起以前更加快樂地生活在一起。

「我想告訴妳一些事情。」聽完故事後我告訴她。

「什麼事情呢？」

「我愛妳。」

「我也愛你。」

「是的，但是要愛妳是不可能的。」

「謝謝你。這完全是女孩子喜歡聽到的話。」

「妳會錯意了，我指的是，我來的地方沒有人能夠愛人。」

「什麼？雪菲爾？沒有這麼糟糕吧。」

「不是的，妳聽好。這對我來說真的很新鮮。我有點被嚇到了。」

她用雙手抱住我的頭部，就好像另一種她想保存的微妙事物。她是個人類。她知道有一天她的先生會死去，然而她仍然大膽地愛著他。那真是一件令人驚訝的事情。

我們彼此繼續接吻著。

接吻非常像吃東西一般。但是接吻不會像吃東西一樣會減少食慾，接吻會越吃越入味。接吻的食物不是物質，它沒有質量，然而這種接吻的食物似乎能夠在我的內心中轉換成一種非常美味的能量。

「我們去樓上吧。」她說著。

她暗示地說出這句話，就好像樓上不是一個地點，而是一種替代性的現實，而這種現實是來自於不同的時空組織而成的。這是我們在第六個樓梯上經由蟲洞[48]所進入的快樂領土。而且，當

[48] 蟲洞（Worm Hole）又稱愛因斯坦——羅森橋，是宇宙中可能存在連接兩個不同時空的狹窄隧道。蟲洞是 1916年由奧地利物理學家路德維希・弗萊姆首次提出的概念。

然，她絕對是正確的。

之後，我們躺在那裡好幾分鐘，然後她決定我們需要一些音樂。

「聽什麼都好，就是不要星球組曲。」我說著。

「但是那是你唯一喜歡的音樂。」

「現在已經不是了。」

所以她播放由顏尼歐・莫利柯奈[49]的〈愛的主題〉。這音樂很悲傷，但是很美。

「你記得我們何時看過《新天堂樂園》這部電影嗎？」

「我記得。」我說了謊言。

「你恨這部電影。你說這電影太多愁善感了，讓你想吐。你說這電影為了誇大又盲目崇拜而貶低了情感，並不是說你曾經想要看一些情緒化的事物。我認為，如果我敢說的話，你永遠害怕情感，所以說你不喜歡多愁善感，本身就是說你不喜歡感受情感的一種方式。」

「好吧，不用擔心，那樣的我已經死了。」我說著。

她微笑著。她似乎一點都不擔心了。

但是，當然她之前應該擔心。我們都應該擔心才對。而且幾個小時之後，我們所應該擔心的事物對我來說才變得十分地清楚。

這個侵入者

她半夜叫醒我。

「我覺得我聽到有人的聲音。」她說著。她的聲音顯示出她的喉嚨內的聲帶十分地緊繃。

「什麼意思呢？」

「安德魯，我發誓，我認爲房子裡有其他的人。」

「妳聽到的可能是格列佛的聲音。」

「不是。格列佛沒有下樓來。我一直都沒有睡著。」

我在幾乎是黑暗中等待著，然後我聽到了一些聲音。那是腳步聲。聽起來像是有人在我們的客廳中走來走去的聲音。時鐘的數字顯示出四點二十二分。

我拉回羽絨被然後走下床來。

我看著愛莎貝兒。「待在這裡。不管發生什麼事情，就待在這裡。」

「小心一點。」愛莎貝兒說著。她打開床頭燈，然後尋找通常放在桌上電話架上的電話。但是找不到。「眞奇怪。」

㊾ 顏尼歐・莫利克奈（Ennio Morricone, 1928-），義大利作曲家、指揮、配樂大師。

我離開了房間，在樓梯口等了一會兒。現在沒有聲音了。這種寧靜存在於清晨四點二十分的許多房子內。我很驚訝這裡的生活是如此地原始，竟然房子都無法自我保護。

簡而言之，我被嚇到了。

我慢慢且安靜地踮腳尖走下樓去。正常的人會將走道的燈光打開，但是我沒有。這對我沒有任何的好處，但是對愛莎貝兒是有好處的。如此她走下來不管看到誰，他們都會看到她，這樣的情況將會很危險的。此外，打開燈將會提醒侵入者我要下樓去了，這樣也很不明智，特別是他們已經警覺到我們知道他們在房子裡面了。所以我爬進了廚房，而且看到牛頓正在籃子裡呼呼大睡著，這讓我更加地覺得可疑。就我所能判別，沒有人來過廚房，或是雜物間。所以我去檢查起居室，那裡也沒有人，或者說沒有我能夠看到的人。只有書本、沙發、空的水果碗、書桌，和收音機。所以我沿著走道到了客廳裡。但是這一次，就在我打開門之前，我強烈地感覺到那裡有人。但是我的外星天賦已經沒有了，我也不知道是否我的所有感官正愚弄著我。

我打開了門。正當我在打開時，我感覺到有一股深深的恐懼閃過全身。在我成為人類之前，我從未經歷過這樣的感覺。我們摩納多星人怎麼會被嚇到呢，我們的世界裡沒有死亡，沒有失落，也沒有無法控制的痛苦啊？

再一次地，我只看到了傢俱。沙發、一堆椅子、關掉的電視機、咖啡桌。那裡沒有任何人啊。不過那時沒有人在場，但是一定有人來過。我知道有人來過，因為愛莎貝兒的筆電放在咖啡桌上。光是如此並不會令人擔心，因為昨天晚上她就將筆電放在那裡。我所擔心的是，筆電是開著的。她先前有關掉她的筆電。但是不僅如此，筆電的燈光一閃一閃。雖然電腦沒有面對著我，我還是可以看到螢幕閃閃發光。這意味著，在過去的兩分鐘內有人一直在使用著電腦。

我快速地繞過咖啡桌去看一看電腦螢幕上的一切，但是沒有任何的東西被刪除掉了。我關上了筆電然後走到樓上去。

「怎麼了？」當我滑進了床上時，愛莎貝兒問著。

「喔，沒事。我們剛才一定聽到了什麼東西。」

當我瞪著天花板時，愛莎貝兒睡著了，我希望我有個上帝可以聽聽我的禱告。

最佳時機

隔天早上格列佛帶著他的吉他走下樓來，為我們彈了一會兒。他從一個叫做涅槃的樂團裡學到了一首叫做〈所有的歉意〉的老舊樂章。他的臉上帶著強烈的專注，他把握了最佳的時機。他眞的很棒，之後我們大聲地鼓掌。

瞬間，我忘了一切的憂慮。

一位無限空間的國王

當你放棄了長生不老而且很擔心有人正在觀察你的時候，看哈姆雷特這部電影變成一件令人沮喪的事物。

當他仰望著天空時，最棒的劇情就在電影播放到一半的時候。

「你看到那邊看起來就像一隻駱駝的那片雲彩嗎？」他問著。

「就在那堆雲的旁邊，而且看起來眞的就像一隻駱駝。」這時另外一個人說著，他是個對窗簾有著戀物癖的一個人，他的名字叫做波羅尼斯[50]。

「我認爲它看起來就像隻黃鼠狼。」哈姆雷特說著。

「它的背景就像隻黃鼠狼。」

然後哈姆雷特斜眼看著，並且抓著他的頭。「或許看起來像隻鯨魚。」

然後波羅尼斯無法了解哈姆雷特超現實的幽默感，他就說著：「非常像一隻鯨魚。」

看完電影後，我們去了一家餐廳。這間餐廳的名稱叫做「帝鐸餐廳」。我點了一份叫做「潘

---

[50] 波羅尼斯（Polonius），在莎士比亞四大悲劇中的《哈姆雷特》（Hamlet）中，扮演哈姆雷特的女朋友奧菲麗亞（Ophelia）的父親，他躲在窗簾後面偷看偷聽哈姆雷特與他女兒之間的對話。

納尼拉」的麵包沙拉，裡面包有一種叫做鳳尾魚的東西。鳳尾魚是一種魚類，所以我花了最初的五分鐘小心地將這些魚取出來，然後放在盤子的旁邊，無言地對它們表示悲傷。

「你似乎很喜歡這部劇本。」愛莎貝兒說著。

我認為我應該說謊。「是的，我很喜歡。妳喜歡嗎？」

「不喜歡。劇情好可怕。我認為基本上讓電視園丁來扮演丹麥王子哈姆雷特，本身就是個錯誤。」

「是的。妳說得對。這樣很糟糕。」我說著。

她笑了。她似乎比我之前看到的她更為輕鬆。似乎比較不會擔心我和格列佛了。

「劇情裡面也有太多的死亡了。」我說著。

「你說得對。」

「妳害怕死亡嗎？」

她看起來很尷尬。「當然，我對死亡怕到死。我是一個脫離天主教的人。死亡與罪惡感。這是我所有的一切。」我發現天主教對人類來說是另一種的基督教，這些人類最喜歡的就是黃金樹葉、拉丁文，與罪惡感。

「好吧，我認為妳做得很棒。妳可以想一想妳的身體開始一種緩慢的退化過程，最終導致……」

「好了。好了。謝謝。夠多死亡了。」

「但是我認為妳喜歡考慮死亡的問題。我認為那就是為何我們要去看哈姆雷特的原因。」

「我喜歡我在演戲中的死亡。千萬不要在吃番茄大蒜義大利筆尖麵時死掉。」所以我們閒聊著，喝著紅酒，這時許多人進進出出餐廳。她告訴我有關於明年她被哄騙要去教學的模組。愛琴海的早期文明生活史。

「他們不斷地嘗試要求我去教越來越早期的歷史。想想看他們正嘗試要告訴我什麼事情。下一次我要教的科目將會是：早期文明化的梁龍歷史。」

她笑了。所以我也笑了。

「妳應該將那本小說出版才對。」我嘗試以不同的方式跟她說著。「比天空還要遼闊。寫得很好。我已經讀過妳的這本小說。」

「我不知道。那本小說有點隱私。相當私人的作品。就時間而言，那時的我活在黑暗的地方，也就是當你……算了，你知道的。我們都已經經歷過那件事情了。我現在覺得整個人脫胎換骨了。感覺起來也就好像是嫁給另外一個人的樣子。」

「我看妳應該再度開始寫小說。」

「啊，我不知道。漸漸有些想法了。」

我不想告訴她我有許多的想法要告訴她。

「我們有好幾年沒有做這種事情了，你知道嗎？」她說著。

「做什麼事情呢？」

「說話。就像這樣子。感覺起來就像是第一次的約會一樣。這種感覺很好。感覺起來好像漸漸認識你了。」

「妳說得對。」

「天啊。」她渴望地說著。

現在她喝醉了。我也喝醉了。雖然我才喝了第一杯。

「我們第一次的約會，你還記得嗎？」她繼續說著。

「當然記得。當然記得。」

「就在這裡。但是當時這是印度餐廳。餐廳的名字叫做什麼呢？泰姬瑪哈陵。因爲我對必勝客的提議印象不深，你在電話中改變了心意。劍橋這個地方那時候連披薩外送都沒有。天啊，二十年過了。你相信嗎？經由記憶談到了時間的壓縮。我非常記得這件事情。當時我遲到了。你等了一個小時。就在餐廳外的雨中等著我。我覺得很羅曼蒂克。」

她看著遠方，彷彿二十年前可以從坐在這個房間的角落中，看到歷歷在目的過去。當我凝視著她的雙眼，看到她的眼神仍然遊蕩於過去與現在的無限時空中時，夾雜著快樂與悲傷，我深深地希望自己就是她所談論的那個人。也就是那個在二十年前勇敢在雨中等待著她，而全身濕透的那個人。但是我不是那個人。而且我永遠也不是那個人。

我覺得自己就像是哈姆雷特一樣。我完全不知道該怎麼辦。

「他當時一定很愛著妳。」我說著。

她從白日夢中驚醒。突然間察覺到什麼事情。「你說什麼？」

「我」我說著，眼神凝視著慢慢融化的檸檬酒冰淇淋。「而且我仍然愛著妳。跟當時一樣地愛著妳。妳知道的，我一直用第三人稱看著我們的過去。那時間的距離感……」

她從桌子伸手過來抓住我的手。緊握著。一時間我覺得自己就是安德魯·馬丁教授。就好像一位電視中的園丁很容易地做夢自己是哈姆雷特一樣。

「你還記得我們過去常常去劍橋河上撐船的歲月嗎？」她問著。「那一次你掉到河裡去了。天啊，當時我們兩個都喝醉了。你還記得嗎？當時我們還在這裡，不久你就接到普林斯頓大學的聘書，然後我們一起去了美國。當時我們眞的十分地快樂，不是嗎？」

我點點頭，心裡有點不舒服。此外，我不想留下格列佛自己一個人在家裡。我叫服務生來結帳。

「聽著。」當我們走出餐廳時，我告訴她。「我心裡有些事情一定要讓妳知道。」

「什麼事情？」她抬起頭來看著我。當她在強風中退縮時，她緊緊地抓著我的手臂。「是什麼事情？」

我深深地呼吸著，將空氣塡滿我的肺部，嘗試在氮氣與氧氣中尋求勇氣。在我的內心中，我不斷地思索過濾我必須告訴她的訊息。

我不屬於這裡。

事實上，我甚至於不是妳的先生。

我來自於另一個星球，另外一個太陽系，來自於一個遙遠的銀河之中。

「事情就是……該怎麼說呢，事情就是……」

「我想我們應該過馬路了。」愛莎貝兒邊說著，邊拉著我的手。這時有兩個人的側影在人行道上走向我們。一個咆哮的女人和一個男人。當我們正在過馬路時，我們橫過馬路的角度讓我們可以快速地避開他們，同時也可以掩飾內心對他們的恐懼。這個角度在宇宙的任何地方來說都一樣，也就是偏離我們原先直線走過來的48度角。

當我們走到沒有任何車輛的馬路中間時，我轉過身來看到了她。柔依。她是我第一天在這個星球上，在醫院中遇到的女人。她仍然大聲地對那個碩大，充滿肌肉，而且剃光頭的男人咆哮。這個男人的臉上有著撕裂形狀的紋身。我仍然記得她對這個暴力男人愛情的告白。

「我現在告訴你，你搞錯了。你才是那個發瘋的人。不是我。但是如果你想要像個原始人類一樣到處遊蕩的話。隨你。去做啊。你這塊大狗屎。」

「妳這個自命不凡，吃老二的醜陋淫蕩婊子。」

然後她看到了我。

拋開俗世的藝術

「是你。」柔依說著。

「你認識她嗎？」愛莎貝兒小聲說著。

「我恐怕是……對，我認識她。在醫院認識的。」

「喔不會吧。」

「請你態度好一點。」我對那男人說著。

那個男人瞪著我看著。他的大光頭和其餘的身體向我走過來。

「這件事究竟跟你有什麼關係？」

「在地球上[51]。」我說著。「看到人們彼此和睦相處實在很好。」

「你他媽的說什麼東西？」

這時愛莎貝兒無懼地說著：「你最好轉身離開，不要理會我們。嚴格地說來，如果你做任何的事情，早晨你就會後悔。」

就在那時他轉向愛莎貝兒，緊握住她的臉，掐住她的兩邊臉頰，將她的美貌扭曲變形。當他

[51] 原文中on Earth的語意為「究竟」但是外星人安德魯．馬丁將此片語聽成「在地球上」。

對她說：「閉上妳媽的嘴，妳這個愛管閒事的婊子」，我真的怒火中燒。

愛莎貝兒這時雙眼浮腫，充滿恐懼。

我確信這裡一定可以用理性來解決問題，但是我已經用理性來處理這事情很久了。

「你給我們滾開。」我說著，瞬間忘記我說了些什麼話。我說的話。

他看著我然後大笑。但是隨著笑聲讓我突然間了解到一個可怕的事實：無論如何現在我的力量已經喪失了。我的外星天賦已經沒有了。不管我內心有沒有任何的意圖與目的，我都不具備任何的能力，能夠和這個巨大且身材壯碩的惡棍打架。現在我不過是一個普通的人類數學教授，這樣的人並不具備有打架的能力。

他痛毆了我。而這是一種獨特的打法。完全與格列佛打的方式不同。我寧願選擇格列佛打我的方式。我絕不會選擇這惡棍的打法。如果可以選擇不要感受到這個男人像彗星力量般的拳頭，以及拳頭上面廉價的金屬指環打在我臉上的感覺，也許我會選擇他。就好像不久之後，當我躺在地上時，他用力地踢著我的胃部，快速地將胃裡面還沒有消化完成的義大利食物，弄得亂七八糟，最後他使用像野獸般的方式，重踢我的頭部。這一踢可真的非同小可。

之後，我什麼都不知道了。

眼前一片黑暗，還有哈姆雷特。

這人曾經是妳的先生。妳再看看另外這個人[52]。

我聽到愛莎貝兒在哭泣著。我嘗試跟她說話，但是我的話傳不到她那裡去。這是兩個兄弟的肖像[53]。

我能夠聽到救護車警報器此起彼落的聲音，而且我知道這是爲我而來的救護車。

這是妳的先生，像是一枝發霉的麥穗[54]。

我在救護車中驚醒，但是只看到她在身邊。她的臉在我的上方，像個雙眼所能夠承受的太陽一般溫柔，她撫摸著我的手，就如同我第一次看到她時，她摸著我的感覺一樣。

「我愛你。」她說著。

就在那時我知道愛的眞諦爲何。

愛的眞諦就是幫助你活下去。

這樣的眞諦也意味著要遺忘意義。要停止觀看，開始好好地生活下去。這個意義也在於要緊緊地握住你關愛的人的手，而且活在現在裡面。過去與未來不過是神話。過去就是已死去的現在，而未來無論如何都是不存在的，因爲每當我們到了未來的時候，未來又變成了現在。現在才是所有一切最重要的事物。這不斷移動不斷變遷的現在。所以現在是善變的。唯有放手一切，才可捕捉到此刻的現在。

---

52 這人曾經是妳的先生。妳再看看另外這個人（This was your husband. Look you now what follows）出自於莎士比亞《哈姆雷特》的第三幕第四景。

53 這是兩個兄弟的肖像（The counterfeit presentment of two brothers）出自於《哈姆雷特》的第三幕第四景，其中哈姆雷特與其母親之間對於已故國王與新任國王這兩個兄弟之間的比較。

54 這是妳的先生，像是一枝發霉的麥穗（This is your husband, like a mildew'd ear）同樣出自於《哈姆雷特》的第三幕第四景。

所以我放手一切。

我對宇宙中的一切放手。

對一切放手，唯獨緊握著她的手。

神經適應性活動

我在醫院中醒了過來。

這是我這輩子第一次醒過來的時候感覺到身體上劇烈的疼痛。那時正當晚上的時刻。愛莎貝兒在我身邊待了很久一段時間了，他在旁邊的塑膠椅子上睡著了。但是她現在被要求先行回家。所以我獨自一個人，在全身疼痛下感受到當個人類是如此地無助。此時的我，在黑暗中一直保持清醒狀態，心中一直要求地球能夠越來越快地自轉，所以我就能夠快一點面對太陽。多麼希望夜裡的悲劇能夠成爲白天的喜劇。當然，我在其他衆多的星球上體驗過這樣的一切，但是地球擁有我所經歷過最最黑暗的夜晚。雖然不是最長的夜晚，卻是最深邃的、最孤單的，也擁有最悲劇般的美感。我隨興找來幾個質數來慰藉自己。73。131。977。1213。83719。每個質數除了本身與1之外，都與愛情一樣無法再行分割。我努力想著更高的質數。我終於了解到一個事實：甚至於我的數學技巧都拋棄了我。

他們檢查了我的肋骨、雙眼、雙耳，還有嘴巴裡面。他們也檢查了我的大腦和心臟。雖然他們認爲我的心跳每分鐘只有49下有點太慢了，不過沒有大礙。至於我的大腦，他們有點擔心內側顳葉的問題，因爲裡面似乎有著不尋常的神經適應性的活動在進行著。

「這種現象就好像是你的大腦內有些東西被拿了出來，而你的細胞正努力嘗試要過度補償，但是事實上，很清楚地，你的大腦沒有受損也沒有任何的東西被拿了出來。但是真的是十分地怪異。」

我點點頭。

當然，有東西被拿了出來，但是我也知道地球上的人類醫生是無法理解這樣的事物的。

這是很困難的檢查，但是我都做完了。我跟一般的人類一樣的安好。他們開了撲熱息痛與可待因這兩種止痛藥給我，因爲我的頭部裡面與臉上面還是相當地疼痛。

最後，我回家了。

隔天，阿里來拜訪我。我躺在床上。愛莎貝兒去工作了，而且格列佛看起來似乎真的去上學了。

「老兄，你看起來真他媽的慘啊。」

我微笑著，然後從我頭的旁邊拿起這一袋冷凍豌豆。「這真巧，因爲我也覺得真他媽的慘啊。」

「你應該去報警才對。」

「你說得對。我正在想去報警。愛莎貝兒認爲我應該去報警。但是我對警察有一點點恐懼症。你也知道的，自從之前我因爲沒有穿衣服被逮捕過。」

「你說得也對，但是你總不能讓這些精神病瘋子到處遊蕩，去傷害他們想傷害的人啊。」

「不可以。我知道。我知道。」

「聽好，夥伴，我想說的是，你太偉大了。你真是老派的紳士，這樣子保護你的太太，而且你知道嗎，你值得褒獎。這讓我太驚訝了。我沒有貶低你的意思，但是我不知道你是如此有正義感的傢伙。」

「我變了很多。我的內側顛葉有許多的改變，也許就是這些改變造成的。」

阿里看起來充滿懷疑。「好吧，不管發生了什麼事，你變成了一個充滿榮譽的男人。這對數學家來說很少見。傳統上說來，只有我們物理學家才有這樣大的勇氣。你跟愛莎貝兒的關係不要搞砸了。你知道我的意思。」

我看著阿里好長一段時間。他是個好人，我看得出來。我能夠相信他。「聽好，阿里，你知道我過去告訴你的那件事情。就在學院裡面的咖啡館。」

「當你偏頭痛時那次嗎？」

「是的。」我遲疑了一下。因為我已經斷絕關係，所以我知道我可以告訴他這一切。或是說我能夠告訴他。「我來自於另外一個星球，另外一個太陽系，在另外的一個銀河系。」

阿里大笑著。他的笑聲沒有一絲的懷疑，他的聲音裡面充滿了深沉且大聲的音量。「好吧。外星人，所以你現在想要打電話回家是吧。不知道我們跟仙女座銀河系有沒有電話連線。」

「我不是來自仙女座。離仙女座更遠。離許多許多光年。」

由於阿里笑得很大聲，因此他沒有聽到我說的話。

他假裝空虛地凝視著我。「所以你如何回家呢？太空船嗎？蟲洞嗎？」

「都不是。我並不是用你所了解的傳統方式來旅行。那是一種反物質的科技。家永遠都是離我很遠的，但是也是離我一秒鐘這麼遠。雖然現在我永遠也無法回去了。」

這種感覺很不好。像阿里這樣相信有外星生命可能性的人，當一切證據位於他的前面時，他還是無法接受這樣的想法。

「你知道嗎，我有特殊的才能，這是科技的結果。這些外星天賦。」

「繼續說啊。秀給我看啊。」阿里一邊說著，一邊控制他的笑聲。

「我不能秀給你看。我現在沒有能力了。我現在完完全全是個人類了。」

阿里發現這樣的情況特別地好笑。他現在正煩著我。他仍然是一個好人，但是好人也是會煩人的啊。我終於了解了。

「完完全全是個人類了。好吧，老兄，你被搞過吧，沒有嗎？」

我點點頭。「是的。我相信我可能被搞過。」

阿里笑了，看起來很關心我。「你聽好，你一定要按時吃藥。不要只吃止痛藥而已。所有的藥都要吃完。」

我點點頭。他認爲我瘋了。如果我自己可以接受這樣的看法，也許比較容易一些。這樣的錯覺依舊是個錯覺。如果有一天我能夠醒過來的時候，相信這一切都是個夢想該有多好。我告訴他：「聽好，我一直對你做了許多的研究。我知道你了解量子物理學。而且我知道你長期以來一直寫過有關於模擬理論的文章。你說有百分之三十的機會顯示出這一切沒有一個是眞實的。你在咖啡館裡告訴過我，你相信外星人。所以我知道你會相信我說的這件事情。」

阿里搖搖頭，但是至少他現在沒有在笑了。「不，你說錯了。我無法相信。」

「沒有關係。」我告訴他，同時也了解到如果阿里都不相信我了，愛莎貝兒也絕對不會相信我。但是格列佛。總是都會想到格列佛。總有一天我會告訴格列佛事實的。但是何時呢？如果他知道我一直在說謊，他能夠接受我爲他爸爸嗎？

我眞的騎虎難下。我必須要說謊，而且一直說謊下去。

「但是，阿里，如果我需要你的幫忙，如果我需要格列佛和愛莎貝兒待在你家裡的話，這樣可以嗎？」

他微笑說著：「沒問題的。老朋友。沒問題的。」

低峰態分佈

隔天，我帶著腫脹的瘀青，回到了學院。

即使有牛頓在家裡陪著我，家中還是有些事情困擾著我。這種現象之前從來沒有發生過，但是現在讓我感覺到特別地孤單。所以我去工作，而且我也了解到爲何工作在地球上是如此地重要。因爲工作可以讓你停止孤單。但是在我發表分佈模型的演講後，回到辦公室時，孤單的感受仍然等著我。但是我的頭還是很痛，而且我必須承認我非常想要寧靜的感受。

不久之後有人敲著我的門。我不理會。孤單的感受減去頭痛的感覺是我比較喜歡的選擇。但是就在那時，門一直敲著。而這樣的敲門方式讓我了解到，敲門的動作會一直繼續下去。所以我站了起來，走到了門邊。而且過了一下子，我才將門打開。

門口站著一個女人。

她是麥姬。

她就像朵綻放的野花。她有著紅色的捲髮和豐厚的雙唇。她搔首弄姿用手指擺弄著頭髮。她深深地吸了一口氣，似乎吸入含有神祕春藥般不同的空氣一樣，洋溢著幸福的感受。她正微笑著。

「所以……」她說著。

我等了一分鐘，等她將整個句子說完，但是她卻不發一語。從一開始到結束，只有「所以」這兩個字。「所以」意味著我不了解的意思。

「妳想要做什麼？」我問著。

她再度微笑。咬著嘴唇。「我來跟你討論鐘形曲線與低峰態分佈的相容性。」

「對的。」

她一邊將一隻手指頭從我的襯衫向下遊走到我的褲子，一邊說著：「低峰態來自於希臘文。這是由兩個希臘文組成的字，意味著從平坦一直到……腫起來。」

「哦。」

她的手指頭從我身上跳走。「所以，傑克．拉魔塔[55]。我們走吧。」

「我的名字不是傑克．拉魔塔。」

「我知道。我指的是你好像被拳擊打到的臉。」

「喔。」

「所以可以走了嗎？」

「去哪裡呢？」

「帽子與羽毛[56]。」

---

[55] 傑克．拉魔塔（Jake LaMotta）爲前世界中量級拳王，綽號爲憤怒的公牛（The Raging Bull）。

[56] 帽子與羽毛（Hat and Feathers）爲倫敦最知名且惡名昭彰的酒店。

我不知道她在說什麼。或許，說眞的，她對我來說是誰，也就是對眞正的安德魯·馬丁教授這個男人來說她是誰。

「好吧。我們走吧。」我說著。

就是在那裡。這是這一天我犯下的第一個錯誤。但是，絕對不是最後的一個錯誤。

帽子與羽毛

不久我才發現帽子與羽毛是個誤導的名字。裡面沒有帽子，當然也絕對沒有羽毛。裡面充滿一堆醉醺醺爛醉如泥的人，滿臉通紅地嘲笑自己說出來的笑話。我很快地發現這是一家典型的酒館。酒館是住在英格蘭的人類發明出來的產物，設計的理念就是爲了補償住在英格蘭這裡的人類的這個事實。我非常喜歡這個地方。

「我們找個安靜的角落。」這位年輕的麥姬跟我說著。

裡面有很多的角落，就如同所有人類所創造出來的環境一樣。住在地球的人類似乎仍然不是很了解直線與急性精神病之間的關聯性，不過這也解釋了爲何酒館裡面似乎充滿著許多有暴力攻擊性的人。在整個酒館裡面到處都有許多的直線彼此互相相遇著。在每一張桌子、在每一張椅子、在酒吧的地方，或是在「水果機器」。我問過這些機器的用處。很明顯地這些機器是專門設計來給一些人們使用，他們特別喜歡許多閃閃發光的正方形，然而他們卻十分缺乏機率理論。因爲有這麼多的角落可供選擇，我很驚訝地看到我們選擇很靠近一面連續直線的牆壁旁邊，有著橢圓形的桌子與圓形凳子上坐著。

「這地方很完美。」她說著。

「眞的嗎？」

「眞的。」

「妳說得對。」

「你要喝點什麼？」

「液態氮。」我粗心大意地回答著。

「你說的是威士忌加汽水嗎？」

「是的。任何一種都可以。」

然後我們就像老朋友般喝酒聊天，我心裡就是這樣想著的。雖然她的說話方式與愛莎貝兒的說話方式似乎相當地不同。

「你的老二到處都看得到。」她突然間說。

我四周環顧著。「是嗎？」

「在YouTube上有二十二萬筆的點擊率。」

「妳說得對。」

「雖然他們將你的老二打上馬賽克。從我第一手的經驗看來，這眞是明智之舉。」對此她笑得更大聲了。但是她的笑聲並無法減低我臉上裡裡外外的疼痛。

我轉變了心情。我問她當個人類的意義爲何。我也想問全世界的人這個問題，但是現在，她會回答我的問題。所以她告訴了我。

理想的城堡

她說做個人類就是在耶誕節的那一天當一個年輕的小孩，同時接受一棟絕對壯觀的城堡。而且盒子裡面裝有一張這棟城堡的完美照片，而且你最想要與城堡、衆多武士，和一群公主一起玩耍，因爲這樣的城堡看起來就像個完美的人類世界，但是唯一的問題就是這棟城堡還沒有蓋好。這城堡目前依舊是錯綜複雜的小小碎片，雖然有一本建造指南，但是你完全不了解。你的父母親也不了解。希維爾阿姨也不了解。所以你被迫離開這個城堡，哭著這棟沒有人能夠幫你建造的理想城堡。

別的地方

我感謝麥姫這般的解釋，然後我向她解釋，我越來越有這樣的感受時，我卻遺忘得更多。之後，我說了許多有關於愛莎貝兒的事情。這讓她十分地生氣，然後她轉移了話題。

「在此之後，我們要不要去別的地方呢？」她一邊說著一邊用手指頭摸著杯子的頂端繞圓圈。

我認出她說「別的地方」的語調，因爲這跟之前星期六愛莎貝兒說要去「樓上」這個字的時候，有著幾乎完全相同的頻率。

「我們要發生性關係嗎？」

她笑得更大聲了。我了解到，笑聲本身是一種當眞相與謊言相互撞擊時的一種迴響。人類存在於自身的錯覺之中，而笑聲就是一種解脫，也就是說，笑聲是人類彼此之間所擁有唯一可能的橋樑。愛情也是如此。但是我與麥姫之間並沒有任何的愛情存在，我希望你們能夠知道。

無論如何，結果是我們即將發生性關係。所以我們離開了，然後走了好幾條街，直到我們到了柳樹路和她的住所。順便一提的是，她住的地方是我有史以來所看過最髒亂的地方。這應該不是核子分裂所造成的直接結果。這些超級髒亂中有著書本、衣服、空酒瓶、香菸菸蒂、放了很久的吐司麵包，和一些尙未打開的信封。

我發現她的全名叫做瑪格麗特・羅威爾。我並不是地球姓名的專家，但是我仍然覺得這樣的名字瘋狂地不恰當。她應該叫做拉那鐘曲線[57]，或是艾希理腦性[58]等等的名字才對。無論如何，我從來都沒有叫過她瑪格麗特，除了我電腦寬頻供應商把我當作是瑪格麗特。

對我來說她就是麥姬。

然後事實顯示，麥姬是一種非傳統的人類。比如說，當我問她的宗教時，她的回答是畢達哥拉斯主義。如果你屬於一個只離開過自己的星球去拜訪月球這樣一個種族時，她說她「到處去旅行」，這是最最荒謬的回答。而且事實顯示，麥姬並未到過月球。她說她到處去旅行，指的是她之前在西班牙、坦尚尼亞，和南美洲許多的地方教過四年的英文。後來她回來學習數學。以人類的標準上看來，她似乎沒有一些身體上的羞愧感，她之前跳著大腿舞來支付她大學的學費。

她想要在地板上性交，這樣的方式非常地不舒服。當我們彼此寬衣解帶，我們接吻。但是她的吻並不會將我們彼此的距離拉近，完全不像愛莎貝兒所精通的那種吻。這是一種跟自己有關的吻、爲吻而吻的吻、戲劇性的吻、快速的吻，而且假裝很激烈的吻。而且吻起來也很痛。我的臉仍然很柔嫩，而且麥姬這般的狂吻似乎真的無法讓我的疼痛稍加舒緩。這時我們都是沒穿衣服的，或是說該不穿衣服的地方都沒有穿衣服，這時我開始覺得有種怪異的感覺，感覺起來我們的行爲就像是在打架作戰一般，而不像任何其他的事物。我仔細看著她的臉、她的脖子，和她的雙

57 原文爲Lana Bellcurve（鐘曲線），表示她的身材姣好。

58 原文爲Ashley Brainsex（腦性），表示她的大腦中充滿著性交。

乳，這讓我想到人類身體基本上是非常的奇怪。跟愛莎貝兒在一起的時候，我從來沒有感覺到我和一個外星人在一起睡覺，但是跟麥姬在一起時，這樣的怪異感受幾乎達到恐怖的邊界。有時候，有著相當多的生理快樂，但是那是一種局部的，而且是解剖學上的快樂。我聞著她的皮膚，喜歡這樣的氣味，這是一種融合著椰子味道的乳液與細菌的氣味，但是我的內心卻感覺到可怕，可怕的原因遠遠超過我頭上的疼痛。

幾乎就在我們開始性交時，我的胃裡面有著一種強烈的嘔吐感，感覺起來就好像高度瞬間改變時的感受。我停了下來，離開了她。

「怎麼了？」她問著我。

「我不知道。但是就是有些怪怪的。感覺起來有些問題。我覺得我現在不想有任何的高潮。」

「你不覺得良心發現得有點太晚了嗎？」

我眞的不知道發生了什麼事情。畢竟，這不過是性罷了。

我穿好衣服，發現手機上有四通沒有接到的電話。

「再見，麥姬。」

她笑著說：「將我的愛給你老婆。」

我不覺得有什麼好笑，但是我決定在走到室外前表現出有禮貌，所以我也笑了。室外夜晚的空氣很涼爽，感覺起來比起之前我所注意到的氣味，夾雜著更多的二氧化碳。

沒有邏輯的地方

「你回家有點晚了。」愛莎貝兒說著。「我擔心了好久。我以爲那個男人可能跟蹤在你後面。」

「什麼男人？」

「就是那個打爛你的臉的畜牲。」

這時她在家裡的客廳裡面，家中的牆上擺滿了有關於歷史與數學的書籍。大部分還是數學的書本居多。當她將很多的筆放入筆筒時，她用刻薄的雙眼盯著我看，然後不久眼神稍微軟化了一些。「你今天過得如何？」

「喔。」我放下背包說著。「今天還不錯。我教書而且遇到了一些學生。我還跟那個人做愛。她是我的學生。她叫做麥姬。」

很好笑的是，我感覺到我說的這些話讓我墜入了一個危險的山谷之中，但是我仍然繼續說著。同時，以人類的標準來看，愛莎貝兒沒有時間來處理這個訊息。我胃中的嘔吐感依舊存在著。如果有什麼不同的話，就是嘔吐的感覺更嚴重了。

「那並不好笑。」

「我並沒有要讓妳覺得好笑。」

她對我研究了一下子。然後將一支鋼筆丟在地上。鋼筆蓋掉了。墨水噴得到處都是。「你在說些什麼？」

我重新講了一次。似乎她最感到興趣的是我說的後半部分，也就是我和麥姫做愛的那個部分。事實上，她是如此地感到興趣，以至於她開始哽咽，然後將筆筒朝我的頭丟了過來。然後她繼續哭著。

「妳爲什麼在哭？」我說著，但是我慢慢地開始了解原因。我靠近了她。就在那時她開始向我攻擊。她的雙手以人類解剖學上最快的速度移動著。她的指甲抓傷了我的臉，增加了更多的新鮮傷口。然後她站在那裡看著我，就好像她也受傷一樣。看不到的傷口。

「愛莎貝兒，我很抱歉，妳必須了解我不知道哪裡做錯了。這對我來說很新奇。妳不知道這對我來說是多麼地奇特。我知道愛上另一個女人在道德上是錯誤的，但是我並不愛她。那只不過是快樂罷了。就像吃花生奶油三明治一樣的快樂。妳並不了解這個系統中的複雜與假仁假義……」

她停了下來。她的呼吸慢了下來，卻呼吸得越來越深。她的第一個問題也就是她唯一的一個問題。「她是誰？」然後：「她是誰？」不久之後：「她是誰？」

我不想說了。我了解到，跟一個你心愛的人類說話是如此充滿了潛在的危險，以至於人類竟然麻煩自己去說話惹麻煩，這眞是個奇蹟。我原本能夠說謊的。我原本能夠收回我所說的話。但是我了解到，雖然說謊可以讓一個人深深地愛著你，但是這不是我的愛所要求的一切。我的愛要求的是眞相。

所以我用我所能夠找到最簡單的文字對她說：「我不知道。但是我不愛她。我愛妳。我不了解這有什麼好大驚小怪的。當事情發生時，我也知道一些情況。我的胃會告訴我的。這跟我吃花生奶油時胃的感受完全不同。然後我就停止了。」我唯一遇到過有關於不忠貞這件事，就是在柯夢波丹雜誌中看過，但是雜誌中並沒有解釋清楚。雜誌中說要看情況來決定，而對我來說要了解這樣奇特的觀念有些困難。這就好像要讓人類了解何謂跨細胞治療一樣地困難。「我很抱歉。」

她不願意聽。她說著自己的看法。「我太不了解你了。我不知道你是誰。眞的不知道。如果你眞的這樣做，你對我來說就像是個外星人一樣……」

「我像外星人嗎？愛莎貝兒，妳說對了。我是個外星人。我不屬於這裡。我之前從來沒有戀愛過。這一切對我來說都是新奇的。我對這種事情是業餘的初學者。妳聽好，我過去曾經是長生不老不會死的人，我也不會感覺到疼痛，但是我放棄了這一切……」

她根本沒有在聽我說話。她就好像是銀河系般地遙遠。

「我所知道的就是，我沒有任何疑問知道的就是，我要離婚。我眞的要離婚。這就是我所要的一切。你毀了我們。你再一次毀了格列佛。」

這時牛頓出現在我們的面前，搖著尾巴嘗試要緩和我們的情緒。

愛莎貝兒不理睬牛頓，開始離我走開。我應該讓她離開才對，但是奇怪的是，我緊緊地握著她的手腕。

「不要走。」我說著。

然後事情就發生了。她的手臂兇猛而有力地揮向我，她緊握著拳頭的手就像一顆流星加速朝我臉上的行星撞擊。這次並不是一個耳光或是抓傷，而是重重的一巴掌。難道愛情的結局就是如此嗎？在傷口上撒鹽再撒鹽再撒鹽嗎？

「我現在要離家出去了。當我回來時，我希望你滾。知道嗎？滾。我要你離開，離開我們的生活。一切都結束了。所有的一切。一切都結束了。我之前覺得你變了。我誠實地覺得你變成另外的一個人了。而我竟然又再度讓你進來這個家。我真他媽的是個白癡！」

我的手仍然放在臉上。實在是很痛。我聽到她的腳步聲離我而去。打開了門。關上了門。我再度孤單地跟牛頓在一起。

「我現在真的惹麻煩了。」我說著。

牠似乎同意我的看法，但是我現在已經無法了解牠了。我倒不如是一個能夠了解任何狗的人類。但是當牠朝著客廳的方向和遠方的馬路吠著時，牠似乎並不悲傷。感覺起來似乎比較不像哀悼，反而比較像是警告。我走過去朝著客廳的窗戶向外看著。什麼都沒有看到。我再次撫摸著牛頓，給牠一個沒有意義的道歉，然後離開房子。

第三部

受傷的鹿跳得最高

唯有藉著了解相對立的事物，人能夠達成他的欲望，這樣的現象是屬於人類一切的完美。

——齊克果，《恐怖與顫抖》

與溫斯頓・邱吉爾的相遇

我走到最近的一家商店，店名叫做樂購地鐵，燈火通明的店內卻感到有些冷淡。我買了一瓶澳大利亞葡萄酒。

我繞著圓圈邊走邊喝著酒，同時也唱著一首〈唯有上帝知道〉的歌曲。四周很安靜。我坐在一棵樹下將整瓶酒喝完。

我又走過去買了另外一瓶。我坐在公園的長椅上，旁邊坐著一個留著大鬍子的傢伙。他是我之前看過的一個人。也就是在我來此處的第一天看到的那個人。也就是稱我爲基督的那個人。他依舊穿著同一件骯髒的長雨衣，而且還有著相同的氣味。這一次我覺得很有趣。我坐在那裡一陣子，弄清楚他身上所有的氣味：酒精、汗臭、菸草、尿液，與感染。這是一種很獨特的人類氣味，以其本身悲傷的方式看來，卻是相當地帶勁。

「我不知道爲何許多人不會做這樣的事情。」我說著，嘗試找話題與他交談。

「做什麼事情？」

「你知道的，將自己灌醉。然後坐在公園的長椅上。這似乎是解決問題的好方法。」

「老兄，你在笑我嗎？」

「沒有，我喜歡將自己灌醉。很明顯地，你也喜歡，否則你不會也灌醉自己。」

當然，我這樣說有些不誠實。人類總是做一些他們不喜歡做的事情。事實上，經過我特別的估算後，大概不到百分之零點三的人類會積極地去做他們喜歡做的事情。而且甚至當他們做過之後，他們也會有著強烈的罪惡感，然後熱切地自我承諾，馬上回去做一些相當恐怖且不愉快的事情。

這時有一個藍色的塑膠袋隨風飄過。這位大鬍子的男子拿了一根香菸。他的手指頭不斷地顫抖著。這是神經損壞的病症。

「你在愛情與生命中沒有做出選擇。」他說著。

「沒有。眞的就是如此。即使當你覺得有許多的選擇時，事實上並非如此。但是我認爲人類仍然同意自由意志的錯覺。」

「我並非如此，長官。」然後他開始以相當低的男中音頻率喃喃地唱著歌曲：「當她離我而去，陽光隨之而去。」

「你叫什麼名字？」

「我叫安德魯，差不多就是這個名字。」我說著。

「你心中有什麼困惱？你被人毆打嗎？你的臉看起來像一坨屎。」

「是的，在很多方面就是如此。我有個人愛著我，而這是最寶貴的事情，那個愛情，讓我有了家庭，讓我有了歸屬感。然而，我卻搞砸了。」

他點了香菸，而這根香菸就像麻木的天線般從他的臉上掉了下去。他說著：「十年前我與我太太結了婚。然後我沒有了工作，而就在同一個星期內她離開了我。那時我開始酗酒，而我的腳也開始出了問題。」

他拉起他的長褲。他的左腿浮腫發紫。還有紫羅蘭的顏色。我覺得他認爲我會感到很噁心。

「這是深靜脈栓塞。非常疼痛。眞他媽的疼痛。最近這些日子差一點要了我的命。」

他遞給我這根菸。我吸了一口。我知道我並不喜歡抽菸，但是還是吸了一口。

「你叫什麼名字？」我問他。

他笑著。「溫斯頓・該死・邱吉爾。」

「哦，跟大戰時期的首相同名。」我看著他閉上了雙眼，然後吸著他的香菸。「人們爲何要抽菸呢？」

「不知道。你去問別人好了。」

「是的。請問你如何處理愛上了恨你的人？愛上了不想再見到你的人。」

「誰知道。」

他退縮了一下，表情十分地痛苦。第一天我就注意到了他的疼痛。我想幫助他。我喝多了酒，相信自己能夠幫助他，或許我忘了我已經沒有能力去幫助他了。

當他要將褲管拉下時，由於看到他的疼痛，我要他等一下。我將一隻手放在他的腿上。

「你在幹什麼？」

「不要緊張。這個過程很簡單。這是一種生物移轉設置。過程包含逆轉細胞凋亡。我會在分子的程度上恢復和重新創造死亡與病態的細胞。對你來說，這就像魔術一般，但是事實並非如此。」

我的手停留在他的腿上，但是完全沒有任何變化。一點都沒有變化，一點也不像魔術。

「你是誰？」

「我是個外星人。在兩個銀河系中我是個沒有用的失敗人物。」

「好吧，可否請你該死的手離開我的腿？」

我將手拿開。「眞的很抱歉，我還以爲仍然有能力可以治療你的腿。」

「我知道你。」他說著。

「你說什麼？」

「我以前看過你。」

「是的，我知道。我第一天來劍橋時我從你身邊走過。你可能還記得，我那天沒有穿衣服。」

他向後退，斜眼轉頭看著我。「不對不對。不是這樣的。我今天看過你。」

「我不認爲你看過我。我很確定我眞的認出你。」

「不對。我確定今天看過你。我對臉過目不忘。」

「我旁邊有人嗎？一位年輕的女人嗎？紅頭髮嗎？」

他考慮了一下。「沒有。只有你一個人。」

「我當時在哪裡？」

「我想一下，你一直都在新市路上。」

「新市路？」我知道那條街的名字，因爲阿里住在那裡，但是我從來沒有去過那裡。今天沒有。過去也沒有。當然，安德魯．馬丁，也就是原來的安德魯．馬丁，很有可能去過那裡許多次了。是的，一定是如此。他弄混了。「我想你搞混了。」

他搖搖頭。「那個人是你沒有錯。今天早上。也許是接近中午。我沒有說任何的謊言。」

講完後，這個人站了起來，蹣跚地慢慢地離開了我，留下香菸的氣味與潑出的酒精味。

一朵雲彩通過太陽。我仰望著天空。我的內心泛起黑色的陰影。我站了起來。從口袋拿出電話撥給阿里。最後終於有人接起了電話。是個女人。她的呼吸沉重地吸著流下的鼻涕，努力地將雜音變成連貫的話。

「你好，我是安德魯。不知道阿里在不在家？」

然後傳來的是一連串痛苦的話：「他死了，他死了，他死了。」

替代品

我跑走了。

我留下了酒瓶用我最快的速度跑過公園，一路沿著街道，橫過主要幹道，幾乎不顧交通狀況跑著。這樣跑起來實在是很痛。我的膝蓋、臀部、心臟，與肺臟全部都感受到疼痛的感覺。我也感覺到身上所有的器官總有一天都會衰敗而亡。不知道爲什麼我臉上也遭受到各式各樣逐漸加劇的疼痛。但是最主要的是我的內心動盪不安。

一切都是我的錯。這跟黎曼假說一點關係也沒有，問題就在於我告訴了阿里一切的事實，一切有關於我從何而來的事實。就算他當時不相信我的話，但是那不是重點。我當時不顧紫羅蘭色澤的劇痛警告，告訴了他一切的事情。他們也已經與我斷絕了關係。但是他們一定還在監聽監看著我，這也意味著他們現在可能也聽得到我說的一切。

「停止這一切。不要傷害愛莎貝兒與格列佛。他們什麼都不知道。」

直到今天早上我才回到這個長期以來與我一起生活著，而我也逐漸愛上的他們的這個家。我嘎扎嘎扎地走在鋪滿碎石的車道上。車子不在。我從客廳的窗戶往裡面看著，但是沒有任何人的蹤跡。我沒有帶鑰匙，所以按了門鈴。

我站著等待著，心中想著該如何處理這件事情。過了一下子，大門開了，但是我還是沒有看到任何一個人。不管是誰開的門，很清楚地他都不想被人看到。

我走進屋內，走過了廚房，牛頓在牠的籃子裡熟睡著。我走向牠，輕輕地搖著牠。「牛頓！牛頓！」但是牠依舊熟睡著，深深地呼吸著，很神祕地叫不醒。

「我在這裡。」這時客廳傳來一個聲音。

所以我隨著這個聲音，這個熟悉的聲音，一路走到了客廳，看到一個翹著二郎腿的人正坐在紫色的沙發上面。我立刻覺得他很熟悉，事實上他再熟悉也不過了，然而看到了他，我嚇了一大跳。

因爲我看到的正是我自己本人。

他的衣服是不同的，他穿著牛仔褲而不是燈芯絨，短袖汗衫而不是襯衫，訓練鞋而不是膠鞋。但是他眞的跟安德魯．馬丁長得一模一樣。牛棕色的頭髮自然旁分著，那雙疲憊的雙眼，那張相同的臉，唯一欠缺的是臉上的瘀青。

「同牌。」他笑著說著。「他們在這裡不都是這樣說的嗎？你知道的，人類在打牌的時候，他們擁有相同的牌時，都會說同牌。我們兩個是雙胞胎。」

「你是誰？」

他皺著眉頭，就好像我問了一個不該問的問題一樣。「我是你的替代品。」

「我的替代品？」

「我說的就是如此。我來此完成你尚未完成的事物。」

我的內心狂奔著。「你什麼意思？」

「摧毀一切的資訊。」

有時恐懼與憤怒是相同的一件事物。「你殺了阿里。」

「沒錯。」

「爲什麼？他根本不知道黎曼假說已經被證實了。」

「不對。我知道的指導比你來得還要多還要廣。他們告訴我要摧毀任何你告知你的來源的人類。」講到來源這個詞彙時，他考慮了一下子。

「所以他們還一直監聽著我？他們說我們已經斷絕關係了。」

他指著我的左手，很明顯地我左手的科技依然存在。「他們取消了你的能力，但是他們並沒有取消他們的能力。他們有時會監聽。他們會檢測一切。」

我凝視著我的手。突然間它看起來像個敵人一樣。

「你來這裡多久了？我指的是地球。」

「不算很久。」

「幾天前有人在晚上闖入這間房子。他們還在愛莎貝兒的電腦存取了一些資料。」

「那個人就是我。」

「所以你爲何延誤你的任務。你爲何不在當天晚上就完成你的任務呢？」

「因爲你在這裡。我不想傷害你。沒有任何摩納多人會殺害另一個摩納多人。不會直接殺害。」

「好吧，我現在已經不是一個摩納多人了。我是個人類。矛盾的是我離家好幾光年遠，而這裡感覺起來就像我的家一樣。這是種奇怪的感覺。所以，最近你都在做什麼事情呢？你一直住在哪裡呢？」

他遲疑了一下子，硬吞了許多的話。「我一直跟一個女人住在一起。」

「一個人類女人？一位女人？」

「是的。」

「在哪裡？」

「在劍橋外的一個村莊。他不知道我的名字。她認爲我叫強納森·羅柏。我說服她我們已經結婚了。」

我大笑著，而笑聲似乎讓他嚇了一跳。「你爲何大笑？」

「我不知道。我已經有了幽默感了。當我喪失了我們星球的天賦時，幽默感油然在我身上產生了。」

「我會將他們全部殺死，你知道嗎？」

「不，實質上說來，我不知道。我之前告訴我們的主人們，這不是重點。這是我對他們說過的最後一句話。他們似乎了解了我。」

「我也被告知要如此進行任務，而那就是我即將要做的事情。」

「但是難道你不知道這不是重點，這樣做沒有眞正的理由嗎？」

他嘆了一口氣然後搖一搖頭。「不，我不認爲如此。」他用比我更深沉而且有些更厚鈍的聲音說著。「我看不出來有任何的區別。我已經和一個人類相處了好幾天了，但是我看到的是人類這個物種本身遺傳的暴力與表裡不一。」

「你說得對，但是他們還是有善良的一面。許多的善良面。」

「不，我沒有看到。他們在電視前面坐著看許多死亡的人類屍體，完全沒有任何的感覺。」

「這跟我最初的看法一樣，但是——」

「他們一天可以開三十英里的車，然後覺得能夠回收兩三個果醬瓶子就覺得心滿意足。他們談論和平的好，卻又歌頌戰爭。他們輕視在憤怒中殺死老婆的男人，但是卻又崇拜丟下炸彈炸死一百個小孩且又感受漠然的軍人。」

「是的，這裡的邏輯有些問題，我同意你的看法，然而我真的相信——」

他沒有在聽我說話。他站了起來，一邊在房間內踱步，一邊發表他的言論，並用堅定的眼神看著我。「雖然他們與其他的人類看法完全不同，他們總是以為上帝是站在他們身邊的。生物學上看來，他們完全無法接受什麼是他們生命中兩個最重大的事件：生殖與死亡。他們假裝知道金錢無法買到快樂，然而他們卻無時無刻選擇金錢。有機會他們就讚頌平凡的好處，卻喜歡看到他人的不幸。人類在地球已經住了超過十萬個世代了，然而卻不知道他們是誰或是如何真正活著。事實上，他們現在所知道的一切，比不上過去所知道的一切。」

「你說得對，但是難道你不認為在這些矛盾中有著一些的美感與一些的神秘嗎？」

「不、不、我不這樣認為。我的想法是，他們暴力的意志已經幫助他們控制了這個世界了，說好聽一點是將世界文明化了，但是現在他們也無處可去了，所以人類的世界已經自我孤立了。這是一個啃食自己雙手的怪獸。然而他們卻沒有看到這隻怪獸，否則如果當他們看到時，他們也不會了解到他們正處於怪獸的體內，他們根本就是這畜牲的分子結構。」

我看著這些書架。「你有讀過人類的詩嗎？人類了解這些弱點。」

他還是沒有聽我在說些什麼。

「他們已經迷失了自我，但是他們的野心不減。不要以爲如果他們有機會離開此地，他們將不會離開。他們已經開始了解到生命就在遠處的地方，也了解到我們或是像我們一樣的生物就在遠處的地方，而且他們絕對不會就此停止。他們希望探險，而且當他們的數學理解能力不斷地增進時，他們最後將有能力做到這一切。他們最終將會發現我們，而當他們發現我們時，他們不會想當我們的朋友，即使他們有想到，就如同他們長期以來的想法一樣，他們也覺得他們所做的一切都是百分百的善意。他們將會找到一個理由來摧毀或是征服其他的生命型態。」

有一個穿著學校制服的女孩走過這房子。不久格列佛就要回到家了。

「但是殺死這些人和阻止進步沒有任何的關聯啊。我跟你保證。沒有任何的關聯。」

他停止在房間裡踱步然後走向我，依靠在我的臉上。「關聯？我會告訴你什麼叫做關聯……一位在瑞士伯爾尼專利辦公室工作的業餘德國物理學家，他提出了一個理論，這個理論在五十年後將導致整個日本的都市被摧毀，而且大部分的人口也將毀於一旦。丈夫、妻子、兒子，與女兒命運相同。他不希望有任何的關聯性存在，但是卻無法阻止這種關聯的形成。」

「你說著一些相當不同的事情。」

「沒有。沒有。我沒有。在這個星球上，白日夢都會導致死亡，數學家會造成大毀滅。這是我對於人類的看法。跟你的有所不同嗎？」

「人類不斷地從過去錯誤的道路上學習教訓。他們彼此相互地呵護，遠遠超出你的想像。」我說著。

「不。我知道當另外一個當事人與他相似時，或是住在同一個屋頂下時，他們會彼此呵護著。但是當他們有所不同時，他們彼此的同理心也就漸行漸遠了。他們發現彼此要失和吵架是荒謬般地容易。想想如果他們有能力的話，他們會如何對待我們。」

當然我也想過這樣的事情，而且也害怕這樣的答案。我變得很衰弱，感覺疲憊且十分困惑。

「但是我們被派來此地殺死他們。我們有比較高尚嗎？」

「我們依照邏輯行事，依照理性的思考行事。我們來此保護，甚至於是保護人類。你想一想就知道。進步對他們來說是一件非常危險的事情。雖然這個女人能夠被救，但是這個男孩子必須被殺死。這個男孩知道太多了。是你自己告訴我們的。」

「你犯了一個小小的錯誤。」

「我犯了什麼錯誤？」

「你不可以在沒有殺死媽媽的情況下，殺死媽媽她的孩子。」

「你在說謎語。你越來越像他們了。」

我看著時鐘。四點半了。格列佛隨時會回家來。我思索著該怎麼辦。或許這另外一個的我，這個「強納森」是對的。然而也沒有什麼真正的或許。他是對的：人類無法好好地控制進步，而且他們也不善於了解他們在世界上的地位為何。最終，他們對自己與他人來說都是巨大的危險。

所以我點點頭，走過去坐在紫色的沙發上。我覺得現在很清醒，完全意識到我的疼痛。

「你說得對。你說得對。而且我想幫助你。」我對他說著。

一場遊戲

「我知道你是對的。」我直接看著他的雙眼，第十七次告訴他這句話。「但是這些日子以來我一直很虛弱。我現在跟你坦白。我實在是沒有任何的能力再去傷害任何的人類了，特別是那些與我一起生活的人。但是你告訴我的一切提醒了我當初來此地的目的爲何。我現在不能完成那個目的，而且也沒有任何的外星天賦幫助我完成。但是相同地，我知道這必須完成，所以在某個方面上我也十分感謝你能夠來此地。我一直非常地愚蠢。我嘗試了很久但是還是失敗了。」

強納森往沙發後方坐著，然後打量著我。他凝視著我臉上的瘀青，然後聞一聞我們之間的空氣氣味。「你酗酒一段時間了。」

「是的。我最近一直很腐敗。我發現當你像人類一樣地生活著，要養成一些壞習慣是相當容易的。我一直在喝酒。一直有著性關係。一直抽著香菸。一直吃著花生奶油三明治。一直聽著他們簡單的音樂。我感覺到許多他們所感受到的粗野樂趣，還有身體與情緒上的痛楚。但是雖然我的腐敗，我並沒有改變許多，我清晰的理性自我也沒有改變許多，因此我還知道該做些什麼事情。」

他看著我。他相信我。因爲我所說的每件事情都是眞實的。「聽到你的話我很安慰。」

我沒有浪費任何一刻的時間。「現在你聽我說。格列佛很快就回家了。他不是坐車或是騎腳踏車。他用走路的。他喜歡走路。我們將會聽到他在碎石頭路上的腳步聲，然後我們會聽到他開門的鑰匙聲。正常情況下，他會先走進廚房內拿一杯飲料喝，或是吃一碗穀物麥片。通常他一天內可以吃下三碗。無論如何，這跟我要說的無關緊要。重要的是他最有可能的是先走進廚房。」

強納森非常仔細地聽著我說的一切。很奇怪也很可怕的是，我爲什麼要告訴他這麼多的事情，但是我眞的想不出其他的方法了。

「你想先下手爲強，因爲他媽媽也很快就回家了。此外，他看到你可能會很驚訝。你知道嗎，因爲我對他媽媽不忠實，所以他媽媽把我趕出家門。換個角度來說，我不是那種很忠實的人。考慮到人類沒有閱讀心靈的科技，人類相信一夫一妻是可能的。另外需要考慮的是，以往格列佛非常獨立地過著自己想過的生活。所以，我建議不管你打算如何殺他，比較好的做法是讓一切看起來就像是一樁自殺案件。也許在他的心臟停止跳動後，你就能夠將他的手腕切片，同時將他的靜脈切斷。這種方式比較不會引起別人的懷疑。」我說著。

強納森點點頭，然後看看房間的四周。他看著電視、許多的歷史課本、扶手椅、牆上加框的藝術打印，還有電話架上的電話。

「就算你不在房間內，將電視打開會比較好一些。因爲我總是看著新聞，從不將電視機關上。」我告訴他。

他打開了電視機。

我們完全不發一語坐著看中東的戰爭新聞報導，但是他聽到了我所聽不到的聲音，他五官的靈敏度比我好太多了。

「碎石頭上的腳步聲。」他說著。

「他回來了。快去廚房。我會躲起來的。」我說著。

90.2兆赫

我在起居室等待著。大門關了起來。格列佛沒有理由會來這裡。不像客廳，他幾乎不會進入這個房間。我不認爲我曾經聽過他進來過。

所以當前門打開又關上時，我就安安靜靜地待在那裡。他在門廳裡沒有移動。沒有任何的腳步聲。

「你好嗎？」

然後有了反應。這是我的聲音但是也不是我的聲音，這時從廚房傳了過來。「你好，格列佛。」

「你在這裡幹什麼？媽媽說你已經離開了。她打電話告訴我你們吵架了。」

我聽到他——我，安德魯．強納森——一板一眼地回答他的問題。「你說得對，我們吵架了。不要擔心。不是很嚴重。」

「哦，眞的嗎？從媽媽的口氣聽起來似乎很嚴重才對。」格列佛停頓了一下子。「你穿的是誰的衣服呢？」

「哦，這些衣服，這些是我自己都不知道我有的舊衣服。」

「我從來沒看過這些衣服。而且你的臉怎麼已經完全復原了。你看起來完全變得更好了。」

「瞧你又來逗老爸開心了。」

「無論如何你說對了。我要上樓去了。等一下我會下來吃點東西。」

「不。不。你待在這裡就好了。」他開始使用改造心靈的法術。他說的話就像能夠將意識想法帶走的牧羊人一樣。「你就待在這裡，然後你去拿一把刀，一把很尖的刀，也就是這個廚房裡最尖的一把刀——」

我察覺到事情不太對勁，所以我立刻做出之前想好的計畫。我走向書櫃拿起有發條裝置的收音機，將發條三百六十度地迴轉，按下有綠色圓圈的按鈕。

收音機響了。

整個收音機的顯示器發出亮光顯示出90.2兆赫的頻率。

當我把收音機帶到門廳時，在音量全開的狀況下古典音樂大聲地奏鳴著。除非是我聽錯，這是德布西的古典樂。

「你現在將那一把刀用力壓在你的手腕上，再用力將所有的靜脈割斷。」

「那是什麼噪音呢？」格列佛問著，這時他的大腦開始清醒。我仍然不能看到他。我仍然在走到廚房的半途上。

「照我的方法去做。結束你的生命。格列佛。」

我進入了廚房看到我的分身背對著我，這時他將一隻手放在格列佛的頭上。那把刀掉在地上。整個過程看起來就像一場怪異的人類受洗儀式。我知道從他的觀點上看來，他所做的一切是對的，是有邏輯的，但是觀點是件有趣的事情。

格列佛摔倒在地上，而整個身體不斷的抽筋痙攣。我將收音機放在廚房用具上。廚房裡也有收音機，我也將電源打開來。另外一個房間裡的電視機還開著，跟我的期望一樣。古典音樂、新聞報導，和搖滾音樂所傳來的吵雜雜音充斥整個空氣中，這時我走到強納森旁邊將他的手臂拉開，不讓他碰到格列佛。

他轉過身來用手緊抓我的喉嚨，將我推到冰箱旁邊壓著。

「你犯了一個很大的錯誤。」他說著。

格列佛的抽筋痙攣停了下來，這時他向四周環顧，感到十分的困惑。他看到兩個長得一模一樣的男人，兩個都像他的父親，彼此用相同的力氣相互掐著對方的脖子。

我知道了，不管發生什麼事情，我都必須將強納森困在廚房裡。如果他待在廚房裡，兩台收音機和另一房間的電視機同時大聲播放著節目，我們將能達成勢均力敵的局面。

「格列佛，格列佛，將那把刀給我。任何的刀都可以。那把刀好了。給我那把刀。」我說著。

「老爸？你是我老爸嗎？」

「是的，我是。現在把刀給我。」

「不要理他，格列佛。」強納森說著。「他不是你爸爸。我才是。他是冒名頂替的騙子。他不是外表看起來那樣子的人。他是個怪獸。一個外星人。我們必須摧毀他。」

當我們繼續彼此相互困在無用的戰鬥姿勢下，彼此的力量相互的牽制，我看到格列佛的雙眼充滿著疑惑。

他看著我。

該是說實話的時機到了。

「我不是你的爸爸。他也不是。你的爸爸已經死了。格列佛。他死於四月十七日星期六。他被帶走……」我想到一個他能夠聽得懂的方法告訴他。「他被我們的工作人員帶走了。他們從他的身上得到了一些資訊，然後殺了他。然後他們派我來此地替代他的身分來殺了你。然後殺了你的媽媽。然後再殺了任何知道你爸爸完成研究的人。但是我下不了手。我下不了手，因爲我開始，我開始覺得有一些不可能的事情正在發生著……我同情你的遭遇。開始漸漸喜歡你。擔心你。也愛上了你們兩個人。然後我放棄了一切……我已經沒有能力也沒有力量了。」

「兒子，不要聽他胡說八道。」強納森說著。然後突然間他了解了一切。「關掉收音機。你聽我說。現在關掉收音機。」

我用乞求的眼神看著格列佛。「不管你做什麼事，就是不能關掉它們。這些訊號會干擾他們的科技。科技在他的左手。他的左手。一切操控在他的左手……」

格列佛爬了起來。看起來有點癡呆。從他的臉上我看不出來他在想什麼事情。

我仔細地思考。

「樹葉！格列佛，你是對的，樹葉，你記得嗎，樹葉！你想看看——」我大叫著。

就在那時，另外一個我用他的頭快速且殘忍地用力猛擊碎了我的鼻子。我的頭彈回去撞到冰箱的門。所有事情從我腦中消逝。所有顏色不見了。收音機的噪音和遠方的新聞報導，都隨著暈眩而不見了。就像四處紛飛的音頻湯汁一般無影無蹤。

一切都結束了。

「格列——」

另外一個我關掉了一台收音機。德布西的音樂消失了。但是就在音樂消失的同時，我聽到一聲尖叫。聽起來像是格列佛的叫聲。眞的是他的聲音，但是並不是痛苦的尖叫聲，而是一種下定決心的叫聲。是一種原始的憤怒吼叫聲。而這聲音給了他許多他所需要的勇氣，讓他能夠將那把原先要讓他自己割腕的刀，直接刺入了那個長得跟他爸爸一模一樣的男人的背部。

而且這把刀刺得很深。

因爲那吼叫聲與現場的場景，整個房間瞬間成爲焦點。而就在強納森的手指頭伸向第二台收音機時，我站了起來，向後方用力猛拉著他的頭髮。我看到了他的臉。他的痛苦唯有在人類的臉上才能夠清楚地呈現出來。他的雙眼充滿驚嚇與乞求。他的嘴巴似乎漸漸地融化了。

融化了。融化了。融化了。

罪大惡極

我不再看他的臉。當外星科技仍然留在他的體內時，他是不會死的。我將他拖到愛家（Aga）烤箱廚具的旁邊。

「將它舉起來。」我命令格列佛。「將蓋子舉起來。」

「什麼蓋子？」

「熱板的蓋子。」

他照我的話去做。他舉起圓形的不鏽鋼蓋子，然後放在後面。當他做這個動作時，眼神中毫無任何的疑問。

「幫我一下。」我說著。「他還在掙扎。幫我對付他的手臂。」

我們兩個人一起將他的手掌向下壓入燃燒中的金屬中。當我們將他放入時，他的尖叫聲實在令人害怕。當我知道自己在做什麼時，這尖叫聲聽起來就像是宇宙末日。

我正在犯一個罪大惡極的罪。我正在摧毀外星天賦，正在殺死我的同類。

「我們必須將它困在那裡。我們必須將它困在那裡。抓緊。抓緊。抓緊。」我對著格列佛大叫。

然後我將注意力移轉到強納森身上去。

「告訴他們一切都結束了。告訴他們你已經完成任務了。告訴他們你的外星天賦出了一些問題，所以你無法回去了。告訴他們，然後我將停止你的痛苦。」

我說了謊言。這是一場他們給他的冒險而不是給我的冒險。但是這是必須的冒險。他告訴了他們，然而他的痛苦依然繼續著。

我們的動作不知道持續了多久？幾秒鐘嗎？還是幾分鐘呢？這就像是愛因斯坦的相對論難題。也就是火爐與漂亮少女的相對論[59]。最後，強納森跪了下來，完全喪失了意識。

當我最後將他那黏黏髒髒的手拉開後，淚水從臉上流了下來。我檢測他的脈搏。他已經死了。當他倒下去時，那把刀整個刺穿了他的胸膛。我看著這隻手和這張臉，一切都很清楚了。他不僅已經與主人們斷絕了關係，也與生命斷絕了關係了。

這個理由很清楚因爲他已經變回他自己了。這是死亡之後自動產生的細胞重構。他的整個形體開始轉變，向內捲曲，臉部漸漸扁平，頭骨也拉長了，皮膚有著紫色與紫羅蘭的斑駁色調。只有插入他背部的那把刀完全沒有改變。一切都很奇怪。就在地球的這個廚房背景下，這個當初與我結構幾乎完全相同的生物，對我來說似乎就像個外星人一樣。

就像一個怪獸。一個野獸畜牲。就是不像人類。

格列佛凝視著不發一語。在這麼深沉巨大的驚嚇中，就算是呼吸來說都是一種挑戰，更何況是說出話來。

我也不想說話，但是爲了更多實質上的理由。事實上，我很擔心我可能已經說太多的話了。也許主人們已經聽到我在廚房裡所說的一切。這我無從得知。我所知道的是，我必須做一件事情。

他們將你的能力取走了，但是他們並沒有將他們自己的能力取走。

但是在我能夠做任何事情的時候，門口停了一台車子。愛莎貝兒回家了。

「格列佛你媽媽回來了。不要讓她靠近。警告她。」

他離開了房子。我轉過身來走向炙熱的熱板，將我的手放在他的手原先放置的位置旁邊，而他的一些肉屑依然在嘶嘶地發出聲響。然後我將自己的手放下，這時一陣純粹且全面性的痛苦帶走了時間、空間，與罪惡感。

59 愛因斯坦曾經對一般的人解釋過相對論的觀念。他說一個人坐在美少女旁邊一個小時就好像一分鐘的時間。但是坐在火爐上一分鐘就好像坐了一個小時的時間。

現實的本質

如你所知，文明的生活是建立在許多的幻象之中。而就在這些幻象之中我們心甘情願地彼此共同努力著。麻煩就在於我們常常有時會忘記這些就是幻象，而當周遭現實將我們無情地撕碎時，我們才深深地驚嚇到。

——巴拉德[60]

什麼是現實？

是個客觀的眞實嗎？是個集體的幻象嗎？是大多數人的意見嗎？是歷史認識的產物嗎？是一場夢境嗎？是的，也許就是一場夢境。但是如果這眞的是一場夢境，我尚未從此夢境中醒了過來。

但是一旦人類深入地研究一些事情時，不管是在人類細分的研究領域，例如，量子物理學、生物學、神經科學、數學，或是愛情，人類慢慢地都會陷入胡說八道、非理性，而且無政府狀態的無底深淵。他們所知道的一切都會一次一次反覆地被駁斥。地球不是扁的；水蛭沒有醫學的療效；沒有上帝的存在；進步是種神話；現在才是他們眞正擁有的一切。

而這一切並不是大規模地發生。這也發生在各別的個人身上。

每個人的生命中都有一個瞬間。一個危機。有一個危機是這樣說的：「我所相信的都是錯誤的。這發生於每個人的身上。唯一的差別在於那種知識如何改變他們。在大多數的例子中，這不過是個掩埋知識並且假裝此知識的不存在。那就是爲何人類會變老。那就是最終造成人類臉上的皺紋、背部的駝背，與嘴巴與野心的萎縮。這是那種否認的沉重包袱。也是種壓力。這並不是人類才專有的現象。人類唯一能做到的瘋狂與勇敢的行爲，就是做出最大的改變。

我曾經了不起過。而現在我卻做不到。

我曾經是個怪獸，但是現在我是不同類型的怪獸。是種會死亡，會感覺到疼痛的怪獸。但也是個能夠生活而且有一天也能夠發現快樂的怪獸。因爲對我來說快樂現在是可能的。快樂存在於傷害的另一邊。

---

[60] James Graham Ballard（1930-2009），英國知名小說家。

與月球同等受到驚嚇的臉

至於格列佛，他還年輕，比起他的媽媽來說更能夠接受許多的事情。他過去的生活對他來說毫無意義可言，所以這種毫無意義本質的最後考驗對他來說也是一種解脫。他是一個失去爸爸的人，也是一個曾經殺害東西的人，但是他所殺害的東西是一種他不了解且與他無法扯上關係的東西。他會爲一隻死狗而哭泣，但是一個死掉的摩納多人對他來說不代表任何的意義。若以悲傷的主題來看，格列佛眞的很關心他的爸爸，也很想知道他當初死亡時沒有感覺到任何的疼痛。我告訴他他爸爸在沒有痛苦下死亡。是眞的嗎？我不知道。我發現我這樣子說，是成爲人類的一個基本要素。我知道要說什麼樣的謊言，以及何時該說謊。愛上一個人等於跟大家說謊。但是我從未看到他爲他爸爸而哭泣。我不知道爲什麼。也許很難感受到一個從來沒有眞正在身邊的人，眞正失去時的感覺。

無論如何，入夜之後他幫我將屍體拖了出來。牛頓這時也醒了。就在強納森的外星科技消失殆盡之後，牠終於醒了。而現在牠接受了牠當隻狗所看到的一切。牠似乎也接受了一切的事物。也因爲沒有任何的犬類歷史學家，所以事情就簡單多了。事情就是如此。有一點就是，牠開始在地上挖掘，彷彿在幫助我們一般，但是這是不需要的。不需要去挖一個墳墓給這個怪獸使用，至少在我的內心中我認爲他是個怪獸，因爲這個怪獸在大氣層充滿氧氣的環境之下，會自動地快速分解掉。但是將他拖出來的過程，真的是一種掙扎，因爲我的手整個燙傷，而且格列佛在這一方面必須恢復過來。但是他看起來糟透了。我仍然記得當初看過他從他的瀏海下方凝視著我，他的臉驚嚇到蒼白有如月球一般。

牛頓並不是唯一的觀察者。

愛莎貝兒不相信地看著我們。我不要她走到外面來看，但是她卻走了出來。那時她還不知道發生了何事。比如說，她還不知道她的先生已經死了，也不知道我拖出來的屍體實質上看起來跟我之前長得一模一樣。

她慢慢地了解這一切的事情，但是也不算太慢。她可能需要至少兩三百年的時間才有辦法了解這一切的事實，也許需要的時間更長也說不定。這就好像將某個人從英國的攝政時代（1811-1820）帶到二十一世紀的東京市中心一樣的道理。她還無法接受這一切。畢竟，她是個歷史學家。她的工作就是要尋找出模式、連續性，和起因，然後將曲折彎曲的過去事件，以一種相同模式的敘事文體按照過去的路徑呈現出來。但是在這條路徑上，某人已經從天上丟了一個東西下來，著陸時撞擊力道太大，以至於將地面給撞破了，也傾斜了地球，更讓整條路線不能行走。

也就是說，她去找過醫生開些處方用藥。拿到的藥片對她來說沒有幫助，最後因爲過度疲勞，累癱在床上整整三個星期。醫生暗示她得到的病是精神疲憊。當然她沒有這種病。她是悲傷過度。悲傷的原因不僅是失去了先生，也失去了熟悉的現實感。

在那段時間內她恨我。我解釋過一切的事情。我告訴她一切都不是我的決定。我也告訴她我是被迫來此地，唯一的目的就是阻止人類的進步，這樣對整個的宇宙有著更大的福祉。但是她並沒有看著我，因爲她不知道她看的是什麼東西。我曾經跟她說謊。我曾經與她同床共枕。我曾經讓她照顧我的傷口。但是她卻不知道跟她睡覺的人到底是誰。我愛上了她並不重要。我違抗我的星球來解救她與格列佛的生命，這也不重要。不。這一點都不重要。

我是個殺手，而且對她來說，是個外星人。

我的手慢慢地復原了。我去了醫院，然後他們給了我一個透明的塑膠手套戴上，手套裡有抗菌乳膏。在醫院中他們問我如何受傷的，我告訴他們我喝醉了，所以不加思索地就靠在熱板上，原先沒有感覺到疼痛，但是一下子就太遲了。燙傷長了水泡，護士將這些水泡刺破，這時水泡中的清澈液體流了出來，我還滿懷興趣地看著這一切。

我自私地希望愛莎貝兒在某一刻會因爲我的手受傷而激起她的同情。我想要看到她的雙眼。我想看到之前當格列佛攻擊我後，那雙焦慮地凝視我的雙眼。

我短暫地反覆思索著一個想法，也許我應該嘗試說服她，告訴她我之前所說的一切都是假的。告訴她我們之間的關係比起科幻小說更加地魔幻寫實。特別是當這個魔幻寫實的文學類別小說，裡面是個不可信賴的敘述者。然後再告訴她我是個神經衰弱的人類，我跟外星人或是婚外情都沒有任何的關係存在。格列佛也許早就知道他所看到的一切，但是格列佛的內心十分的脆弱。我能夠輕而易舉地否認所有的一切。狗的健康變化萬千。人們從屋頂摔下卻活了下來。畢竟，人類，特別是成年人，都相信大部分世俗中的事實都是可能的。他們必須這樣做，才能阻止他們的世界觀與瘋狂的行徑來顛覆自我的危險，因此也不至於會將自我投入無法理解的浩瀚海洋之中。

但是這樣的行爲似乎是太不恭敬，所以我不會去做。在此星球上已經有太多的謊言了，但是眞愛之名是有理由存在的。而且如果有一個敘述者告訴你，你所想要告訴他的不過是一個夢罷了，這時他不過是將一個妄想變成另一個妄想，然後在任何的時間之內，他將能夠從這個新的現實中清醒過來。你必須一直活在生命的妄想之中。你所擁有的不過是你的觀點罷了，所以客觀的眞實是沒有意義的。你必須選擇一個夢想然後堅持下去。其他的一切都是與你的夢想相反的事物。而且一旦你在相同夢想中品嚐了強烈雞尾酒般的眞實和愛情，生命中將沒有任何的欺騙。但是當我知道我無法誠實地用此種版本的態度來面對生命中的許多事物時，堅持這樣的心態活著是相當辛苦的。

你知道的，在我來地球之前，我從來不想要也不需要有被人呵護的感覺，但是我現在卻有著被人照顧的渴望、歸屬感的渴望，或是被愛的渴望。

也許我期待了太多。也許雖然我必須睡在那可怕的紫色沙發上，我也不値得被允許待在相同的房子裡。

我想，我被允許待在此地的唯一理由就是格列佛。格列佛希望我能留下來。我救了他的性命。我也幫助他勇敢地面對那些霸凌他的人。但是他對我的寬恕也實在讓我驚訝。

不要誤解了我。這可不是天堂電影，但是他似乎已經接受我是個外星生命體，這比起之前他接受我爲他的爸爸更加容易多了。

「你從何處來的？」有一個星期六的早上，6點55分時，就在他媽媽起床之前，他問著我。

「很遠，很遠，很遠，很遠，很遠，很遠，很遠。」

「你所謂的遠是多遠？」

「這很難解釋，我的意思是說，你會覺得法國很遠。」我說著。

「你試著說看看。」他說著。

我注意到了放水果的碗。就在前一天，我去了超市買了醫生所推薦給愛莎貝兒的健康食品。我買了許多的香蕉、柳橙、葡萄，和一個葡萄柚。

「好吧，這就是太陽。」我邊說邊拿起這個大葡萄柚。

我將葡萄柚放在咖啡桌上。然後我找尋裡面最小的葡萄，然後將此葡萄放在桌子的另一端。

「這是地球，小到你幾乎看不到。」

牛頓走過來靠近桌子邊，很想嘗試用牠的爪子來摧毀地球。「不可以，牛頓，先讓我講完。」我說著。

牛頓雙腿夾著尾巴向後退開。

當格列佛仔細研究葡萄柚與脆弱的小葡萄之間的關係時，他皺起了眉頭。「所以你的行星在哪裡呢？」

我想他誠實地期待我會將手中握著的柳橙放在房間裡的某個地方。在電視機旁邊或是在某個書架的上方。或許如果必要的話，拿到樓上去放。

「準確地說來，這顆柳橙應該放在紐西蘭的一張咖啡桌上。」

有一會兒他不發一語，嘗試去了解我所談論的遙遠程度為何。然後在茫然的狀況下他問著：「我能夠去那裡嗎？」

「不可以，那不可能的。」

「爲什麼不可以？一定有太空船才對。」

我搖著頭。「不是的，我沒有旅行而來。我也許可以旅行，但是我沒有。」

他感到很迷惑。經過我的解釋後，他更迷惑了。

「無論如何，重點是，現在的我跟任何的人類一像，沒有任何的機會可以橫跨宇宙。這就是我目前的狀況，而地球就是我必須待的地方。」

「你爲了沙發上的生活而放棄了整個的宇宙。」

「當時我不了解這一切。」

愛莎貝兒到樓下來了。她穿著白色的晨袍與睡衣。她的臉色蒼白，但是她在早晨時總是臉色蒼白慣了。她看著我和格列佛在說著話，而且有一刻的時間，似乎很少出現在她臉上的摯愛表情，來對待如此的場景。但是當她想起某件事情時，這個表情隨即消逝。

「怎麼了？」她問著。

「沒事。」格列佛說著。

「這些水果要幹什麼用？」她問著，而她安靜的聲音中明顯地有著些許的睡意。

「我在解釋給格列佛知道我的家鄉在哪裡。有多遠。」

「你來自於一顆葡萄柚？」

「不是，這顆葡萄柚是太陽。你們的太陽。我們的太陽。我住在這顆柳橙上面。而這顆柳橙應該放在紐西蘭才對。地球現在在牛頓的肚子裡面。」

我對她微笑。我覺得她應該會發現這很好笑，但是她凝視我的方式就如同這幾個星期以來凝視我的方式一模一樣。感覺起來就好像我距離她好幾光年遠。

她離開了房間。

「格列佛，我想我最好還是離開好了。我真的不應該再待下來了。你知道的，許多事情發生在這段時間內。你知道我和你媽媽之間的爭吵嗎？這是你永遠找不出來的答案喔。」

「真的。」

「好吧，我告訴你我的不忠。我跟一個叫做麥姬的女孩子發生了性關係。她是我的，不對，你爸爸的其中一個學生。我並不喜歡跟她發生關係，但這不是重點。我並不知道忠誠的準確法則，但是這不是個藉口，也不是我可以使用的藉口，因爲我已經故意地說了許多對於衆多事物的謊言了。當我危及她的生命和你的生命時，我認爲，我認爲，是我應該離開的時候了。」我嘆了一口氣。

「爲什麼呢？」

那個問題緊拉著我，進入了我的胃裡面，而且還不放過我地拉著我。

「我只認爲現在這樣處理最好不過了。」

「你要去哪裡呢？」

「我也不知道。現在尙未想到。但是你不用擔心。當我到那裡時，我會告訴你的。」

他的媽媽在門道的後面。

「我要離開了。」我告訴她。

她閉上雙眼，深深地吸了一口氣。「好吧。」她用我曾經吻過的嘴說著。「是的，也許這樣最好。」她的臉整個皺了起來，彷彿她的皮膚就是她想要搞砸與丟棄的情感。

我的雙眼感受到一股窩心且溫柔的酸澀。我的視力也變得模糊不清。然後有些東西從我的臉頰上流下，一直流到我的雙唇。這是一種液體。就像雨水一般，但是比較溫暖。鹹鹹的。

我流下了眼淚。

第二種型態的地心引力

在我離開之前，我走到樓上的閣樓。那裡一片漆黑，唯一看得到的是電腦的亮光。格列佛正躺在床上凝視著窗戶外面。

「格列佛，我不是你的爸爸。我沒有權利留下來。」

「不。我知道。」格列佛咀嚼著他的袖口。他的敵意就像碎玻璃般地從他的雙眼中閃閃發光。

「你不是我的爸爸。但是你很像他。你不在乎許多事情。你在媽媽背後與某人性交。你知道嗎，我眞的爸爸也是如此。」

「聽好，格列佛，我不是嘗試要離開你的。我嘗試要挽回你的媽媽。好嗎？她現在有些失落，我在這裡沒有任何的幫助。」

「一切事情都亂七八糟的，我總覺得只有自己一個人。」

太陽這時突然地從雲端出現，完全無視於我們的情緒。

「格列佛，孤單就像氫氣一樣，是個宇宙中的事實。」

他嘆了一口專屬於老年人才有的氣。「我有時並不覺得有被擊敗的感覺。你知道的，爲生命而擊敗的感覺。我指的是，在學校的人們，他們父母親離婚的壓力負擔，但是他們跟爸爸的關係還算不錯。而且每個人跟我一樣都無時無刻地想著，我有什麼藉口讓生活像火車出軌般地狂亂不已。我的生命到底怎麼了？我住在一個沒有離婚且非常富裕的家庭裡面。那裡到底他媽的發生了什麼事情？」

「但是這一切都是廢話。媽媽與爸爸從來沒有相愛過。自從我有記憶以來就從來沒相愛過。在爸爸精神衰弱之後，媽媽似乎開始改變了。我指的是，就在你來了之後，但是那只是她的妄想罷了。我指的是，你根本不是她認為的那個人。當你涉及外星人而不是你自己的爸爸時，有些事情漸漸地明瞭了。他是個垃圾廢物。嚴格地說來，我完全想不出他給我的任何忠告。他唯一告訴我的是，我不應該成為一位建築師，因為建築需要一百年的時間才會被大家所讚賞。」

「聽好，格列佛，你不需要引導。你所需要的一切都在你的頭腦之中。你對宇宙的知識遠遠勝過任何你星球上的任何人。」我指著窗戶。「你已經看到那裡發生的一切。此外，你已經展現出自己的強壯。」

他凝視著窗戶的外面。「那裡的感覺像什麼呢？」

「非常的不同。所有的事物都不相同。」

「如何不同呢？」

「好吧，存在的本身就不相同。沒有人會死去。沒有痛苦的存在。每件事物都是美好的。唯一的宗教是數學。沒有家庭的存在。有許多的主人，他們給予我們指令。到處都有人。我們最關心的兩件事情就是數學的進步與宇宙的安全。沒有仇恨的存在。沒有爸爸與兒子。生物學與科技之間沒有明顯的差異性。而且一切事物都是紫羅蘭色的。」

「聽起來太棒了。」

「這很枯燥乏味。這是你能想像得到最枯燥乏味的生活。在這裡，你們有痛苦與失落，這是代價。但是回饋是完美的，格列佛。」

他不相信地看著我。「好吧，我也沒有任何線索如何能夠找到他們。」

這時電話響起，愛莎貝兒接起電話。不久之後，她打電話到閣樓上面來。

「格列佛，你的電話。一個叫娜特的女孩子。」

我不得不注意到格列佛臉上最細微最細微的微笑。這個微笑讓他感到有點難為情，而在他離開房間時，他嘗試將此微笑埋藏在不滿的雲彩下。

我坐了下來，用總有一天會停止功能的肺部呼吸著，但是我的肺部仍然有著許多溫暖乾淨的空氣可以吸入。然後我轉過身來看著格列佛那台原始的地球電腦，然後開始打字，希望盡我所能地給人類許多的忠告。

給人類的忠告

1. 羞愧是種束縛。請解放你自己吧。
2. 不要擔心你的能力。你有戀愛的能力。那就夠了。
3. 對他人好一點。在宇宙的範圍內，他們都跟你一樣。
4. 科技無法解救人類。只有人類才可以做到這件事情。
5. 笑吧。這很適合你的。
6. 要有好奇心。對任何問題要質疑。現在的事實對未來而言將成爲虛構的東西。
7. 諷刺是好的。但是沒有感覺這樣的好。
8. 花生奶油三明治配上一杯好酒，這是種完美的結合。不要讓他人告訴你不同與此的答案。
9. 有時，要想成爲自己，就必須忘記自己，成爲他人。你的人格特質不是固定的，你有時必須努力趕上改變。
10. 歷史是數學的一個領域，文學也是如此。經濟學則是宗教的一個領域。
11. 性可以破壞愛情，但是愛情不能破壞性。
12. 新聞應該以數學開始播報，然後詩篇，再以此繼續報導。
13. 你不應該出生。你的存在幾乎是接近不可能的。排除不可能的事物就是排除自己。

14. 你的生命有兩萬五千個日子。一定要記住其中的幾個日子。
15. 勢利眼的這條路終將導向悲哀，反之亦然。
16. 悲劇不過是還沒有成熟的喜劇。總有一天你會嘲笑這個悲劇的。我們會嘲笑一切。
17. 無論如何都要穿衣服，但是要記得它們是衣服。
18. 一個生命形式的黃金，有時是另一個生命形式的錫罐。
19. 閱讀詩篇。特別是艾蜜莉．迪金森（Emily Dickinson）的詩篇。這可以解救你。安．塞克斯頓（Anne Sexton）知道心靈，惠特曼（Walt Whitman）知道草葉，但是艾蜜莉．迪金森什麼都知道。
20. 如果你變成了建築師，記得這件事情：正方形是好的，長方形也不錯，但是你可以超越它們。
21. 當你有能力離開太陽系時，去太空之中看看。然後到刺比（Zabii）看看。
22. 不要擔心生氣。當你不生氣時，你才要開始擔心。因爲到了那時，你已經耗盡能力了。
23. 快樂不是在這裡之外，而是在那裡之內。
24. 地球上的新科技指的是五年內你會嘲笑的東西。對於五年內你不會嘲笑的東西，要珍惜之。例如愛情、或是一首好詩、或是一首歌、或是天空。
25. 小說只有一種文類。這種文類叫做「書」。
26. 絕對不要遠離收音機。收音機可以解救你的生命。
27. 狗是忠心的天才，而忠心是良好種類的天才才會有的東西。

28. 你的媽媽應該要寫一本小說。鼓勵她去寫。

29. 如果有日落，停下來看看它。知識是有限的。奇蹟是無限的。

30. 目標不要都是完美。進化與生命都是在不斷的錯誤中發生的。

31. 失敗是光線下的詭計。

32. 你是人類。你在乎錢。但是你要了解，錢無法讓你快樂。因爲快樂是不可銷售的。

33. 你不是宇宙中最聰明的生物。你甚至不是你行星上最聰明的生物。駝背鯨歌聲中所傳達出來的調音般的語言，比起莎士比亞整個作品更加地複雜。眞是如此。但是不要擔心。

34. 大衛·鮑伊（David Bowie）[61]的歌曲〈太空怪胎〉（Space Oddity）並沒有告訴你任何有關太空的事情，但是他的音樂型態非常地悅耳。

35. 當你向上看著天空時，特別是在明朗的夜晚，你將看到數以千計的星星與行星，這時你將了解知道它們很少改變。重要的事物是離我們相當遙遠的。

36. 總有一天人類或居住在火星上面。但是火星上的一切，沒有任何的事物比起地球上一個陰沉的早晨，來得令人興奮。

37. 不要嘗試耍酷。整個宇宙都很酷的。重要的事情都是溫暖窩心的。

38. 惠特曼至少有件事情是對的。你要自我牴觸矛盾。你的世界是巨大的。你有著多數的選擇。

---

[61] 大衛·鮑伊（David Bowie）爲英國知名音樂家，1969年的歌曲〈太空怪胎〉（Space Oddity）讓他一炮而紅。

39. 沒有一個人對於某件事物與某個地方，是百分百的正確的。
40. 每個人都是喜劇。如果人們嘲笑你，他們不了解他們本身才是個笑話。
41. 你的大腦是開放的。不要讓它被關閉。
42. 在一千年內，如果人類能活這麼久的話，你知道的每件事物都將被駁斥。取而代之的是更大的神話。
43. 每件事情都很重要。
44. 你有能力停止時間。你可以藉著接吻，或是聽著音樂。順便告訴你，音樂讓你看到你內心相反的事物，它是你所擁有最先進的事物。它是種超能力。跟上低音吉他吧。你會精通的。再加入一個樂團。
45. 我的朋友阿里是有史以來最聰明的人類之一。閱讀他的一切。
46. 一種似是而非的謬論。書本、藝術、電影、酒類等等的東西，這些東西你不需要靠它們而活著，但是確是你需要靠它們而活的東西。
47. 雖然你稱母牛爲牛肉，牠依舊是母牛。
48. 沒有兩種道德是相輔相成的。接受不同的型態，只要它們沒有傷害他人的銳利。
49. 不要懼怕任何人。你用一把麵包刀殺了一位外星刺客，他來自宇宙的另一方派來的刺客。此外，你下手很重。
50. 有時候，壞事情會發生的。要找個人來當靠山。
51. 傍晚喝酒是種享受。早晨的宿醉不太好受。有時你必須在傍晚和早晨中做出選擇。

52. 如果你正在笑著，要確定你真的不想哭。反之亦然。

53. 永遠不要害怕告訴某人你愛著他。你的世界中充滿著錯誤的事物，但是愛的藉口沒有錯。

54. 那個你跟她說著電話的女孩，除了她之外還會有許多的人與你通話。但是我希望她是個好人。

55. 你們不是地球上唯一有著科技的生物品種。看看螞蟻。眞的仔細地看著牠們。牠們用枝葉所創造出來的一切是令人驚訝的。

56. 你的母親愛著你的父親。雖然她假裝她並不愛。

57. 你的生物品種中有許多的白癡。許許多多的白癡。你跟他們不同。要有自己的立場。

58. 重要的並不是生命的長度。而是深度。但是在鑽研生命時，記得讓太陽在你的上面。

59. 數字是美好的。質數是漂亮的。知道了嗎？

60. 聽從你的頭腦。聽從你的內心。聽從你的膽量。事實上，聽從一切的事物，除了命令之外。

61. 有一天你會擁有力量，告訴人們這個事實：只因爲你能夠，不意味著你應該。在未經證實的推測中、在尚未接吻的雙唇中、在尚未摘起的花朵中，有著力量與美麗的共存。

62. 起火吧。我指的是比喻性的起火。除非你很冷，而且在安全的環境之下，你才眞正地起火。

63. 不是技術，而是方法。不是文字，而是旋律。

64. 要活下來。這是你在這個世界上的最高責任。
65. 不要認爲你知道。要知道你認爲。
66. 當黑洞形成時，它創造出無限的伽瑪射線的爆發，同一時間內讓整個銀河系籠罩在強光盲目中，也同時摧毀了數以百萬計的世界。你會在一秒內消失。這個黑洞。或是這個黑洞。或是這個黑洞。你要確信黑洞時常發生。你要做著當你死亡時仍然快樂地做著的事。
67. 戰爭就是這個答案。對於錯誤的問題來說。
68. 身體的吸引力，主要說來，就是身體上腺體的吸引力。
69. 阿里相信我們都是種模擬。物質是種幻象。一切事物都是矽膠。他可能是對的。但是你的情緒是什麼呢？它們是固體的。
70. 這不是你，而是他們。（眞的不是如此。答案就是這樣。）
71. 當你可以的時候，帶著牛頓去外面走走。牠喜歡到外面去。而且牠是一隻可愛的狗。
72. 大部分的人類不喜歡想太多的事物。他們光是想著需要與想要就能夠活了下來。但是你不是他們中的一員。小心一點。
73. 沒有人可以了解你。最終這也不重要了。重要的是你能夠了解你自己。
74. 夸克並不是最小的東西。當你快要死的時候，你心中念念不忘的願望——也就是早知道就工作認眞一點——那才是最小的事物。因爲那不存在。
75. 有禮貌常常是因爲恐懼。善良常常是因爲勇氣。但是關懷讓你成爲一個人類。對他人關懷多一些。這樣比較像個人類。

76. 在你的心中，將每天的名字改成星期六。再將工作的名字改成遊戲。
77. 當你看著新聞，看著你們物種成員之間的動盪不安，不要以爲你什麼事都不能做。但是看電視是無法改變任何一切的。
78. 你起床後，穿上衣服，然後穿上你的人格特質。要明智地選擇。
79. 達文西不是人類中的一員。他是我們外星人的一員。
80. 語言是婉辭，愛情是眞實。
81. 當你尋找生命的意義時，你是找不到快樂的。意義只是第三件最重要的事情。它排在愛人與存在之後。
82. 如果你認爲一件事物醜陋，仔細看一下。醜陋只是觀看上的失敗。
83. 心急的人喝不了熱粥。對於量子物理學你應該要有這樣的觀點。
84. 你的存在不僅僅只是粒子的組成數量。而且這種數量也大得驚人。
85. 黑暗時代永遠不會結束。（但是不要告訴你媽媽。）
86. 愛一個東西就是羞辱它。愛它或是恨它。多情很重要。當文明在進展時，漠視也在進展。這是一種疾病。用藝術來讓自己免疫吧。愛情也做得到。
87. 黑暗物質讓整個銀河系緊握在一起。你的心靈就是個銀河系。黑暗多於光線。但是光線讓心靈值得。
88. 也就是說不要自殺。甚至黑暗是所有的一切。一定要知道生命不是靜止不動的。時間就是空間。你正穿越著銀河系。等待星星的到來。

89. 在次原子的層面看來，一切事物都是複雜的。但是你並非活在次原子的層面中。你有權利讓生活簡化。如果你不要，你會發瘋。

90. 但是你要知道這件事。男人不是從火星來的。女人也不是從金星來的。不要掉入這樣的分類之中。每個人都跟每件事物一樣。星星中的每個成分都在你之中，而且曾經存在過的每個人格特質，在你的心靈劇院中，都想扮演著主角的角色。

91. 你很幸運能夠活著。深呼吸然後接受生命的衆多奇蹟。不要將一朵花中的任何單一花瓣視爲理所當然。

92. 如果你有許多小孩，而且愛這個勝過於另外一個，當你這樣做，小孩都會知道，即使這多一點的愛比原子還要少一些。單一的原子本身就是你要產生巨大爆炸的基本元素。

93. 學校本身就是個笑話。但是跟它和平相處吧，因爲你很接近笑話中的妙語。

94. 你不必成爲一個學者。你不必成爲任何一件事物。不要強迫自己。用感覺找到你要的路。你會找到適合你的一切事物。也許沒有事物會適合你。也許你是一條道路，而不是終點目的地。那也沒有關係，就當一條馬路吧。但是你要確定的是，那是一條可以從窗戶向外觀看到許多事物的馬路。

95. 對媽媽好一點。嘗試讓她快樂一點。

96. 你是個很好的人類。格列佛・馬丁。

97. 我愛著你。你要記住。

一個非常短暫的擁抱

我打包了一袋安德魯．馬丁的衣服，然後離開。

「你要去哪裡？」愛莎貝兒問著我。

「我不知道。我會找到地方的。不要擔心。」

她看起來很擔心。我們擁抱了彼此。我渴望聽到她哼著《新天堂樂園》的主題曲。我渴望聽到她跟我討論阿佛烈大帝[62]。我渴望她幫我做個三明治，或是在綿球上倒一些消毒藥水。我渴望聽到她與我分享她工作上的憂慮，或是對於格列佛的擔心。但是她不會，也不能，再對我做這些事情了。

擁抱結束。站在她旁邊的牛頓，用最孤獨絕望的眼神抬頭看著我。

「再見了。」我說著。

我走過了碎石路，朝向大馬路前去。在我靈魂宇宙中的某個地方，一個燃燒且充滿生命的星星殞落了，這時一個非常大的黑洞卻開始逐漸地形成。

[62] 阿佛烈大帝（Alfred the Great, 849-899），古英國威希克斯（Wessex）的國王。

落日夕陽的憂慮之美

有時最難做的事情就是當個人類

——麥可·法蘭提[63]

當然，對於黑洞這種事情來說，這些黑洞都是非常乾淨整潔的。任何一個黑洞之中完全沒有任何的髒亂。所有穿越黑洞界限的混亂物質，所有掉落物質與輻射，都被壓縮到所有可能的最小的狀態之下。這種狀態可以很容易地稱之爲什麼東西都沒有的狀態。

換言之，黑洞給了我們明晰的狀態。你喪失了這顆星星的溫暖與火焰，但是你卻得到了秩序與和平。簡單地說就是如此。

換句話說，我知道該怎麼去做。

我將繼續當安德魯·馬丁。這是愛莎貝兒想要我去做的事情。你知道嗎，她不想要任何的大驚小怪。她不要醜聞，她不要因爲一個人的失蹤而被詢問，她也不要葬禮。所以，我心裡想的是最好的。我搬了出去，短暫地在劍橋租了一間小房子，然後在這世界上其他的地方申請一些工作。

最後，我在美國加州的史丹佛大學得到了一份教職。一到了那裡，我盡可能地把工作做好，然而我卻不想在數學界發光發熱，造成任何科技上的進步。事實上，我辦公室的牆壁上貼著一張愛因斯坦的海報，其中有一句名言：「科技的進步，就好像一隻雙手拿著斧頭的病態動物一樣。」

除了說服我的同儕黎曼假說本身的不可能性之外，我從來就沒有提到任何有關於黎曼假說的證據。我之所以要這樣做，主要的動機就是要確信，永遠不會有任何摩納多星球的人再度拜訪地球。但是，愛因斯坦所說的話也是對的。人類不精通於處理進步，而且我也不想看到地球上有更多的破壞，或是地球去破壞其他的星球。

我靠著自己過活著。我在帕洛阿爾托（Palo Alto）有一間很好的公寓，裡面種滿了植物。

我喝醉後，情緒有時高漲，有時卻低落到不行。

我畫了一些藝術的作品，早餐吃著花生奶油，有一次到藝術電影院連續地看了三片費里尼（Fellini）的影片。

我感冒了，耳鳴了，又吃了一隻有毒的大蝦。

我給自己買了一個地球儀，然後常常坐著轉動著它。

我感到悲傷且有著藍色的憂鬱，憤怒到面紅耳赤，而且有著地球人所謂的綠色忌妒。我感受所有人類彩虹般的七彩情緒。

我幫公寓樓上的老太太遛狗，但是這條狗一點都不像牛頓。我在令人窒息的學術會議中，喝

[63] 麥可・法蘭提（Michael Franti, 1966–），知名美國詩人、音樂家，與作曲家。

著溫暖的香檳聊著天。我在森林裡大叫，只爲了聽到回音。每天晚上，我都會回去重新讀著艾蜜莉．狄金森的作品。

我很孤單，但是同時讚賞著其他的人類，勝過於他們讚賞他們自己。畢竟，我知道你們能夠爲了光年而旅行，卻無法遭遇光年的旅行。偶爾，我坐在校園巨大的圖書館內，看著他們而哭泣著。

有時我在清晨三點驚醒，然後發現自己沒有任何理由地哭泣著。有時我坐在懶骨頭沙發椅上，凝視著外太空，同時也看著灰塵的塵埃懸浮在陽光之中。

我嘗試不要結交任何的朋友。我知道，當友誼進展時，許多的問題就會侵入我的生活空間，而我不想要欺騙任何人。人們將會詢問我的過去、我來自何方，和我的童年生活。有時候，學生或是資深的講師會看著我的手，看著上面有著疤痕與紫色的皮膚，但是他們從未探查我的一切。

史丹佛大學眞是個好地方。所有的學生都帶著微笑，穿著紅色的毛衣，而且看起來皮膚曬得棕褐色的，非常地健康，即使這些學生整天都坐在電腦螢幕前面。我就像個鬼魂般地在繁忙喧囂的四合院校園內走來走去，呼吸著溫暖的空氣，盡量嘗試不要被周遭人類巨大的野心所驚嚇到。

我常常喝著白葡萄酒喝到爛醉如泥，這讓我成爲一個稀有人物。在這裡幾乎沒有人有過宿醉的經驗。此外，我不喜歡凍酸奶，這個問題很嚴重，因爲史丹佛大學的每個人幾乎每天都吃著凍酸奶。

我買了一些音樂。德布西（Debussy）、顏尼歐．莫利克奈（Ennio Morricone）、海灘男孩（the Beach Boys），和艾爾．格林（Al Greene）。我看著《新天堂樂園》（Cinema

Paradiso）。有一首臉部特寫合唱團（Talking Heads）的歌曲，歌名叫做〈一定就是這個地方（This Must Be the Place）〉，這首歌我不斷地播放著，即使如此，我還是覺得憂鬱，渴望能夠再度聽到她的聲音，再次聽到格列佛在樓梯上的腳步聲。

我也讀了許多的詩，雖然結果依舊相同。有一天，我在校園的書店中看到一本愛莎貝兒·馬丁寫的黑暗時代。我站在那裡大聲地讀著她寫的文字，享受著如此美好的半小時時光。讀到倒數第二頁時，我說著：「當英格蘭剛剛被維京人所蹂躪，英格蘭處於絕望的狀態下，然後在西元1002年時，英格蘭用一種暴力的屠殺才殘害丹麥來的定居者。在接下來的十年內，這樣的不安狀態不斷地產生更大的暴力，當時丹麥人從事一連串的報復行動，造成西元一〇〇三年時，丹麥整個統治了英格蘭的土地。」這時我將書頁緊壓在臉上，想像這書頁就是她的皮膚。

我因工作而四處旅行。我去了巴黎、波士頓、羅馬、聖保羅、柏林、馬德里，和東京。爲了忘記愛莎貝兒的臉，我想要用其他人類的臉來填滿我的內心。但是卻得到了反效果。在研究了整個人類的種族後，我卻特別地想著她。就好像想著雲時，我渴望著雨滴似的。

所以我停止了旅行，回到了史丹佛，嘗試著一種不同的策略。我嘗試在自然界中自我放逐。

當我進入車中，開離了城鎮，我白天的重頭戲變成了傍晚。我常常前往聖克魯斯山，那裡有一個地方叫做大盆地紅杉國家公園。我停好了車，四周逛了逛，對於這些巨大的樹木驚訝不已。同時我也發現一些動物，例如，松鴉、啄木鳥、花栗鼠，和浣熊。偶爾也看到了黑尾鹿。有時，如果我夠早的話，我會從漿果溪瀑布附近，沿著陡峭的小徑走下來，同時聽著奔流的水聲，周遭還有樹蛙的低鳴穿插其中。

在其他的時間，我會沿著一號高速公路開著車，去海邊看夕陽餘暉。這裡的夕陽特別地美麗。我幾乎都被這些夕陽給催眠了。過去，夕陽對我來說一點意義也沒有。畢竟，夕陽不就是光線緩慢地下山罷了。在夕陽時，光線比較能夠穿越，且常被雨滴與空氣中的微粒所打散。但是因爲已經變成了人類，我幾乎被這些色彩驚嚇到動彈不得。有紅色的、橘色的，和粉紅色的。有時還有令人無法忘懷的紫羅蘭色的痕跡。

這時我將坐在海邊，讓海水像遺失的夢境般，在波光粼粼的沙灘上，潮起潮落地撞擊著沙灘，然後退去。所有這些無意識的沙子分子相聚在一起，創造出一些不可能的奇蹟。

這些景象有時因淚水而模糊不清。我感覺到人類所擁有美麗的憂鬱，這種憂鬱唯有在夕陽餘暉時才捕捉得到。因爲有著夕陽的伴隨，成爲人類本身就是夾雜於事物之間。而白天，在一陣絕望的顏色中，無法逆轉地朝向黑夜的到來。

有一天晚上，當黃昏來臨時，我坐在海灘上。有個四十幾歲的女人赤腳走了過來，身旁帶著一隻西班牙獵犬，和她的少年兒子。雖然這個女人和愛莎貝兒完全不同，雖然她的兒子是金髮，這個場景造成我的胃翻轉與鼻竇鬆動。

我了解到六千英里是個無限遙遠的距離。

「我不過是個人類。」我告訴我的平底涼鞋。

我的意思就是如此。我不僅喪失了我之前所有的天賦，情感上來說，我現在跟任何的人類一樣地脆弱。我想到了愛莎貝兒，坐著閱讀著有關於阿佛烈大帝、加洛琳王朝時代的歐洲，或是古代的亞歷山大圖書館。

我了解到這是一個美麗的行星。也許這是所有行星中最美麗的一個。但是美麗創造了麻煩。當你看著一道瀑布，或是一片海洋，或是一抹夕陽時，你將會發現自己多麼地想和某人分享這樣的美景。

艾蜜莉．狄金森說過：「美麗不是被造成的。它本身就是個美麗。」她在某個方面說錯了。光線在長距離的分散下創造了夕陽。海浪侵蝕著海灘是由於潮汐所造成的，而潮汐本身是由於太陽、月球，與地球運轉的引力所造成的。那些都是原因。秘密就在於：這些事物如何能夠變成如此地美麗。

而且它們不是只有一次的美麗，至少對我的眼睛來說並非如此。為了在地球上體驗美麗，你需要經歷痛苦，而且知道死亡。這就是為什麼這個行星上許多美麗的事物，都跟時間的流逝與地球的轉動有關。這也解釋了，為何看到了許多自然的美麗，同時也會感受到悲傷，且渴望著一個沒有活過的生命。

那天傍晚，我感受到的就是這種特別的悲傷。

由於在這種引力的牽引下，將我向東方拉到了英格蘭。我告訴我自己，我只想再看他們一次。最後的一次。我只想從遠方看著他們。用我的雙眼看著他們是否安全。

此外，也許是純粹的巧合吧，大約兩個星期後，我被邀請到劍橋參加一系列的演講，辯論著數學與科技間的關係。我的系主任克里斯多斯，他是個有彈性且快活的人，他告訴我他認為我應該去劍橋一趟。

當我們站在拋光松木做成的陽台地板上時，我說著：「是的，克里斯多斯，我認爲我可能會去。」

當眾多的銀河系相互撞擊時

我待在柯柏斯克里斯提學院的學生宿舍裡，在所有的場合裡，我都盡量保持低調。我現在留著鬍子，皮膚也比較黑了，體重也重了一些，所以人們沒有認出我來。

我發表了演講。

在許多的嘲笑聲中，我告訴我的學術夥伴們，數學是一種令人難以置信的危險領域，而且人類已經盡可能地探索了數學的一切。我告訴他們，更進一步的研究將導致人類進入一個充滿未知危險的無人境界。

聽眾中有一個漂亮的紅髮女人，我立刻認出了她。麥姬。她後來走向了我，然後問我要不要去倫敦的「帽子與羽毛」，我說不要。她似乎知道我說的是真的，然後問了一個有關於我鬍子的有趣問題後，她就離開了大廳。

之後，我去散步，很自然地，如同地心引力般地朝向愛莎貝兒的學院。

在我看到她之前，我沒有走遠。她在街道的另一邊走著，沒有注意到我。真是奇怪，這一刻對我來說十分地重要，對她來說卻十分地不重要。但是那時我提醒自己，當眾多的銀河系撞擊時，它們當時正要彼此直接通過。

我幾乎無法呼吸地看著她，沒有注意到開始下雨了。我被她給迷住了。被她身上所有十一兆的細胞所迷住了。

另外一件奇怪的事情是，許久不見更加強我對她的情感。我是多麼地渴望每天與她在一起時甜美的現實感。我多麼渴望與她閒聊著我們這些日子以來的一切。這種共存的舒適感，很溫柔，但是卻跟以往一樣的好。

她打開了雨傘，就好像任何一個女人拉開雨傘一樣。然後她繼續走著，她停了下來卻是給一個穿著長大衣，而且一條腿殘疾的遊民一些錢。那是溫斯頓·邱吉爾。

家

任何人不能只會愛，卻什麼事都不做。

——葛蘭・格林（Graham Greene），《愛情的盡頭》（The End of the Affair）

我知道我不能跟蹤愛莎貝兒，但是又感覺到需要與某人連繫，所以我反而跟蹤了溫斯頓・邱吉爾。我慢慢地跟著他，完全忽視下著雨。我很高興看到了愛莎貝兒，她還安全快樂地活著，有著跟往昔一樣靜靜的美貌（而我過去實在是眼睛瞎了才沒有讚賞到她的美貌）。

溫斯頓・邱吉爾正前往公園。那就是格列佛遛著牛頓的公園，但是我知道現在才剛剛是下午，所以我不會突然遇到他們，所以我繼續跟蹤著。他走得很慢，沿路拉跛著一條腿，就好像這條腿是他身體其他部分的三倍重一般。最後，他走到了一張漆成綠色的長椅，但是油漆有些已經剝落了，露出下面的木材。我也坐了下來。我們浸泡在雨中靜靜地坐了一會兒。

他請我喝了一大口的蘋果酒。我告訴他我很好。我認爲他認出我來了，但是我不確定。

「我曾經擁有過一切的事物。」他說著。

「一切的事物？」

「房子、車子、工作、女人、小孩。」

「真的哦，但是你為何喪失了一切呢？」

「都是因爲我的兩個教會：一個是投注站，一個是賣酒執照。結果兩個都一路經營不善走了下坡。現在我在這裡一無所有，但是我是孤家寡人一無所有。我很誠實地說我是一無所有。」

「好吧，我知道你的感受。」

溫斯頓．邱吉爾看起來有點懷疑。「是的，老兄，你說得對。」

「我放棄了長生不老。」

「哦，所以你是有宗教信仰的？」

「差不多就是如此。」

「所以你現在下凡間來，像我們一樣做壞事。」

「說得對。」

「那麼，不要試著再度摸我的腿，我們將相處得很好。」

我笑了。他真的認出我來了。「我保證，我不會再摸你。」

「所以，如果你不介意我問你的話，是什麼事情讓你放棄長生不老呢？」

「我不知道。我還在想著。」

「祝你好運，老兄，祝你好運。」

「謝謝。」

他抓了一下臉頰，很緊張地吹了口哨。「你身上有錢嗎？沒有也沒關係。」

我從口袋掏出了一張十英鎊的紙鈔。

「你眞是個天上的星星，老兄。」

「也許我們兩個都是。」我邊說著，邊往天空看去。

然後我們結束了對話。他的蘋果酒喝完了，沒有理由再待下來。所以他站起來，一邊痛苦地縮回他受過傷的腿，一邊離開了，這時微風將許多的花朵吹向了他。

眞是奇怪。爲何我覺得自己心中總缺少些什麼呢？這需要歸屬感嗎？

雨停了。天空現在也變晴天了。我待在我原來坐的長椅上，上面的雨滴慢慢地在蒸發著。我知道天色漸漸晚了，我也知道該回柯伯斯克里斯提學院了，但是我沒有離開的想法與動機。

我在這裡幹什麼呢？

我現在在宇宙中的功能爲何呢？

我不斷地思考著，思考著，思考著，然後有種奇怪的感覺。我突然變得很專注的感覺。

雖然我在地球上，我了解到我過去一整年的生活，就跟我一輩子的生活一樣。我認爲我可以繼續這樣下去。但是我已經不是過去的我了。我是個人類，跟眞的人類差不多了。而且人類會改變的。這就是他們存活的方式：做事，復原，重做。

我做了一些我無法復原的事情，但是我還有其他的事情可以修復。我違背了理性靠著我的感覺而成爲了一個人類，爲了保有現在的我，我知道有一點我必須同樣地再做一次。

時間不斷地流逝。

我瞇著眼睛再次看著天空。

地球的太陽看起來非常地孤單，然而太陽在整個銀河系中有著許多的星星親戚，而這些星星幾乎於相同的地點誕生，但是現在卻彼此距離遙遠，各自照耀著不同的世界。

我就像是個太陽一樣。

我現在離我的出生地很遙遠。而且我也變了很多。有一次我想到，我隨著時間過著日子，就好像中微子穿過物質一般，毫不費力且無須思考，因爲時間永遠用不完。

當我坐在長椅時，有一隻狗來到我身邊。牠的鼻子緊貼我的腿。

「你好。」我低聲說著，假裝不認識這隻特別的英國激飛獵犬。但是牠懇求的眼神一直待在我身上，特別是當牠調整牠鼻子的角度朝向牠的臀部。牠的關節炎老毛病又發作了。牠現在很痛苦。

我摸著牠，本能地將我的手就定位，但是，這一次我無法治癒牠。

然後我的後面傳來一個聲音。「狗比人類還棒，因爲牠們知道，但是卻不會說。」

我轉過身去。一個黑髮白皮膚的高挑男孩，帶著遲疑且緊張的微笑。「你是格列佛。」

他的雙眼看著牛頓。「對於艾蜜莉·狄金森，你說對了。」

「抱歉我不懂你的話？」

「我聽了些你的小小建議。我讀了她的詩。」

「喔，眞的嗎。她是個很好的詩人。」

他繞過長椅，坐在我身邊。我注意到他成熟了一些。他不僅引用一些詩句，他的頭蓋骨也比較像大人的形狀。他下顎的皮膚下方比較黑一些。他的襯衫上寫著：「失落合唱團。」他最後加入了這個樂團。

詩人說著：「如果我能阻止心碎，我將沒有白活。」

「最近還好嗎？」我問著，就好像他是個常常遇到的泛泛之交。

「我已經很久沒有想自殺了，如果這是你要問的問題。」

「她還好嗎？」我問著，「我指的是你媽。」

牛頓咬著一支棍子前來，放在地上要我丟。我照辦。

「她很想你。」

「想我還是想你爸爸呢？」

「想你。你才是照顧我們的人。」

「我現在沒有能力來照顧你們了。如果你選擇跳下屋頂，你可能會死掉。」

「我已經不從屋頂跳下來了。」

「很好。有進步。」我說著。

好長一段時間沒人講話。「她希望你能回來。」

「她說過嗎？」

「沒有。但是我認爲她希望你能回來。」

這些話就像沙漠中的甘霖。過了一會兒，我用一種安靜且中性的語調說著：「我不知道是否這是睿智的。誤解你媽媽是很容易的。雖然你沒有弄錯，但是還是存在著許多的困難。我的意思是，她怎麼稱呼我呢？我沒有名字。她叫我安德魯是錯的。」我停了一下。「你眞的覺得她很想我嗎？」

他聳聳肩說著：「沒錯，我認爲她很想你。」

「你呢？」

「我也很想你。」

感傷是人類的另一個缺點。一種扭曲的情緒。另一種扭曲的愛情副產品。沒有任何理性的目的存在。然而，背後的力量卻是跟其他許多的事物一樣是眞心的。

「我也很想你。」我說著。「我很想你們兩個。」

傍晚了，滿天橘色、粉紅色，與紫色的雲彩。這就是我想要的嗎？這就是我回劍橋的原因嗎？

我們聊著。

光線越來越暗。

格列佛綁好牛頓脖子上的皮帶。這隻狗的眼神訴說著溫暖的悲傷。

「你知道我們住在哪裡。」格列佛說著。

我點點頭。「是的。我知道。」

我看著他離開。這是個宇宙的玩笑。一個高貴的人類有著幾千天的日子可活著。我覺得一切沒有邏輯的感受，我竟然變成了一個希望每天快樂安全的人類，這跟其他的人沒有兩樣。但是如果你來到地球是爲了尋找邏輯的感受時，你就錯過了這一個要點。你就錯過了許多的事物。

我坐回原點，全神貫注於天空，嘗試不要了解一切的事物。我一直坐到夜晚，直到更遙遠的眾多太陽與行星在上方照耀著我，一切感覺起來就像一個追求幸福生活的巨大的廣告。在其他更開明的行星上，那裡有著和平、安靜，與邏輯，也有著更先進的智慧。但是這一切我都不想要。我知道。

我想要的是有著異國情趣的眾多事物。我不知道是否可能。也許不可能，但是我需要找到我要的一切。

我想要跟我能夠照顧的人住在一起，而她也能夠照顧我。我想要家人。我想要快樂，不是在明天或是昨天，而是現在。

事實上，我只想回家。所以，我站了起來。

距離不遠，走一下就到家了。

家，就是我想要的地方
但是我猜我已經到了
我回家了——她舉起雙翼
我猜就是這個地方沒錯。
——臉部特寫合唱團，〈就是這個地方沒錯〉

國家圖書館出版品預行編目(CIP)資料

我在地球的日子 / 麥特.海格(Matt Haig)著；
李延熹譯. -- 初版. -- 臺北市：春天出版國際,
2015.08　面；　公分. -- (春天文學；5)
譯自：The Humans
ISBN 978-986-5706-75-3(平裝)

873.57　104010792

春天文學 05

我在地球的日子 The Humans

作　　者　麥特・海格
譯　　者　李延熹
總 編 輯　莊宜勳
主　　編　鍾靈
出 版 者　春天出版國際文化有限公司
地　　址　台北市信義路四段458號3樓
電　　話　02-7718-0898
傳　　眞　02-7718-2388
E － mail　frank.spring@msa.hinet.net
網　　址　http://www.bookspring.com.tw
部 落 格　http://blog.pixnet.net/bookspring
郵政帳號　19705538
戶　　名　春天出版國際文化有限公司
法律顧問　蕭顯忠律師事務所
出版日期　二〇一五年八月初版
　　　　　二〇一六年五月初版十六刷
定　　價　320元

總 經 銷　楨德圖書事業有限公司
地　　址　新北市新店區寶興路45巷6弄6號5樓
電　　話　02-8919-3186
傳　　眞　02-8914-5524
香港總代理　一代匯集
地　　址　九龍旺角塘尾道64號 龍駒企業大廈10 B&D室
電　　話　852-2783-8102
傳　　眞　852-2396-0050

ISBN 978-986-5706-75-3　Printed in Taiwan